朗夜

밝은 밤

崔恩榮
최은영 著

胡椒筒 譯

目次

第一部

1

我用夏天的氣味記住了禧寧。寺廟飄來的香火味、溪谷間的苔蘚和溪水的味道、樹林的清香、走過港口時聞到的大海味道、雨過天晴時，空氣中夾雜的塵土味和始於市場小巷的水果腐爛的味道，以及陣雨過後，中醫診所煎煮中藥的氣味……在我的記憶中，禧寧是一座夏天的城市。

初到禧寧，是在我十歲的時候。

我在外婆家小住了十幾天，期間外婆帶我去了很多地方。我們搭車去了山裡的寺廟、家附近的海邊，還在市場品嚐了剛炸出鍋的紅豆甜甜圈和麻花捲。外婆還會在家裡和朋友們伴隨著播放的音樂翩翩起舞。

即使是在年幼的我的眼中，禧寧的天空也比首爾更高、更藍。跟外婆一起仰望的夜空至今令我難忘，那是我第一次仰望銀河，心裡又激動又興奮，半天都沒有講一句話。

抵達禧寧還不到一天，我就對外婆敞開了心扉。孩子的直覺非常準，一眼便知對方喜不喜歡自己，是會傷害自己，還是照顧自己。

在客運站與外婆道別時，我一屁股坐在地上嚎啕大哭了起來。因為跟外婆培養出了感情，也因為一種也許未來再也見不到她的預感。

再次前往禧寧，是在二〇一七年一月某個大雪紛飛的日子。三十二歲的我驅車行駛在高速公路上，後座塞滿了行李。

離婚一個月後，我無意間看到禧寧的天文臺正在招聘研究員的公告。剛好那時我參與的項目結束了，正處在無處可去的狀況。收到錄取通知的當天，我便開始整理起首爾的生活。我把床、衣櫃、書桌、洗衣機、餐桌和地毯，以及他碰過的內衣和餐具全部丟掉了。生活了六年的家，要丟的東西非常多，即便是搬家當天，也丟了滿滿的幾大袋東西。

出發前往禧寧的前一天，我才上網搜尋一下禧寧是怎樣的一個城市。禧寧為海岸盆地，西邊是海拔一千多公尺的山脈，東臨大海，是一座由農耕和市區形成的小城市。相較於其他地區的城市，禧寧的規模很小，而且人口不到十萬人。

過了春川市，雪變小了，但風還是很大，大到輕型車被吹得直搖晃。每經過休息站時，我都要停下來喘口氣。我不是容易暈車的體質，但當時我的身心都很脆弱，所以即使是很小的晃動也會感到頭暈、噁心。

離開首爾五個小時後，終於抵達了禧寧的觀光旅館。精疲力盡的我連行李也沒打開，直接坐在窗邊。透過窗戶可以看到大海，也許是冬天的關係，海邊沒有人，只能看到幾隻水鳥在海面上盤旋。有多久沒有像這樣近距離看到海了呢？我就那樣一直坐到夜幕降臨，看到黑暗中一排排的漁船點亮燈火開始捕魚，還數了數那些漁船上掛了多少盞燈。

那時的我受淺眠所困，不知道醒了多少次。睡意全無後，我拉開窗簾，只見紅彤彤的太陽正從水平線緩緩升起，染紅大海的光芒湧入房間。我就這樣一語不發地度過了一個星期，每天眺望旭日東昇，直到再也無法直視為止。

那天，我去看了之後要在禧寧租賃的房子。一共看了五間屋況，最滿意的還是第一間。據說，那兩棟二十年前竣工的走廊式公寓裡住著很多新婚夫婦和獨居老人。我看中的是五樓的其中一間，室內非常乾淨，根本無需更換壁紙，採光也很好，還能看到大海。若想搬進那間房子，還需要再等三個星期，但我覺得這麼好的屋子等一等也無妨。

來到禧寧的前三週，我住在旅館，日日通勤。那段時間一直下大雪，大到得動員附近軍隊的軍人拿著鐵鍬到處鏟雪。禧寧是一座位於偏遠地區的小城市，不僅少有車輛經過，而且人跡罕至，自然雪融化的速度也很緩慢。

那時，我第一次感受到白雪皚皚也可以讓人心生畏懼。有一次，大暴雪過後，我開車行駛在國道上，由於心跳劇烈，呼吸困難，不得不停在路邊。彷彿保護我心臟的安全帶斷裂，某種減少痛楚的安全裝置突然消失似的。

到天文臺上班的第一天，就有人問我是否結婚，當我回答之前結過一次後，大家立刻向我投來了希望我具體說明的眼神。於是，我補充說，去年離婚了。我很想大大方方地回答這個問題，卻還是覺得心跳加速，就像做了什麼錯事一樣。大家露出尷尬的笑容，立刻轉移了話題。

下班回到旅館，我直接倒在床上。窗戶開著，從外面傳來波濤洶湧的海浪聲，我冷得渾身發抖，卻沒有一絲力氣起身去關窗戶。有時，我連倒杯水喝的力氣都沒有，只能任由嘴巴一直口乾舌燥下去。

我看著鏡子中的自己，雙肩前傾到駝了背，日漸消瘦的身體幾乎看不到任何肌肉。因為脫髮嚴重，我乾脆剪短了頭髮，可這讓我覺得自己更加陌生。跟志宇講電話成了我唯一的安慰。

日落時，志宇來電。她是我為數不多的朋友中，替我流淚、為我破口大罵，最擔心我的一個人。

「那個狗崽子真是厚臉皮。」

志宇稱我的前大為狗崽子。

「『狗』怎麼就變成髒話了呢？」

我問道。

志宇說，其實狗崽子不是指狗的幼崽，而是一種對「正常家庭」之外的「私生子」的蔑稱。志宇解釋完，又說這不是什麼好話，以後不會再使用了。但接著又抱怨起在狗崽子、瘋子和混蛋中，也沒有一個可以使用的詞彙，人類拙劣到就只會發明這種用來貶低弱者的髒話。

「我們需要創新的髒話，用來洩憤的髒話。」

最後，志宇得出這樣的結論。掛掉電話後，我拿起筆在紙上寫下狗崽子三個字。狗崽子，就算這個詞的辭源如志宇所言，但幾乎沒有人在使用它的時候會想到原本的意思。我想到小狗，隨即眼前浮現出牠們朝著根本對自己不感興趣的人搖尾巴的樣子。

為什麼是狗崽子呢？難道是因為狗很黏人？毫無條件地陪在人類身旁，就算打牠們也不會躲閃，一直搖尾巴？因為心甘情願服從，所以可以不放在眼裡，蔑視牠們？我看著這個單字心想，如果是出於這種理由，那不應該是狗，而是人才對吧？我不禁覺得自己很像一個狗崽子。

我有時會想像，假如心是可以掏出來的人體器官，那就把它掏出來，用溫水洗乾淨，然後用毛巾擦去上面的水汽，放在通風好的地方曬太陽。期間，我以無心的狀態活著，待它在陽光下曬乾，然後再把柔軟、散發著香氣的心裝回體內，這樣就可以重新開始了。

搬家當天，我把堆放在汽車後座的行李搬去新家。說是行李，其實就只有衣服、餐具、書、筆電、天文望遠鏡和電視而已。

公寓位於城西的高地，社區正門附近有一間農協大賣場，後門近鄰登山路入口。大賣場一側可以看到幾棟附帶田園的獨戶住家，不遠還可以看到川流不息的小溪。公寓北邊是密集的獨棟、高層公寓住宅區和市場，再往東走可以看到海。海邊有一塊如同龜殼般又圓又黑的岩石，因此那裡被稱之為「龜海灘」。海灘附近開了很多間為做觀光客生意的生魚片和烤貝餐廳，但因為現在是冬天，海邊一帶都很冷清。

雖然來禧寧沒多久，但我總有種已經在這裡住了很久似的感覺。禧寧是一個很安靜的地方，對於生活在首爾的我而言，有時這種安靜不禁讓人感到害怕。

那時的我不想與人接觸，但又很想交到朋友。我希望能像在首爾一樣和朋友聊天，身邊能有支持自己的人，哪怕只有一位也好。與此同時，又不希望因為彼此走得太近，整日掏心掏肺地黏在一起。婚姻於我就是如此，所以我再也不相信這種關係了。

寒冬進入尾聲，我可以在感到寒冷時關上窗戶，在口渴時倒杯水喝了。雖然漫漫長夜仍舊難熬，但我已不再像從前那樣把身體裡的水分化作淚水，整夜以淚洗面，如今可以倒頭睡上二、三個小時了。不過，即使是這樣，若有人問「是否覺得好些？」我還是無法輕易給出肯定的答案。

搬來禧寧兩個月後的某一天，媽媽來了。

媽媽翻了翻堆在玄關的可回收垃圾，脫鞋走進，接著從帶來的箱子裡取出甜菜頭汁和高麗菜汁，整整齊齊地塞進了冰箱的保鮮室。

「這掛在哪？」

我接過媽媽的夾克外套，掛在臥室的衣櫃裡。走回客廳時，只見媽媽閉著眼睛躺在沙發上。我沖了杯即溶咖啡放在沙發一旁的茶几上。

「這麼偏僻的地方，不是妳這種年輕人該來的。」

媽媽閉著眼睛說道。

「這裡不偏僻，而且職場也不錯。」

我說完猶豫了一下，然後又開口問道：

「媽，妳來禧寧看過外婆幾次？」

「妳也知道，我們不常見面。怎麼？妳想去見她？」

「沒有……」

「有機會就回首爾。妳該不會是因為小金？怕碰到他？」

「反正我不是在研究室，就是在家，待在首爾或禧寧都無所謂。」

「待在這種地方等於是浪費青春，妳得趕快再交個男朋友。」

媽媽說完，坐起身，呼呼吹了幾下咖啡，啜了一口。

「沒有男人，我也能過好日子。」

「妳是不知道大家有多瞧不起離過婚的女人嗎？人家會在背後說三道四的。」

媽，我比誰都清楚。但我沒說出口，而是轉頭看向窗外。田裡的人們正在用耕耘機翻土，看來是要耕種什麼吧？想必夏天和秋天的風景一定會很好看。就算媽媽催促我也無濟於事，這就好比沒有人會在冬天勉強耕種一樣。

「媽，時代不同了，現在跟妳生活的過去不一樣了。」

「就算是一事無成的男人，起碼也能讓妳有個依靠啊。女人終究還是要嫁人的，這樣別人才不會隨便對待妳。」

「媽。」

「這是過來人的忠告。」

我再也聽不下去了，轉身奪門而出。一定要嫁人嗎？但媽媽不是一直被她嫁的男人和他的家人剝削著嗎？剝削到就連回娘家探望自己的親媽也要得到他們批准。媽媽嫁給三兄弟家的長子，逢年過節都不能回娘家。放假的時候，婆家的人會來家裡作客，但外婆卻從沒來過。雖然媽媽和外婆的關係變成這樣不是因為這些事，但就算不是因為這些事，媽媽也很難跟外婆見上一面。

「小金是個善良人。」媽媽總把這句話掛在嘴邊，還說男人只要不動手打女人、不賭博、不出軌就是好男人，勸我要知足，不能期望過高。就因為這樣，在我發現前夫出軌以前，他一直都是媽媽定義的好男人。

媽媽總是用充滿希望的口吻描述婚姻生活，但仔細聽下來，不禁覺得對男人不抱任何希望的人反而是她。不打女人、不賭博、不出軌的男人就是好男人？關於人類，還有比這種定義更讓人絕望的嗎？

我漫無目的地走在路上，看到一間超市，然後在超市買了幾個冰淇淋後，又慢步走回家。為了調整好心態，我一路做著深呼吸。走進家門，只見媽媽一臉不以為然的表情看著我，我隨手遞給她一個冰淇淋，然後也裝作若無其事地吃了起來。

媽媽問我，一個人住不害怕嗎？不覺得孤單嗎？喜歡新職場嗎？獨自住在這麼偏僻的地方，萬一出了什麼事或生病的話，誰能過來照顧我？最讓她放心不下的是：我一個人孤獨地生活。

「我一個人過得很舒心。」

我能對媽媽說的就只有這麼一句話，因為我放棄期待她能給予我支持和理解。我打算離婚的時候，媽媽比起我受到的傷害，更在意的是離婚後落單的女婿。

「我不擔心妳，但小金那麼脆弱，萬一想不開自尋短見，妳負得起責任嗎？」

有些話在聽到的瞬間就註定了一輩子不可能忘記。於我而言，媽媽脫口而出的就是這種話。媽媽打電話，抱怨起我離婚的事讓她的處境有多難看，以及有多痛苦和難過。她甚至還告訴我，她打電話給我的前夫，祈禱他能更幸福。媽媽似乎看不到我的痛苦。

我知道人們能夠輕易地對男人產生共鳴，就像大家聊起我離婚的事時，都只對我指指點點。即使知道他在外面偷吃的事實以後，也還是會把為他製造偷吃契機的責任推卸到我身上。別人也就算了，可是連媽媽也在對別人的兒子感同身受。媽媽對我的痛苦視而不見，這讓我倍感絕望。

「離婚的事，妳爸沒對任何人說。」

媽媽漫不經心地說道。

「他是覺得自己的女兒丟臉吧。」

「沒有人能跟妳爸比。」

「是喔？」

「再怎麼說，他也是妳爸。妳可不能這麼說他。」

「男人出次軌就鬧離婚，妳也太不像話了。妳總得替人家小金想想吧。做人要心胸寬廣一些，大家都是這麼過日子的。」

這句話出自爸爸之口，看到他站在女婿的立場思考問題，我一點也不驚訝，因為我從來就沒期待過他會為我著想。

日落前，媽媽站了起來。我開車把她送到客運站，回家的路上，我看到三五成群的老奶奶。

☽

那是進入四月前的週六傍晚。我出門散步，在走回家的坡路上遇到了一位奶奶。偶爾在公寓電梯裡遇到她時，她總是會對我笑臉相迎。老奶奶很時髦，總是穿著螢光粉或銀色的羽絨衣。那天她穿了一件玫瑰色的羽絨衣，推著深黃色的手推車。我點頭打了聲招呼，正要快步繼續往前走的時候，老奶奶擺了擺手。

「聽說今天蘋果很便宜，我就去了一趟果菜市場。」

「是喔。」

老奶奶從手推車中的袋子裡拿出一顆蘋果遞給我。

「很甜的，妳嚐嚐。」

「啊……不用了。」

我懷疑她是想傳教，但一直拒絕感覺也很沒有禮貌，於是接過來放進口袋裡。

「果菜市場……您去了市廳旁邊的市場嗎？」

「那裡最便宜。」

幾輛機車從我們身邊飛馳而過。老奶奶身後，午後的陽光照得大海金光閃閃。這時，一陣柔和的風吹來。

「妳別多想。」

老奶奶開口說道。

「……」

「我只是覺得妳長得很像我孫女。那孩子十歲的時候見過一次，之後就再也沒見過了。明明是我女兒的女兒……」

老奶奶欲言又止，默默地看著我。

「我孫女叫知妍，李知妍。我女兒叫吉美善。」

我瞪大雙眼看著老奶奶，她剛才說的是我和媽媽的名字。我一時驚慌失措，不知道該說什麼好了。

「住在首爾的孩子，怎麼會搬來這裡？」

她盯著我的雙眼問道。

「但我還是到禧寧來了。」

我回答。

她面帶微笑，彷彿什麼都知道了似的。我們尷尬地站在坡路上互望著對方，只見她的臉上浮現出了調皮的表情。我覺得，她在遇到我的第一天就認出我了。

「外婆。」

外婆點了點頭：

「好久不見！」

2

那天我們走回公寓的一路上什麼也沒說，感覺說什麼都會很尷尬。走進電梯，我按了五樓的按鈕，外婆按下十樓的按鈕後說：

「妳隨媽媽，個子好高啊。」

「嗯……是啊。」

在簡短的交談中，我近距離地觀察了外婆的臉。與年齡相比，外婆的頭髮還很濃密，留著一頭沒有染色的短髮，寬寬的額頭，沒有雙眼皮的細長眼睛，高挺的鼻梁，長長的人中和人中上的汗毛，近似於淡紫色的厚嘴唇，眼角和嘴角可以看到魚尾紋和笑紋，眉間還有兩道深深的眉間紋。外婆稍比我矮一些，但站姿端正，一點也不駝背，扶著手推車的手背上滿是褐色的老年斑。外婆和媽媽幾乎沒有相似之處。我腦海中浮現出媽媽因為討厭白頭髮，而頻繁染成黑色的髮絲，以及窄窄的額頭。

與外婆重逢時，我只覺得很尷尬，甚至陌生到懷疑起她真的就是我小時候見過的外婆嗎？我有些擔心，不知道以後遇到外婆要說什麼，她該不會以外婆的身分干涉我的生活吧？我為了過上隱姓埋名的日子才來到這裡，搞不好我是她從首爾來的孫女的消息很快就會傳開。

再次遇到外婆是在幾天後的早上。去上班的路途中，我看到幾名身穿五顏六色工作服的老奶奶上了一輛停在停車場的廂型車。我望著她們時，看到了正準備上車的外婆。外婆看到我便立刻露出笑容，揮了揮手。我遲疑了一下，也向外婆揮了揮手。「要遲到了，快上車吧。」在其他人的催促下，外婆上了那輛廂型車。

「我去打工，打工！」外婆衝我喊道：「拜拜。」

我看著那輛載著外婆的廂型車從眼前消失。

如果沒有小時候的記憶，我可能會覺得這樣的外婆很有負擔，但我腦海中依然保留著外婆給我講故事、陪我嬉笑的記憶。

在外婆眼中，我可能是一個難以相處的三十歲出頭的女人，而不是孫女。比起當年乖巧可愛、需要人保護的孫女，現在更像是母女關係很差的女兒她老大不小的孩子。但我覺得我們之間的這種距離感、尷尬和難以相處的感覺也不是什麼壞事，而且令人覺得很神奇的是，這些感情都建立在一層淡淡的回憶之上。

隔天傍晚在超市遇到外婆時，氣氛並沒有我擔心的那麼尷尬。外婆正提著裝有一瓶醬油和一盒即溶咖啡的購物籃，朝收銀臺走去，我則提著購物籃排在她身後。

「剛下班嗎？」

外婆問道。

「嗯，下班路上過來買點吃的。」

我看著購物籃中的草莓、蘋果、麥片、牛奶和泡菜回答道。

話題就此中斷。我沒有想到適合的話題，外婆似乎也是。結完帳後，外婆把東西放入手推車，走出了超市。我結完帳，朝外婆的方向追去。

「我開車送您回去吧。」

「沒關係，走路只要五分鐘。」

不知外婆是不是出於尷尬，很客氣地拒絕了我。

「您買了那麼多重的東西，還是上車吧，反正也順路。」

「……那就給妳添麻煩了。」

外婆上車時，我這才發現她很難彎腰，下車時的動作也十分緩慢。無論外表如何，外婆畢竟是上了年紀的老人。我配合外婆的步伐，慢慢地走到電梯前。

「您平時都在做什麼啊？」

外婆想了想，開口說道：

「農忙期的話，就去那邊村裡打工……」

「打工？」

「妳不知道？」

我點了點頭。

「就是去幫人家做點農活。我年紀大了，跟社區的老奶奶們一起去葡萄園幫忙，用剪刀、剪刀……」

外婆一邊用食指和中指比出剪刀，一邊說道。

「剪枝葉，也會把成串的葡萄裝袋，再裝進紙箱。」

「您都這麼大年紀了……」

聽了我的話，外婆笑著說：

「遊手好閒地坐在家裡等死也很辛苦的，去那裡既能和大家聊天，又能賺點零用錢，簡直就是一石二鳥。白天多動一動，晚上也能睡個好覺。」

電梯在七樓停了很久。我思考著應該說些什麼，稍後開口問道：

「那不去打工的時候，都做什麼啊？」

「我？嗯，躺著看電視，再不然就去老人活動中心走一走，也沒什麼能做的事。」

這時，電梯到了一樓。我和外婆走進電梯後，就沒有了對話，只一聲不響地盯著顯示樓層的數字。電梯到了五樓，我要走出電梯的時候，外婆突然對我說：

「妳要是有時間就過來玩。忙的話，就不要來，千萬不要來！」

遇到外婆之後沒過多久的星期天，我去了外婆家。幾天前，在電梯裡遇到外婆，我說有時間打算去她家，外婆喜出望外地直接跟我約好了日子。

我去市場買了一束玫瑰花，還在附近的商店買瓶紅酒和一個小鮮奶油蛋糕。走進電梯，我直接按下十樓的按鈕。來到走廊，只見外婆家的大門敞開著，飯、湯和烤魚的香氣撲鼻而來。我走到門口，叫了一聲：「外婆。」

外婆穿著一件芥末色的洋裝，腳踩一雙花紋的襪鞋，一邊揮舞雙手，一邊朝玄關走來。

「進來，快進來，還買什麼花啊。」

玄關的牆上掛著一幅畫有三顆蘋果的油畫。外婆家和我家的格局一樣，陽臺的曬衣架上掛著一排排的乾白菜葉，大籃子裡裝著幾個濟州島柑橘。並排放著的三個手推車旁邊大蔥、洋蔥、大蒜和乾海帶有序地堆放著。我走到廚房，放下蛋糕和紅酒時，聞到了一股濃濃的生薑味。

「去那邊坐著等一下。」

外婆把要幫忙的我推到沙發。客廳擺放著燈芯絨材質的三人沙發，沙發的扶手已經被摸出了亮光，座墊也陷了下去。我覺得坐沙發對腰不好，於是坐在地上，背靠沙發。坐椅對面擺放著一臺小電視，畫面微微地上下晃動著，聲音開得很大。電視後面的壁紙一角掉了很大一塊，露出了三角形的牆壁。

「我來擺餐具好了。」

外婆見我不自在地坐在地上，擺了擺手。

「懂得招待別人，也要懂得被別人招待。」

聽到外婆的話，我坐到餐桌前，視線落在眼前的餐桌上。那是一張嶄新的四人餐桌。外婆端來托盤，上面放著小菜和餐具，接著烤半滑舌鰨魚、水海帶、醋辣醬、醬煮蘿蔔、小蘿蔔泡菜也依序上了桌，最後是加了栗子和四季豆的飯和白菜湯。外婆還給我倒了一杯決明子茶。我們面對面地坐在餐桌前。

「謝謝您的招待。」

我拿起湯匙，喝了一口湯。外婆一邊說：「我忘了加蒜泥，不知道味道怎麼樣。」一邊觀察著我的臉色。以我的口味來說，有一點鹹，但還是很香。

「很好喝啊。」

外婆露出不相信的表情。

「真的很好喝，白菜也煮得軟軟的，很好吃。」

「鹹淡適中？」

「嗯。」

外婆這才嚐了一口。

「嗯，味道不錯。」

外婆說完，露出了笑容。我看到外婆塗了深粉色的口紅，一頭短髮很有型，好像有吹過。我感到驚訝的是，外婆竟然為了我精心打扮了一番。我剔下一塊魚肉，放進外婆的碗裡。曬得半乾的魚肉很有嚼勁，魚皮烤得又香又脆，就像油炸的一樣。我本只想著出於禮貌，不管滋味如何都儘量多吃一點，但沒想到胃口大開，一碗飯很快就見底了。多久沒有感受到這麼舒服的飽脹感了呢？我只顧埋頭吃飯，都沒怎麼和外婆講話。

「一起吃，飯才好吃。」

雖然我不認同外婆的這句話，但還是點了點頭。吃飯也要看跟什麼人吃，好不好吃完全取決於一起吃飯的人。有時，我覺得邊看Netflix邊吃飯更舒服。外婆煮的飯很好吃，和外婆一起吃的飯也很好吃。

「要不要再添一碗？」

「太飽了。等下還要吃蛋糕呢……」

「今天是誰生日嗎？」

外婆笑著問道。

「不是，就是覺得蛋糕很好吃。」

「沒錯。」

「您也喜歡吃蛋糕嗎？」

「喜歡，但沒機會吃。」

外婆調皮地回答我。

我們一起清理餐桌。貼有翠綠色貼紙的洗碗槽和壁櫥年代已久，碗櫃的門也掉了，洗碗槽上方還擺著一個裝有水芹菜的杯子。不過整體來看，廚房還是整理得很乾淨。我用抹布擦了桌子，外婆把切好的蛋糕分別放進兩個盤子裡，我們把紅酒倒進水杯，慢慢品嚐起蛋糕和紅酒。

那天，外婆沒有問任何關於我的近況。她應該從媽媽那裡聽說了我結婚的消息，但也沒有問任何與那個人有關的事。外婆只問了我大學讀什麼專業，在做什麼工作，不上班的時候會做什麼。

「您的皮膚好好喔。」

「大家都這麼說。我去老人活動中心的時候，大家都說因為我的皮膚太亮了，根本不需要開燈。」

我覺得毫不謙虛的外婆十分有趣，還被她逗笑了。

「媽媽的皮膚也很好，又亮又光滑，我都沒見過她臉上長過粉刺。這點我就沒隨她，我沒有像她的地方。」

「她也沒有像我的地方。妳媽和我爸就像一個模子刻出來。」

「但我也不像我爸。」

外婆仔細盯著我的臉看了半天，然後開口說道：

「我知道妳像誰。」

「誰？」

「等我一下。」

外婆走進小屋，隨後拿著一本棕色的相冊走了回來。

「妳看看。」

外婆翻開相冊，把它遞給我。照片中，兩個身穿白色赤古里[1]和黑裙的女生面帶微

1 一種韓國的傳統服飾。

笑，左邊梳著中分盤頭的女生吸引了我的視線。

「她是誰？」

我指著那個女生問道。外婆也伸出手指點著照片。

「說是妳，大家也會相信的。」

說著，外婆用手指摸了摸相冊的邊框。

一雙龍鳳眼、稀疏的眉毛、圓圓的額頭和短短的下巴，以及小耳朵都很像她。不僅五官很像，就連坐姿和表情也很相似。外婆看著目不轉睛地盯著照片的我說：

「妳聽說過我媽媽的事嗎？」

我搖了搖頭。媽媽有時只對我說：「我沒娘家。」

「也是，我和妳也不見面。」

外婆嘴上這樣講，但可以看出她對媽媽隻字不提娘家的事略感失落。片刻沉默過後，我開口問道：

「曾祖母叫什麼名字？」

「李貞善。但大家都叫她三泉，三泉嬸。」

「為什麼？」

「因為她老家在三泉。」

「三泉在哪裡？我還是第一次聽說這個地方。」

「從開城搭三個小時的火車才能到的地方。」

「您老家不是在開城嗎？」

我記得之前聽媽媽說過外婆的老家在開城。

「嗯，我出生前，媽媽就離鄉去了開城，在她十七歲那年。」

窗外的太陽已經西下，是時候該回家了，但我不想站起來，還想聽外婆講下去。我猶豫了一下，又開口問道：

「她是怎樣的一個人呢？」

「誰？我媽媽嗎？」

「嗯。」

外婆話到嘴邊，欲言又止，最後乾脆閉上了嘴，掛在嘴角的笑容也消失了。她出神地思考著什麼。

「就是……」勉強說出兩個字的外婆看向我，「就是……很想她。」

外婆凝視著我，彷彿把我看成了曾祖母，然後用力揚起嘴角。

「就是一個很想念的人。」

看到外婆眼角凝結的淚滴，我一時驚慌，立刻別過頭去，假裝什麼也沒看到。

「我這是怎麼了。」

外婆一口氣喝光了杯裡的紅酒。沉默在我和外婆之間無聲地流淌。我一邊幫外婆倒酒，一邊問道：

「沒有曾祖父的照片嗎？」

「沒有。」

外婆看著我笑了笑。

「曾祖父是怎樣的一個人？」

聽到我這樣問，外婆思考了一下說：

「他生於木匠之家，聽說他的父親是當年遭迫害的天主教徒。我爸爸就是那些先祖的後人。」

)

最初信奉天主教的先祖是個馬伕，他聽到他侍奉的主人說，從今天起我們再也不是主僕關係，而是朋友以後，不禁覺得主人很可憐，然後就瘋掉了。外婆說，世事難料，先祖最後也跟著主人信了天主教。三年後，兩個人被打斷雙腿，耳朵裡插著箭，被拉到沙南基處死了。

但這只是一個開始。倖存下來的信徒躲進深山，靠燒木炭和甕器來維持生計，堅持自己的信仰。隨著時間的推移，這些人再也無需躲起來信奉天主教了。但因為他們破壞神主罐，也不祭祀先祖，所以還是四處受人排擠。高祖父很有能力，手也很巧，做起蓋房子的木匠。他膝下育有四個女兒，三個兒子，得益於一技之長，積攢下了可供三個兒子上學的財產。我的曾祖父就是這位木匠的小兒子。

「我要說什麼來著，怎麼提起這件事了……啊，我是要講我父親，也就是妳的曾祖父為什麼拋棄自己的父母，又是怎麼與我媽媽相識的。不是所有人都會經歷一見鍾情，那一瞬間……徹底的痴迷。」

曾祖父到了十九歲談論婚事的時候，向高祖父坦言自己已經有了心上人。甫得知兒子要娶白丁[2]之女過門時，高祖父只無言地笑了笑。但聽完兒子的一席話後，高祖父徹底笑不出來了。曾祖父在教堂學習、領悟到人天生不分貴賤，貴賤只取決於人的言行舉止，但在那個年代，白丁人家的女兒連狗馬都不如。

2 白丁與良民，朝鮮時代將人分為兩班、良民和白丁三個等級。良民屬於中間等級，白丁等同於最下等的賤民。

被質問怎麼能取白丁之女過門時，曾祖父反駁道，白丁也是天主的子民，而且聖經說，人不分貴賤。

──聖經裡沒有白丁。

高祖父語畢，打翻了身旁的火盆。曾祖父就此奪門而出，帶著曾祖母搭上前往開城的火車。

「曾祖母沒有家人嗎？」

「有，她和媽媽相依為命。」

曾祖母還很小的時候，父親就過世了，家裡只有母親一人，但母親病倒後長年臥床不起。眼看時日也不多了，曾祖父便對靠在炕頭的高祖母說，他想要迎娶她的女兒，並且前往開城另立門戶。高祖母用滿是眼屎的眼睛望向曾祖母，眼淚止不住地從那雙小眼睛流了下來。

──帶上我。

高祖母揪住女兒的裙角哀求道。

──帶我一起走吧。

病入膏肓的人哪來的力氣呢？曾祖母費了好大的勁才拽開高祖母緊抓不放的手。高祖母沉默半晌後，低聲說道。

—走吧，走吧。我來生投胎做妳女兒，到時候再來補償今生為母沒做的事。我們來生再見，來生再相聚。

曾祖母頭也不回地走了。她害怕自己回頭多看一眼，會改變主意留下來。她離開生活了十七年的、臭氣熏天的、連挑糞的人也不肯來的、就連傍晚時多看一眼在路邊綻放的野花也會被砸石子的、沒有任何快樂記憶的家。那天，走到車站的短短一段路好似千里遠，雙腳就像灌了鉛，每一步都邁得沉重無比。

曾祖母有不得不離開的原因——為了活下去。上了火車的曾祖母一邊吐著黃色的胃液，一邊告訴自己：會忘記的。都會忘記的，我不會回頭的。

外婆說，她能理解曾祖父為什麼會癡迷於曾祖母。曾祖母的眼中有著只有在孩子身上才能看到的好奇心和俏皮。這是她與生俱來的氣質。白丁之女竟敢毫不顧忌地流露出滿心歡喜的表情？還敢抬頭走路，跟良民對視？就因為這樣，曾祖母小時候沒少挨過打。

但就算挨打，曾祖母也不肯低頭走路。她會不由自主地抬起頭，還會仰望天空，出神地看著成群的鳥兒從眼前飛過。曾祖母有滿滿的好奇心，她好奇這個世界，也好奇所有人。遇到曾祖父也是出於她的好奇心。

曾祖母在車站前，靠賣煮玉米維持生計。賣完玉米後，她不是觀察路人，就是沿著鐵道散步。有一天，她產生了疑問，這條鐵道究竟有多少里，終點在哪裡？因為按捺不住好奇的心，她攔下從鐵道另一頭走來的男生問道。

—你知道這條鐵道有多少里嗎？

問題脫口而出後，曾祖母才意識到身為白丁的自己擋住了良民的路，搞不好會被毒打一頓。但誰知，眼前的年輕人愣在原地陷入了沉思。

—往北可以到新義州，往南可以到釜山，至於有多少里……

顯然年輕人絲毫沒有在意縫在曾祖母赤古里衣帶上的黑布，他的視線沒有停留在那個代表白丁身分的標記上，而是遙望著不見盡頭的鐵道。他叫住打算走開的她。

—妳明天這個時間過來的話，我就告訴妳答案。我有一個很懂鐵路的朋友，問他就能知道了。

在遇到曾祖母以前，曾祖父就很想去開城了。即使不是開城，其他地方也可以，他只是想搭火車遠離家鄉。曾祖父從小就是個自由的靈魂，他會牽著牛一直走到天黑，走到很遠的地方，害得村裡人到處找他和牛隻。外婆說，她經常會想像夜深人靜的時候，父親一臉迷茫地牽著牛走回家的樣子。

初次見到火車時，曾祖父十分震驚。看到以驚人的速度從眼前飛馳而過的火車，曾祖父感到頭暈目眩，心臟撲通撲通直跳，但他就此愛上了從遠處傳來的汽笛聲和車輪滾過鐵道接軌處時發出的哐啷聲。

一有機會，曾祖父就會走兩個小時的路到火車站，再沿著鐵道散步。當聽到遠處傳來汽笛聲，他就會愣在原地盯著從遠處駛來的火車，直到逼近時才立刻遠離鐵道。火車伴隨著震耳欲聾的轟鳴一閃而過，強大的震動沿著地面傳到了他的體內。

車站門前有很多做生意的小販，但曾祖父唯獨對那個女生記憶猶新。他一直記得那個衣帶上縫有黑布的、尚未退去稚氣的、雙頰曬得通紅的、用大手把玉米遞給客人的女生。

你知道這條鐵道有幾里嗎？那時，他感到很奇怪的是，彷彿之前就經歷過這一瞬間：臉蛋紅紅的女生和自己站在鐵道上，遠方傳來汽笛聲，隨即一隻喜鵲往西邊飛過……就在他想起這幅畫面的瞬間，遠處真的傳來了汽笛的聲響，一隻瘦小的喜鵲飛上了天空。他看著招手示意趕快離開鐵道的她，莫名萌生了要讓瞬間變成永恆的想法。

他對一直盯著自己的女孩說，明天約在這裡見面，到時告訴她答案。他覺得當下告訴她的話，就再也沒有機會和她講話了。光是想像就讓人很傷感。這條鐵道有幾里？其實，他早就知道答案了。

第二天，他徒步兩個小時來到鐵道，但等了半日也不見她出現。他沿著鐵道徘徊，還以為她記錯時間。太陽下山後，走回家的路上，他才想起來人家當時沒有任何回應。面對約在明天見面的提議，女生就只是看他一眼，直接轉頭走掉了。都沒得到回應，就以為人家會來，曾祖父莫名覺得有些丟臉。

回到家後，他也無法停止去想那個女生。白丁之女怎麼會如此泰然自若地跟良民講話呢？怎麼會如此坦然地盯著自己？怎麼敢不回答良民的提問？為什麼會覺得那一瞬間似曾相識？為什麼臉頰通紅的她看向自己的時候，會傳來汽笛聲，喜鵲會飛走呢？為什麼自己那麼渴望要讓瞬間變成永恆呢？她可是白丁之女啊！

想到這些，曾祖父不知為何難過了起來。白丁之女的身分不可能否定她的存在，而試圖以身分貴賤之由抹去對她的感覺，讓曾祖父心裡更加不是滋味了。

翌日，曾祖父徒步走了很久來到車站。那女生正蹲坐在角落處賣著玉米。夏末秋至，太陽還沒下山，熱氣就散去了。他漫步朝她走去，說要買下剩下的所有玉米。女生沒有認出是他，接過錢，遞上玉米。

—託您的福，我今天可以早點回家了。

見她開始收拾攤位，他心急地開口道。

—我昨天等了妳很久。

女生這才認出是他。

—妳總是一個人出來嗎？

—……

—我就是有些擔心。

—不用你擔心，我的事，我自己會處理。

女生面露難色，整理著攤位。

—我見妳很好奇鐵路有幾里……

—所以約我隔天在那裡見面嗎？

她板著臉，看向他。

—不知道就說不知道。我很忙的，沒時間陪你閒聊。

說著，女生把籮筐夾在腋下走了。他愣在原地，望著她離去的背影。

她的個子很高，肩膀也很寬。他的視線追隨著迎風大步前行的她。雖然當下的狀況令人覺得委屈和丟臉，但他感受到的只有悲傷而已。因為他意識到在她眼中，自己是一個很危險的人。望著她漸漸遠去的背影，他陷入沉思——

她到底經歷了什麼事呢？

自那天之後，他天天走到車站，躲在遠處觀察她。再平凡不過的一張圓臉，大大的一雙手，為了找零錢掏口袋的動作，出神地望著過往行人的表情。大口啃玉米時，臉蛋上還會粘著玉米的胚芽。他想對她說，跟我一起去搭火車吧，我有很多話想對妳說。等上了火車，我們可以好好聊一聊。直到那天上午，這還只是他虛無縹緲的想法罷了。

但是那天，有兩名軍人走到她面前，原本以為是客人的一張笑臉立刻沉了下來。見此情形，他立刻跑了過去。

—妳叫什麼名字？家住哪裡？

軍人用日語問道。她瞪著軍人，沒有作答。曾祖父面帶笑容，用流暢的日語對他們說。

—她是我太太。因為沒有念過書，不會講日語，還請二位見諒。如果想知道我們住在哪裡，我可以告訴二位……

曾祖父的話音剛落，兩個軍人就掉頭走了。他知道，那兩個軍人是在找還沒嫁人的少女，因為他住的村子也有很多軍人在調查未出嫁的少女們。正因為這樣，很多父母把年僅九、十歲的女兒許配給村裡的單身漢，他們覺得這是唯一可以保護女兒的方法，所以給女兒找了「主人」。

軍人走後，他問她嫁人了嗎？她搖了搖頭。父親呢？她又搖了搖頭。哥哥、弟弟、叔叔或堂叔呢？她依次搖了搖頭。

—那家裡還有什麼人？那些軍人會找去妳家的。

她靜靜地看著他的臉，回答道。

—只有媽媽一個人。

他看著她，更加肯定那些軍人會強行把她帶走。雖然不知道那些被抓走的少女會經歷多麼可怕的事情，但他無法對她置之不理。

—媽媽病得很重。

她自言自語似地嘟囔了一句。聽到這句話，他下意識地脫口而出道。

—跟我一起去開城吧。

這句話似乎惹怒了她。

—他們會去抓妳，就算妳東躲西藏也無濟於事。

她把雙手放在罩著籮筐的布上，視線垂在自己的手上說。

—你別跟我說笑了，我又不認識你，連你叫什麼名字都不知道。

—我叫朴熙洙。我認識的長輩在開城做生意。我想帶妳一起去開城。

那時，他第一次在她臉上看到了恐懼。

—你是想賣掉我吧。

她喃喃道。

—這是什麼話……

—你不要管我，不用你管。我會留在這裡賣玉米，和媽媽一起過日子。為什麼要妨礙我？為什麼你們都想把我抓走？

—去了開城，我會建戶籍，然後和妳登記結婚，一起生活。

—哈！

她發出一聲短笑，提起玉米籃走了。他感到焦慮不安，他不敢想像無法說服她，而就此失去她的日子。望著她提著沉甸甸的籮筐東搖西擺的背影，他知道這已經不是選擇性的問題了。他必須帶著她，一起去開城。

曾祖母不會日語，只能聽懂幾句做生意所需的簡單用語。當日本軍人出現時，她並不知道發生了什麼事，但透過在車站前工作的人們多少也聽聞了一些消息。

那天回到家，曾祖母看到一個日本軍人和村裡的男人在等自己，瞬間雙腿無力。男人笑著對她說，要送她去日本人經營的工廠工作，還說到那裡可以賺很多錢，以後就可以用那筆錢好好享福，過上好日子。曾祖母這才恍然大悟白天發生了什麼事。她心知肚明，這個世界不會給自己那麼好的機會。她有預感一定會發生非常可怕的事情，因為那些恨不得連良民身上的一層皮也剝削下來的日本人，絕不可能把那麼好的機會讓給連豬狗也不如的自己。

—我媽媽重病在身，我不能丟下她不管。

男人的表情立刻變了，聲稱她沒有選擇的餘地，四天後會過來接人。那天晚上，她一夜沒闔眼，回想起車站前的人們說過的話。她想活下去，想自由自在地走路、唱歌，想笑就笑，想哭就哭，想活在一個人人平等的世界。

曾祖母想起那個提議一起去開城的男生。他有張不諳世事的臉，看起來比自己還年輕，似乎變聲期還沒有結束。他會把自己抓去賣掉嗎？恐懼包圍了全身。十天前，醫生說母親無藥可醫，最多只能再撐一個月。軍人走後，她懇切地祈求，希望母親先走一步。媽媽，我不得不離開這個家，所以在我離開以前，請您先走吧。她以淚洗面，不停地祈求著。

翌日，當那個男生再次出現時，她問他，為什麼要帶素不相識的自己去開城？那些軍人來抓人也與他無關，為什麼要幫助她？他未能作答，而是買下一根玉米，站在她身邊啃了起來。他吃玉米的時候，她又問了幾個問題：你沒有父母嗎？到了陌生的地方要靠什麼生活呢？表面上看，她是在問他，但其實她是在問自己。

她發問的同時便知道了，最終自己還是會跟他去開城。雖然對這個人一無所知，但就算他會把自己賣掉，眼下也已經別無選擇了。

她心想，要帶把刀。如果他威脅自己，就用刀防身。

他細嚼慢嚥地吃著玉米，速度十分緩慢。吃完後，他把玉米棒放進口袋，看著她，說道。

—跟不跟我走，妳自己決定。我這樣做，是因為我無法承受眼睜睜地看著那些軍人抓走妳。妳說得沒錯，我不了解妳，妳也對我一無所知。但我很清楚，失去妳，我會變得很不幸，會痛苦不堪。妳不相信我，是對的。希望妳以後能像現在這樣，時刻對別人充滿警惕。我並不期待妳能徹底相信我，並且跟我走。如果妳願意的話，我會請朋友幫忙照顧妳的母親。明天這個時間，我會和朋友一起過來，也需要時間去問候妳的母親。

—我不能丟下媽媽一走了之。

即使她這樣回答，但也知道自己非走不可。

—那些軍人還會再來的，他們會把妳抓走。

他說道。

—明天這個時間，在這裡見面。

說完，他轉身邁著緩慢的步伐走了。她望著他的背影心想，我必須離開這裡。

那天晚上，曾祖母一夜沒睡，一直抱著高祖母。

媽媽，有人會來照顧妳的。不，也許沒有人，但就算是這樣，我也非走不可。我知道，我一定會遭天譴，會一輩子受到處罰，但我也別無他法，我不能跟著那些軍人走。媽媽、媽，我們再也……

第二天，他帶著一個個子很高、脖子很長的男人來了。有別於稚氣未退的他，那個男人顯得很成熟。男人點頭問了聲好。那個男人就是鳥飛叔。

「為什麼他叫鳥飛叔？」

「因為他在一個叫做鳥飛的村子裡出生長大。」

鳥飛叔的先祖也是遭遇迫害的天主教徒，因此兩家人關係十分緊密，鳥飛叔和曾祖父也像親兄弟一樣。聽聞曾祖父打算離開家鄉時，鳥飛叔阻止了他。曾祖父說服他說，那些軍人已經開始挨家挨戶調查未婚的少女了，但曾祖母無依無靠，不要說哥哥和弟弟了，就連堂兄弟也沒有，家裡一個男人也沒有……比起白丁之女的身分，家裡沒有一個男人的處境更加危險。

她帶著曾祖父和鳥飛叔一起回了家。鳥飛叔答應她，每天會過來照顧她的母親。曾祖母最後向母親磕了一個頭，便頭也不回地衝出了家門。

火車上，坐在三等席的曾祖母直到開車後才哭了出來。那是坐在她身旁的曾祖父第一次，也是最後一次看到曾祖母流淚。即使是在日後聽聞母親的死訊時，她也只是沉默不語，沒有落下一滴眼淚。

曾祖母常常對外婆說，那時多虧了妳父親，我才沒有被那些軍人抓走。如果守在病入膏肓的母親身邊，我也會和那些手無縛雞之力的少女一樣被抓走。曾祖母時不時地就會提起這件事，還會對外婆說，當我身陷絕望時，是妳的父親拯救了我，是他救下了我。

火車抵達開城站，曾祖父堂叔的朋友等在月臺。曾祖母摸了摸口袋裡的刀柄，但沒有發生任何事，只有一間散發著醬塊發酵味的小房間在等著她。兩個人分開睡了一晚，隔天便登記結婚，為曾祖母上了戶籍。

曾祖母離鄉兩天後，軍人又找上門，他們抓走滿滿一卡車的少女。曾祖母不是會輕易臉紅的人，但每次談起這件事，她的臉都漲得通紅，聲音顫抖。那些軍人……每次講到這裡，曾祖母就像被拉回從前，再也講不下去。曾祖母的沉默和那種心情也滲透進外婆的心裡。

每天鳥飛叔都會到素不相識的白丁家裡，為曾祖母的母親打水、送飯，照顧病患。雖然他只照顧了高祖母不到十天，但曾祖母還是暗下決心，為了鳥飛叔，她願意赴湯蹈火、做任何事。種田、打水什麼苦活都可以，就算是上刀山、下油鍋也在所不惜。

曾祖父在堂叔朋友的磨坊找到一份工作。兩人另立門戶的十天後，收到了高祖母過世的消息。就算曾祖母沒有拋棄母親，也會被軍人抓走。即使面對這無可改變的現實，她也無法原諒自己。沒有人知道當時只有十七歲的曾祖母，是以怎樣的心情掰開母親緊抓裙角的手指，不顧她的哀求頭也不回地跑出家門。

十七歲，不應該是那樣的年紀，不應該是害怕被軍人抓走，徹夜難眠的年紀；不應該是每天早起煮一籮筐玉米，出門售賣的年紀；不應該是目睹病入膏肓的母親的恐懼、憤怒和孤獨的年紀；不應該是預感自己即將變成孤兒的年紀；不應該是只因身上縫有代表白丁身分的黑布，無時無刻受人嘲弄、威脅的年紀；不應該是迫於無奈必須拋棄母親的年紀；不應該是不能為母親送終，只能置身遠方聽聞母親死訊的年紀。但曾祖母的十七歲就是那樣的年紀。外婆說，曾祖母始終沒有告別十七歲的自己，一直活在內疚當中。

臨終前，曾祖母才回到自己的十七歲。一生不談過往的十七歲的曾祖母，直到最後才終於自由了。

外婆說，她還記得曾祖母躺在病床上，對著自己微笑的樣子。曾祖母一邊叫著媽媽、媽媽，一邊看著外婆伸出雙臂。

最初外婆以為曾祖母對高祖母只是充滿了罪惡感，但隨著時間的推移，她才明白，那是對母親深深的思念。曾祖母也渴望得到母愛，也想任性地纏著母親撒嬌，也想被母親攬在懷裡。曾祖母忍了一輩子，直到最後才喚起媽媽。曾祖母看著外婆叫媽媽的時候，外婆想起了高祖母說過的那句話：走吧，走吧。我來生投胎再當妳的女兒，到時再來補償今生為母沒做的事。我們來生再見，來生再相聚。

「孩子……我們就是這樣重逢的。」

外婆對我說道。

3

我對曾祖母一無所知，只聽說媽媽小時候是她帶大的。但現在我知道了，我的曾祖母是白丁之女，而且她迫於無奈離開了自己的母親，嫁予一名素不相識的男人。原本沒有名字、沒有具體形體，僅以「媽媽的外婆」而存在的人物，彷彿從我的外婆的故事中走了出來，栩栩如生地出現在我面前。我的曾祖母，李貞善。

「您怎麼會這麼了解從前的事呢？」

「我媽媽……」

外婆醞釀了一下，接著說道：

「給我講了很多過去的事。因為太常講，連旁人都看不下去，還有人說她怎麼就不肯放下過去的事，非要講給孩子聽呢。是啊，聽得太多，一件事反覆地講，聽得我後來也不耐煩了。我要是也沒完沒了地講過去的事，妳可得告訴我啊。」

「這您不用擔心。」

外婆小心翼翼地說了句：

「該回家了。」

一看時間，已經深夜了。我為一直坐著不走，沒考慮到外婆的就寢時間而道歉。外婆立刻回說，在外婆家做什麼都不必道歉，為這種小事道歉就更不應該了。說出這番話的外婆，看上去莫名有些感傷。隔天一早，我才意識到，也許在外婆看來，我出於禮貌而道歉的行為是在與她保持距離。

回家前，我猶豫了一下，才開口說道：

「婚禮的事，真的很對不起您。」

外婆看向我的表情還停留在上一秒。外婆沒有受邀參加我的婚禮。

「您也知道我媽有多固執。」

外婆勉強擠出一絲微笑，點了點頭。

「嗯……我……我和他，離婚了。」

「做得好。」

外婆毫不遲疑地說出這三個字。我略感詫異地看向外婆。

「能告訴我妳的手機號碼嗎？我不會打給妳的。」

外婆說道。

我在外婆的手機上輸入號碼後，按下通話鍵，然後也存下了外婆的號碼。

「無聊的話，就打給我。」

「嗯。」

「我不會打擾妳的。我要是打擾妳，就馬上掛掉。」

「知道了。」

我笑著回答說，然後提著外婆打包好的剩餘的蛋糕回了家。

外婆邀請我到家裡作客的一週後，我又去了外婆家。

外婆說很喜歡看書，撫養媽媽的時候，雖然睡眠不足，還是會抽時間看推理小說。小時候也像如飢似渴的人一樣看了很多書，現在卻看不進去了。儘管閱讀的欲望依舊強烈，但因為視力衰退，很難長時間集中精力讀字。加上做了白內障手術以後，就更不敢翻開書了。我說電視太舊，晃動的畫面對視力不好時，外婆卻說，電視現在不是用看的，而是用聽的。

我看著擺在客廳角落處的電視，雖然很小一臺，畫質卻很清晰。最近我總是躺在客廳看電視，心想這樣下去不行，正打算把它給處理掉，於是打電話給外婆，問她什麼時候在家，好把電視搬過去。

電視比想像得要重。外婆見我吃力地把電視搬來，連聲說了好幾次對不起，早知道這麼重就過去幫我了。我和外婆一起抬著電視從玄關移動到客廳，放在了電視櫃上。外婆問我：

「妳真的不看電視嗎？」

我看著放在地上的舊電視，反問道：

「把舊電視丟掉吧。太傷眼睛了。您知道怎麼丟嗎？」

「我都一個人生活了這麼多年，怎麼可能不知道呢？」

「也是啦。」

「總之，我收下了，謝謝妳。」

我安裝好電視，和外婆一起坐在沙發上一邊喝著柚子茶，一邊看著與獵豹有關的紀錄片。外婆時不時打起瞌睡，醒來後又接著看起電視。外婆讓我吃完飯再走，但我婉拒了。我不想以這種方式建立起每週一起吃飯的關係。

「走之前，我有一件事想拜託您。」

「什麼事？說吧。」

「上次您給我看的曾祖母的照片，只有那一張嗎？」

「嗯，只有那一張。我媽媽的照片只有那一張。」

「我可以用手機拍下那張照片嗎？」

我以為外婆會忌諱這一請求，但沒想到她反而很開心地回到房間取來相冊。

我靜靜地看著與我長相相似的曾祖母，掛著一抹微笑的臉龐流露出調皮的神情，特別是那雙眼睛。我對著曾祖母的相片端詳了半天，才注意到她旁邊的女生。乍看之下，她們都是坐著正面面對鏡頭，但仔細看的話，會發現那個女生稍稍把身子側向曾祖母，而且一隻手疊放在曾祖母放在裙子上的手之上。她的身材瘦小，五官也很端正。

「這位是誰啊？」

「鳥飛嬸。」

「鳥飛叔的老婆？」

「嗯。」

「她們是朋友嗎？」

外婆靜靜地看著我，點了點頭。

「她們不是普通的朋友。」

「那是？」

我拍好照片，本打算起身，但又提出了問題。

「就算到了開城，媽媽也沒有朋友。她一直都很孤單。」

沒過多久，開城的人就知道曾祖母是白丁之女。紙包不住火，而且這件事也與曾祖父工作的磨坊有關，因為開磨坊的堂叔朋友早就知道了曾祖母的身分。

曾祖父是個很單純的人，他覺得自己認為是對的事情，在某種程度上也一定會得到大家的理解。但就算曾祖父磨破了嘴皮解釋說如果不娶她，她就會被日本軍人抓走，也沒人願意相信。沒有人會正眼看待未經父母同意，自作主張娶白丁之女過門的曾祖父。

「父親是男人，那些人至少不會在他面前說三道四。」

曾祖母的身分傳開後，大家議論紛紛了很長一段時間。雖然表面得出的結論是：既然曾祖母嫁給了良民，自然也成為良民。無庸置疑的是，曾祖母現在的確是良民之妻，所以開城的人沒有像家鄉的人那樣隨便對待她。

但白丁終究是白丁，於是人們選擇迴避她。見曾祖母走來，聚在一起聊天的人們就會鴉雀無聲，用沉默來排擠她。即使她主動打招呼，人們也只會視而不見，別過頭去。即使沒有人主動攻擊曾祖母，她受到的傷害卻不亞於受到攻擊的時候。曾祖母時常一個人坐在屋簷下的石階，呆呆地望著落在院子裡的一抹陽光。

無論發生任何事都要趕快放棄和斷念，這是母親教給曾祖母的求生之道。對人生有所期待？期待對曾祖母而言，不僅是一件奢侈的事情，更是一件危險的事情。母親告訴她，必須連根拔起諸如「為什麼這麼對我？為什麼我身上會發生這種事？」之類的疑問。為什麼那些人平白無故地打我？為什麼我的丈夫都沒機會醫治就死了？為什麼連一個陪我哭泣的人也沒有？母親告訴她，與其去思考這些問題的答案，不如這樣去想：

今天走在路上被人打了。嗯，我被打了。

我的丈夫連病因都不知道就死了。嗯，我的丈夫死了。

我一個人很難過。嗯，我很難過。

大家說我是很晦氣的人。嗯，他們都這麼說我。

母親告訴她，就像這樣，不要去評論、反抗發生的事情，只要接受。這樣才能活下去。

她坐在石階上，努力回想母親教給自己的方法。

我拋棄了病入膏肓的媽媽。嗯，我拋棄了媽媽。

我未能為媽媽下葬。嗯，我什麼也沒做。

開城的人不肯接受我。嗯，沒有人願意接受我，一直以來都沒有人肯接受我。

雖然試了一下母親教的方法，但這樣的思考方式反而讓她更生氣了。曾祖母有一種能力，無論遇到任何狀況都無法欺騙自己，能夠如實地感受憤怒、悲傷和孤獨。

嗯，開城的人不肯接受我，他們都不肯接受我。

想到這裡，曾祖母閉上雙眼，握緊了拳頭。

人們蔑視我是白丁之女的眼神，還是會刺痛我。我無法適應，我覺得委屈，我很生氣，也很孤獨，我希望改變現況。我不期待人們接受，但至少不要再蔑視我。不，我期待他們可以接受我。

曾祖母在心裡種下了一顆希望的種子。即使連根拔起，它也會像雜草一樣重生，不受控制地蔓延開來。她無法支配希望，即使希望把她引領到的地方充滿了荊棘，她也只能乖乖地順從前往。正如她母親所料，她走上了坎坷的人生之路。哪有人會跟隨素不相識的男人，一同搭火車去開城呢？那顆無法接受人們蔑視的眼神、無法斷念的心會有多痛呢？

曾祖母和曾祖父租住的地方住著即將迎來花甲之年的房東、膝下育有兩個孩子的東利家和生了五個孩子的福九家。他們剛搬去時，大家熱情地款待了這對新婚夫婦。但這是在大家得知曾祖母是白丁之女，以及他們是私奔完婚以前。第一次受到人款待的曾祖母感到受寵若驚，看到這對新人缺少被褥時，東利家還主動借了他們一床被褥，孩子們也和她玩得很開心。

曾祖母一直很害怕小孩，看到聚在一起有說有笑的孩子都會繞道而行。但成為良民後遇到的孩子都對她笑臉相迎，一邊稱呼她三泉嬸，一邊抓著她的裙角纏著她問東問西。

有一天，曾祖母在河邊洗完衣服回來，福九家的孩子鬧著要她陪自己玩。四歲的孩子十分可愛。她像以往一樣，做出要追趕孩子的架勢，孩子嘻嘻笑著四處躲閃。見此情景，孩子的媽媽從遠處跑了過來。

——妳這是在幹嘛？

孩子的媽媽一聲呵斥，把孩子拽回了家。福九家的大嬸一直都待曾祖母很親切，因此她對這狀況感到一頭霧水。傍晚時分，左鄰右舍的大嬸來到她家門口，要她交還之前借給她的被褥和東西。明明幾天前，置辦好新被褥，她說要還回去時，對方甚至連聲拒絕。

曾祖父帶她去的教堂也是如此。虔誠的信徒迷戀上未受洗禮的女人，並與之私奔的消息傳遍了開城的教堂。曾祖母就這樣成了勾引男人的罪人。那時的曾祖母就明白，真相並不重要。若要問這世上有什麼不可饒恕的罪過，恐怕就只有生為女兒身了。

曾祖父去磨坊上班的時候，曾祖母也在工作。她去河邊洗衣服、織布、生火、用木棒捶平衣服，砍柴、洗碗、醃鹹菜、去市集採買、醃製水蘿蔔和小蔥泡菜，也早起煮飯，為曾祖父準備便當。

雖然大家沒有直說，但自從意識到大家不願和自己一起使用廚房後，曾祖母就會早起一個小時去煮飯。曾祖父很晚下班，所以她會等其他人家吃完晚飯後再用廚房。後院有一塊閒置的空地，曾祖母種了各種蔬菜。但即使是這樣，時間還是慢得讓人覺得難以置信。

入冬時，曾祖父的大哥從老家來訪。大哥一臉不滿，就像受人強迫而來，甚至曾祖母問好也不理睬。大哥的嘴唇很薄，靜靜待著的時候也會用力緊閉雙唇，面相十分薄情。

曾祖母取出一直沒捨得吃的半乾明太魚，加入蘿蔔，做了一道燉菜。還從米缸舀出勉強夠兩個人吃的白米，煮了白米飯。曾祖母剛端著放有兩碗白米飯的托盤轉身，就看到福九家七歲的兒子堵在廚房門口。孩子露出曾祖母非常熟悉的表情——家鄉孩子充滿惡意和尋樂的表情。孩子張開手臂，擋住了她的去路。

—快讓開。

孩子聽到曾祖母的話，快步上前打翻她手中的托盤。一個飯碗碎了，另一個完好無損，但白米飯全都倒扣在地上。事情發生得太突然，她連躲閃的時間都沒有。屋裡傳來曾祖父催促快點上飯的叫喊聲，曾祖母只好先把燉明太魚和小菜端過去。

—飯呢？

曾祖父問道。

—剛才在廚房被福九家的孩子……碗摔碎了，飯都扣在地上了……

—大哥遠道而來，難不成就只讓我們吃菜嗎？

—還有些大麥米，你們慢慢聊，我這就去煮飯。

曾祖母的話音剛落，大哥猛地站了起來。

—大哥。

—你以為我是為了受這種待遇才來的嗎？連飯都煮不好的女人還能做什麼？長輩來訪，竟然這般無禮。

說著，大哥披上外衣，做出要奪門而出的架勢。

—大哥，別這樣。是她做得不對，但她也不是有意的，你先消消氣。

曾祖父說完，立刻催促曾祖母趕緊去煮飯。

曾祖母跑進廚房時，不小心踩到了飯碗的碎片，腳底像被燙著一般隱隱作痛，但她還是忍著痛淘了米。就在這時，院子傳來一陣騷動，她跑出去一看，原來是大哥提著行李執意要走。那天冷得鼻子都能凍壞。她默默站在原地，連句挽留的話也沒能說出口。

曾祖母假裝若無其事，煮了兩碗大麥飯。腳底的傷口雖然不大，卻很深。她找來一塊布條綁在腳上止血，再穿上布襪。她看著一地平時根本沒機會吃的白米飯，心疼極了，但還是把掃起的髒飯倒進肥料桶裡。她端著兩碗大麥飯走進房間，看見曾祖父氣呼呼地坐在那裡，空氣中瀰漫著火藥味。曾祖母恍然間意識到，從今往後這種不知緣由的動怒，以及必須察言觀色的瞬間，會如家常便飯一樣經歷。

—飯煮好了，配著菜吃吧。

曾祖父一聲不吭地拿起湯匙吃了口飯，她也跟著拿起餐具。

就這樣，在沉默中，曾祖母第一次學會了所謂的放棄。即使腳底如火燒般疼痛，但告訴丈夫又有什麼用呢？他明明看到被鮮血染紅的布襪，卻一句也沒問。對這樣的人能期待什麼呢？期待他問飯碗是怎麼打翻的？福九家的孩子做了什麼？岳母過世的時候，他不也無動於衷嗎？她覺得丈夫並不關心她的痛苦，一點也不關心。可是他為什麼說無法眼睜睜地看著自己被軍人抓走呢？這成了她一輩子的困惑。

曾祖母不會知道虛榮心的力量有多強大。

丈夫從小聽著殉教者的故事長大，他被那些放棄自己擁有的一切，乃至用生命來信奉天主的信徒故事所感動。自從遇到曾祖母，看到她的生活，他便決心為她放棄自己的一切，犧牲自己的人生來拯救她。

然而，這樣的結果讓他一生都要背負起委屈、鬱憤和罪惡感。離開父母的時候，他還沒有意識到自己不是那麼了不起的人。不，他這輩子都沒有認清這一點。他不知道自己對於吃虧有多敏感，更不知道自己是一個心胸多麼狹窄的人。他以為離開父母的自己很有勇氣，但那不過是一時的衝動罷了。他甚至認為是曾祖母奪走了他的幸福人生。

來到開城後，他得了思鄉病，開始思念起父母和兄弟姊妹，以及家鄉的那些朋友。過去從別人口中聽聞的開城如同夢境一般美好，但來了以後才發現與想像中的截然不同，這裡根本不是個安居之地，就連好不容易才租到的房子也讓他覺得跟畜棚一樣。他夜夜思念有著寬敞大院和水井的老家，好幾次從睡夢中驚醒。如果與父母選定的女人結婚，現在便仍能住在寬敞明亮的家中，過著無憂無慮的日子。妻子應該補償自己失去的一切，但她絲毫沒有意識到自己的這種期待。他心想，妻子至少應該表達一下感激之情吧？怎麼會有女人像她這麼木訥呢？

他對妻子不是沒有感情。事實上，他既崇拜比自己有自信且剛毅的她，同時又心生畏懼。他有一種預感，妻子會將他身為丈夫僅有的一絲權威也奪走，甚至擔心她會在心底嘲笑自己。我為妳放棄了一切，可妳為什麼不能給我相應的待遇，討我歡心呢？他覺得自己上當受騙了。妻子總是專注於自己該做的事情，區區一個白丁之女，卻像是生來就是良民的人一樣生活著。

他明知道不該這麼想，但還是不由自主地以這種心態面對妻子。他勸慰自己，妻子因為從小沒人管教，才不知道該如何侍奉丈夫。每次看到妻子挺胸抬頭的樣子，他的內心都會燃起淡淡的怒火，但他不願承認自己是因為這種原因在生氣。

「曾祖母是什麼時候認識鳥飛嬸的呢？」

「在她十九歲的時候。她懷上我的那年，鳥飛叔一家人也迫於無奈去了開城。」

當時，鳥飛叔家裡抵押給高利貸的土地都被日本人搶走了。家裡三個兒子，面對窘迫的家境，連身為老么的鳥飛叔也要跟著一起務農還債。

看到鳥飛叔一家人時，曾祖母大吃一驚。在寒風中瑟瑟發抖的鳥飛叔消瘦得簡直與之前判若兩人，似麻雀般嬌小的鳥飛嬸狀態更為糟糕，她的眼眶泛黑，嘴唇上滿是水泡和血痂，嘴角也都是白癬。在曾祖母眼中，怯生生的鳥飛嬸就像因為說錯話，而遭人毒打了一樣。

曾祖母的內心燃起了火種。日本人掠奪鳥飛叔家的土地，走投無路的他只好來到開城。曾祖母為此感到難過，甚至氣憤不已。他們顯然挨餓已久，這麼冷的寒冬，又怎麼穿得如此單薄呢？曾祖母趕快去廚房取來煮好的地瓜遞給他們。鳥飛叔顧及禮儀，沒有吃，而是放進了口袋。鳥飛嬸坐在石階上，狼吞虎嚥地吃起地瓜。不知她幹了多少苦活，手捧地瓜的小手就跟老婦人一樣。曾祖母初次見到鳥飛嬸的時候，她的臉上沒有任何表情。

鳥飛叔一家人在距離曾祖母家五分鐘腳程的地方租了一間房子。鳥飛嬸因為長期挨餓，加上一直處在緊張的狀態下趕路，臥病在床了好些時日。鳥飛叔出門找工作的時候，曾祖母會煮好粥給鳥飛嬸送去。曾祖母把食物放進櫥櫃，待熱粥變溫後，搭配泡菜，一口一口餵鳥飛嬸吃下去。

—真好吃。

看到笑著說出這句話的鳥飛嬸，曾祖母的眼眶紅了。十八歲的她看起來比同齡人瘦小很多。曾祖母很是心疼吃了這麼多苦的鳥飛嬸，同時也很擔心現在對自己笑臉相迎的這張臉，日後會變成排擠自己的冷漠面容。曾祖母受夠了不知何時會遭受排擠的不安。既然是遲早都會發生的事，那還不如自己先開口講出來。

──妳知道嗎？

──知道什麼？

──我的父親是白丁。

鳥飛嬸愣愣地看著曾祖母，流露出不明白她為什麼提起這件事的表情。

──啊……三泉姊，妳也吃了不少苦。我聽說，父親去世後，妳一個人養家糊口，照顧母親。

嘴角掛著泡菜湯汁的鳥飛嬸一臉天真無邪地說道。

──妳吃了不少苦，三泉姊，妳受苦了。

曾祖母不知道該說些什麼，她坐在地上咬緊牙關，強忍著快要奪眶而出的眼淚。

──姊姊，這粥真好吃。

鳥飛嬸看著曾祖母說道。

鳥飛嬸是第一個說曾祖母煮飯好吃，並對她微笑的人。曾祖母的目光很難一直落在那張如同孩子般的臉龐上，她的一顆心傾向了鳥飛嬸，彷彿所有的喜悅、悲傷和惋惜都流向了她。曾祖母不想懷揣一顆搖擺不定的心，跌跌撞撞地活下去。

曾祖母在還不了解鳥飛嬸的時候，就開始害怕失去她了。若有一天，鳥飛嬸與自己反目成仇，自己一定會心如刀絞。

「人本來就是這樣，」高祖母在曾祖母的心裡說：「不要對別人抱以期待。」

「媽，我不是對別人抱以期待，」曾祖母心想：「我是對這個妹妹懷有期待啊。」

不知從何時開始，曾祖母會在心裡與高祖母交談，一個人在家的時候，還會出聲和高祖母說話。因為太寂寞，她想找個人說說話。

「那孩子也是人，她有什麼不同嗎？我是擔心妳受到傷害，千萬不要相信能言善道之人。」高祖母說道。

「不一樣的，媽，鳥飛妹妹不是那種人。」曾祖母回答。

在曾祖父堂叔的介紹下，鳥飛叔找到一份在工廠染軍裝的工作。工作十分辛苦，夫妻倆只能勉強靠一點錢過日子。聽說在開城，沒有門路根本找不到工作，因為那年發洪水，務農的農民都跑來開城找工作了。農村已經出現餓死的人，但有錢人所需的年糕還是供不應求，磨坊人手不足，曾祖母因此也隨曾祖父去磨坊工作了。

—磨坊還缺人不？

鳥飛嬸問曾祖母。

—我什麼都能做，手腳勤快，很會打年糕的。

—妳先好好吃飯，長點肉。

曾祖母覺得鳥飛嬸太嬌小、太虛弱了，她一身的骨架猶如小鳥一樣細，挽住她的手臂時，就像碰到樹枝一樣。即使走在平坦的路上，她也會摔倒。吃完飯後，還常常坐在那裡打瞌睡。

—妳連力氣都沒有，怎麼種地啊？

—別看我這樣，動作可快了呢。摘辣椒也快，鋤地也快，我什麼都能做。

—妳還真會說謊。

—我沒說謊，這是真的。餓了一年肚子，身體才變得弱不禁風。整個人都覺得很不對勁……三泉姊，我以前真不這樣。

曾祖母想說什麼，但已經哽咽得無法開口了。

—吃苦都是暫時的。來到這裡，不是就有飯吃了嗎？

—鳥飛啊。

—嗯。

—我不會讓妳挨餓的。從今以後，妳不會餓肚子的。我去磨坊幫妳說說看，妳先靜下心來養好身子。

—放心吧。

鳥飛嬸說完，笑了笑。

外婆調整了一下呼吸，喝光杯子裡剩餘的柚子茶。

「也許是因為給妳講了這些事，我還做了夢。」

外婆揉搓著自己的手，接著說道：

「屋子裡很冷，我乾咳了幾下，然後看見媽媽走了進來。」

「曾祖母嗎？」

「嗯。就是照片裡的那個人。她對我說，英玉啊，妳感冒了？把手給媽媽。」

外婆說著，一隻手伸向了我。

「媽媽去世前，手一直很涼。因為體寒，夏天也穿著厚襪子，冬天待在家裡也依然穿著羽絨衣，戴著手套，她還是覺得冷。她的手腳就跟冰塊一樣。在夢裡，她讓我伸手。我一伸手，天吶，媽媽的手是那麼柔軟、溫暖。」

「感覺一定很真實吧。」

「是啊。」

外婆看著我，笑著又說了一句：

「真的很真實。」

4

春雨下了一整天，下班回家的路上，我得知媽媽乳癌復發的消息。最初發病是在二〇一二年。確診乳癌初期後，立刻進行了腫瘤切除手術，之後也做了幾次化療。媽媽沒有什麼朋友，來探病的人不多，就連外婆也沒來。我問媽媽：「外婆知道妳做手術嗎？」媽媽卻不以為然地說：「我和妳外婆不聯絡又不是最近一兩天的事。」五年後，媽媽又做了手術。現在我不禁覺得，如果我是她的話，也不會告訴外婆的。

手術在週五上午，我請了一天假回到首爾。我和媽媽沒有什麼交流，我問她疼不疼，她就只會說不疼。這就是所有的對話了。但奇怪的是，這次做手術，媽媽竟然沒有擔心爸爸吃飯的問題。

我很想挖苦她，怎麼這次不擔心爸爸沒飯吃了？但看到插著引流管躺在病床上的她，我不禁責備起萌生出這種想法的自己，還有總是讓我說出挖苦和沒好氣話語的媽媽。我討厭這樣的自己，也討厭這種狀況，甚至還討厭起連女兒生病也不來看一眼的外婆。

無事可做的我躺在陪護床上，不知道為什麼，衝動地說了句：

「我去外婆家了。」

「嗯。」

媽媽不以為意地應了一聲。

「外婆還煮飯給我吃，烤半滑舌鰨魚、水海帶和小蘿蔔泡菜，我們還吃了蛋糕。」

「是喔。」

「妳知道她做了白內障手術嗎？」

「不知道。」

「去她家一看，電視都是壞的，畫面晃得厲害，我就把我家的電視給她了。」

「做得好。」

「離婚的事也告訴外婆了。」

「是喔？」

「外婆說我做得好。」

「那是她不認識小金。」

「什麼意思？」

「不認識，所以沒感情啊。」

「妳跟出軌的女婿有感情，所以才偏袒他？」

「妳不要曲解我的意思。」

我從床上站起來，走出了病房。再陪她待下去，我怕我會說出更過分的話。我在醫院門前的大學街走了一圈，想起志宇說的，憤怒和悲傷的時候就深呼吸。我坐在長椅上，努力專注於呼吸，反覆吸氣、呼氣了幾次，眼淚還是奪眶而出，我乾脆摀住臉哭了出來。

週日的深夜，看到媽媽入睡後，看護阿姨跟我換了班。這段時間，我只負責週末照顧媽媽。深夜開車趕回禧寧的路上，我努力說服自己不要為不能留在媽媽身邊而內疚。

)

幾天後，我在超市門口遇到了外婆。我載著外婆，沒有直接回家，而是到市內兜了一圈。外婆放下車窗，感受著迎面而來的柔和春風，一頭短髮隨風飄動。川邊開滿了鮮花，廣播播放著周炫美的歌。夜晚的空氣裡夾雜著淡淡花香，吹來的風令人心情愉悅，這是真正的春天夜晚。外婆隨著廣播裡的歌哼唱起來。

「託孫女的福，我也出來兜風了。」

外婆的聲音聽起來很開心，不禁讓人慶幸她不知道女兒的近況。

「您的身體沒什麼大礙吧？」

聽到我這麼問，外婆放聲大笑了起來。

「我一天得吃一把藥，但我不想跟妳聊這種事。這種事聽得不煩嗎？一把年紀的人了，跟孫女發什麼牢騷啊。我可不想這樣。我只想跟妳聊有趣的事情。」

我一點都不覺得好笑，但還是跟著外婆笑了。那一瞬間，我還在擔心媽媽。我不想回家。就在這時，外婆開了口：

「去我家喝杯柚子茶？」

外婆從冰箱取出柚子茶瓶，把水壺放在瓦斯爐上。等水燒開時，外婆對我說，可以隨便看看每個房間。我走進放有相冊的小屋，天花板上的日光燈管只有一支亮著，即使打開燈，屋子裡還是很暗。一側牆邊的櫃子裡有幾本相冊、書、餅乾盒、玩具熊和各種水果罐頭。另一側置有壁櫥，一邊的門開著，可以看到裡面有兩個箱子並排放著，冬衣整齊地疊放在上面。

「都是要整理的東西，但我下不去手。」

外婆走進房間，將柚子茶遞給我。柚子茶又燙又甜。

「大家都勸我拿去丟掉，但我捨不得。」

「這都是什麼啊？」

「都是之前的書信。有我收到的，也有我媽媽收到的。別提過去我媽媽多珍惜這些書信了，就像供奉神主罐一樣，一直精心保管著。她走後，我也不忍把這些書信當成廢紙丟掉。每次讀她收到的那些信，都會覺得她還活著。所以我捨不得丟掉。雖然現在讀不了了，但還是一直保管著。」

「為什麼讀不了？」

「又要提老毛病了。視力退化後，讀信比讀書還吃力，加上信紙和墨水也都褪了色，就算戴著老花眼鏡也看不清楚，全都模模糊糊的……」

「我讀給您聽？」

「沒事，不用。」外婆擺了擺手，「妳明天還得上班呢。」

「是因為不方便讓我看這些信嗎？」

「不是啦。妳總是為我做一些事，我卻無以回報，這樣會出問題的。」

「您不是給我講故事了嘛。」

「那是妳願意聽我講。」

「才不是呢。」

瞬間，這樣的外婆讓我覺得心裡很不是滋味。這種感受，讓我自己也很驚訝。只見過幾次面，我就覺得跟外婆很親近了嗎？片刻的沉默，為了打破尷尬，我開口說道：

「我還想聽烏飛嬸的故事。她後來有去磨坊工作嗎？」

「嗯，我媽媽臨盆後，烏飛嬸接手了她的工作。烏飛嬸手勤腳快，之後就留在磨坊做事了。」

「那個孩子……」

「沒錯，那個孩子就是我。那是一九三九年了。」

外婆笑了。

曾祖母難產，分娩持續了一整天。孩子出生後，出血也十分嚴重。止血後，曾祖母一直臥床不起。奇怪的是，她看到食物就會噁心想吐，連米湯也難以下嚥。

烏飛嬸流著跟大汗珠似的眼淚，擔心朋友會死掉。她恍然大悟自己有多依賴曾祖母，理解了兩個人之間的感情有多珍貴。烏飛嬸向上蒼祈願，只要曾祖母活下來，只要能讓三泉活下來，她會做一個仰不愧於天，俯不怍於人的人。

烏飛嬸盛了滿滿一碗飯來到曾祖母身邊，舀了一湯匙飯送入曾祖母嘴裡，叫無法下嚥的曾祖母咀嚼之後再吐出來。曾祖母聽她的話，嚼幾下，又吐了出來。這樣過了幾天後，曾祖母的雙頰有了血色。雖然米粒難以下嚥，但咀嚼米粒時流出的甜水，隨著唾液一點點流進了食道。曾祖母開始可以喝稀米湯，再來是略為黏稠的米湯，最後是粥……就這樣，曾祖母活下來了。

打起精神後，曾祖母才見到自己的女兒。紅撲撲的臉蛋，小小的身體。想到這個小生命未來要生存在這樣的世界，曾祖母感到十分茫然、胸口憋悶，兩行淚沿著臉頰流了下來。

人們說，女人生下孩子，第一眼就會愛上他。但曾祖母在孩子過了百天後，也沒有對孩子產生特別的感情。曾祖母感到羞愧，也沒能向任何人傾訴這件事。她對假裝疼愛孩子的自己心生畏懼。與孩子獨處時，她就像一個神情沮喪的患者，直勾勾地看著孩子。

「妳拋棄了自己的媽媽。」

她在心底對自己說。

「噁心的女人，妳連親媽也拋棄，哪有資格疼愛自己的孩子？」

孩子很乖，過了百天後，半夜就不再醒來，可以一直睡到天亮。孩子不挑食，長出乳牙後也不纏人。她覺得孩子可能也切身感受到沒有人喜歡自己。因為是女兒，丈夫失望至極。孩子似乎懂得察言觀色、量力而為。曾祖母很擔心這個小生命會因為看別人的臉色，不敢盡情地哭泣。她對孩子的愛始於這種擔憂。有一天，她與孩子相視而笑的時候，才發現自己有多愛這個孩子，但這也許並不是世人所說的女人本能的母愛。

曾祖母的身體漸漸恢復期間，烏飛嬸一直在磨坊做著曾祖母的工作。她負責把掉在地上的米粒掃起來，收集在一起。

烏飛叔夫妻倆的關係很好。當初是家鄉村裡的老人聚在一起喝米酒，聊起他們時，透過媒婆牽了紅線。兩個人一見鍾情，婚後一年過得還算幸福，但翌年日本人搶走烏飛叔家的土地後，全家人就過上了無米之炊的生活。烏飛叔的母親講話尖酸刻薄，經常當著烏飛嬸的面抱怨，因為兒子娶了晦氣的女人，結果門庭衰微，福祚淺薄。

真的是這樣嗎？烏飛嬸靜靜地坐著想了想。真的是因為我，害得家門衰敗嗎？真的是因為娶了我，所以家裡發生了這種事？婆婆總把這些話掛在嘴邊，烏飛嬸聽多了便也信以為真了。有一天，婆婆不知道兒子站在身後，又當著烏飛嬸的面提起這件事。烏飛叔第一次聲嘶力竭地對母親說，如果再當著妻子的面講這種話，他就與母親斷絕母子關係。

「烏飛叔和烏飛嬸相處得就像朋友一樣。可能烏飛叔天生就是那樣的人吧。無論遇到什麼情況，都不會仗勢欺人，騎在別人頭上。過去，就算是再開明的人，也會騎在自己妻子的頭上耀武揚威。但烏飛叔不想那樣，那可能也算是他的一種固執吧。」

烏飛叔未能在染布廠工作很久，因為他有肺病，加上吸入了大量的有毒氣體，最後罹患急性哮喘，只能待在家中休養。烏飛嬸撐起了養家糊口的重擔，除了在磨坊做事以外，她還在家做起抽出水泥袋中尼龍線的副業。也就是在那時，烏飛叔的大哥賭博成癮，賠掉了家裡所剩無幾的土地，全家人因此背負起償還不清的債。

鳥飛叔的身體日漸起色，快要痊癒時，聽聞到表哥在日本賺錢的消息。表哥來信說，日本遍地是工作，自己已在日本打下基礎，若他願意赴日工作，可以少吃很多苦頭。而且只要努力幾年，就能賺足還債的錢，衣錦還鄉。

對於當時正在四處做短工的鳥飛叔而言，表哥的提議成了唯一的希望，但他沒有勇氣帶著妻子一起越過玄界灘。鳥飛叔不想從老家到開城，又從開城到日本，一直帶著妻子顛沛流離。況且妻子和三泉有感情，也適應了開城的生活。妻子除了睡覺，就是工作，但只要有時間，就會和三泉碰面一起剝豆子、摘野菜、醃製泡菜和鹹菜、逛市集，做小菜也會分著吃，還會一起照顧孩子。妻子不僅教三泉識字，還一起出聲朗讀不知從哪裡找來的文庫版小說。妻子好不容易對開城有了感情，不能再讓她居無定所了。

「鳥飛嬸真是一個幸福的人啊。」

我感嘆道。

「是啊。就算全世界的人說她沒有福氣，或許她是真的沒有福氣，但我卻不那麼覺得。」

我想起了照片裡的鳥飛嬸。難怪我會喜歡她，喜歡上這個挨餓受凍、抽出水泥袋尼龍線、掃起掉在地上米粒、煮飯救活朋友、把手放在朋友手背上，看著鏡頭微笑的人。

即使我和外婆聊著曾祖母和鳥飛嬸，也沒有提一句彼此的生活。我覺得如果外婆和我的感情很親密、複雜的話，她就不會對我說這些事了。因為我只在很小的時候見過她，之後便如同陌生人一樣沒有聯絡，外婆才能毫無顧忌地跟我說自己媽媽的故事。故事一直講下去的話，也許還能了解外婆的人生，進而知道她和女兒的關係為什麼變成這樣，以及為什麼媽媽沒有邀請她參加我的婚禮。

「美善，」外婆開口說道，「妳媽媽過得好嗎？」

我靜靜地看著外婆，點了點頭。

「身體還健康？現在也還看書，寫東西嗎？」

「寫什麼？」

外婆用意外的表情看著我。

「她不會拿著本子寫東西嗎？寫日記，也寫故事。」

「這個嘛……我們不住在一起很久了，所以不太清楚。但住在一起的時候也沒見她寫過東西。」

外婆點了點頭，她的表情就像聽到了令人惋惜的消息一樣。

「我可以代您跟她問聲好。」

「沒有那個必要。」外婆的表情頓時僵住了。「沒有那個必要。」

「外婆。」

「嗯。」

「您放心，我不會說那種叫妳們好好相處的話。」

「一言為定喔。」

「嗯。」

看到外婆的表情稍稍放鬆下來，我轉移話題問道：

「鳥飛嬸也有孩子嗎？」

「嗯。一九四二年的時候，生了一個孩子。」

「那跟您相差三歲囉。」

「是啊。」

鳥飛嬸害喜很嚴重，因此不得不辭去磨坊和抽尼龍絲的工作。鳥飛叔的家裡提出要他承擔更多債務的要求，但四處奔波做短工的鳥飛叔賺的那點錢，根本只夠勉強養家糊口而已。這時表哥又來信說有一間不錯的工廠急需雇人，如果鳥飛叔肯去，工廠還可以安排吃住。

鳥飛嬸難以接受丈夫做出的決定。她不理解丈夫怎麼忍心丟下身懷六甲的自己遠赴日本。但即便她百般勸阻，鳥飛叔始終沒有動搖。

鳥飛叔就跟中了邪似的，不顧所有人勸阻，執意要去日本。鳥飛叔本不是一個固執己見的人，所以面對他的異常態度，大家都感到吃驚，但也覺得他做出這種選擇也有迫不得已的理由。

曾祖父欠鳥飛叔一筆感情債。曾祖父能來開城，都是多虧了鳥飛叔的幫忙。當時他不僅幫忙照顧自己的岳母，還幫忙將岳母的遺體下葬。正因為這樣，曾祖父才開口答應鳥飛叔會替他好好照顧妻子，讓他不用擔心。曾祖父叮囑鳥飛叔，一定要在兩年內回來，不然孩子就不認得他了。

曾祖母始終反對鳥飛叔的決定，路程遙遠，更何況去了異國他鄉肯定會吃苦，再加上戰爭還沒有結束。曾祖母始終無法理解，就算日子過得再苦，怎麼能僅憑一封信就決定去日本，而且鳥飛叔的身體也不好，因此曾祖母一連幾日跑去鳥飛叔家勸阻他。

—叔叔。

曾祖母這樣稱呼鳥飛叔。

—你總要為鳥飛想一想吧。你忍心丟下她一個人生孩子，無親無故地在開城自己帶孩子嗎？

—我這也是為了她著想。

—我也知道你這是為了她，但方法錯了。叔叔，像你這麼聰明的人怎麼能輕易相信會有天上掉餡餅的事呢？

—三泉啊，妳也知道我家的情況，光靠在這裡賺的那點錢根本不夠還債。等孩子出生以後，情況只會越來越糟糕。我不能眼睜睜地看著她和孩子受苦，什麼也不做吧。

—叔叔。

—所以妳就陪在鳥飛身邊，替我好好照顧她。我信得過三泉妳……

—你怎麼就不聽勸呢？叔叔，你這是怎麼了嘛！

這樣的對話持續了數日。曾祖母意識到再怎麼阻攔，也無法動搖鳥飛叔的決心後，氣得直跺腳。曾祖母又是跺腳又是踹牆，心裡怒火無法停息，甚至討厭起這個生命中的大恩人。

送別鳥飛叔的那天，曾祖母無奈地流著眼淚，為他祈禱平安無事。曾祖母覺得在這個戰火紛飛的亂世，像鳥飛叔這種與世無爭、以禮待人、質而不野的人需要更多的幸運護身。曾祖母答應鳥飛叔，會好好照顧他的妻子，更會好好照顧他的孩子。那天，鳥飛嬸閉門不出，沒有出來為丈夫送行。

鳥飛嬸搬到曾祖母家隔壁的房間。躺在狹小的房間裡，鳥飛嬸覺得自己彷彿變成了漂浮在波濤洶湧大海中的小船。她以淚洗面，思念著乘船穿越玄界灘的丈夫。萌生出可能再無重逢之日的想法時，她後悔起沒有為丈夫送行。如果我害喜沒有這麼嚴重，如果丈夫沒有哮喘……不，如果最初沒有去染布廠工作……即使她想到很多假設，但現實仍沒有改變。她始終沒有理解丈夫做出的選擇。

「沒有人知道鳥飛叔去了日本以後過得怎麼樣，隱瞞得相當徹底。」

說完這句話，外婆面無表情地把視線垂向地面，就像房間裡只剩下自己一個人，徹底放鬆下來。聽到我問有沒有鳥飛叔的照片時，外婆搖了搖頭。

「鳥飛嬸畫過一張他的畫像。用鉛筆畫的。雖然畫得不好，但一眼就能認出那是鳥飛叔。那張畫不見了……雖然不見，但有妳聽這些故事，感覺鳥飛叔又活了過來。」

我點了點頭，想像了一下素未謀面的鳥飛叔。個子高高，長長的脖子，願意到白丁家裡照顧病患，從不仗勢欺人，疼愛妻子，然後獨自去了日本……我在腦海中，勾畫出這個比現在的我還要年輕，才二十歲出頭的男人樣貌。雖然這無法代表鳥飛叔的全部，但在他死後出生的後人會這樣記得他。

可是，這又有什麼用呢？我不知道被人記住，記住從這個世界上消失的某個人有什麼意義。我想被人記住嗎？每當我這樣捫心自問時，答案總是否定的。無論是否希望，這都是人類最終的結局。地球迎來末日後，經過更長的時間，在熵增抵達最大值的瞬間，時間也會就此消失。到時，人類可能連自己不過是短暫停留在宇宙的過客也會忘記。宇宙也不會記住這一切，這就是我們最終的結局。

第二部

5

媽媽說我擁有了一切。不僅擁有不用擔心養老的父母、善良的丈夫，甚至還擁有可以做自己想做的事的特權。她說得沒錯，僅憑這些，我的人生就已經充滿福氣了。

因為知道自己享有特權，所以我只能保持沉默。在不尊重我想法的父母膝下長大，所感受到的孤立；與對我毫無感情的丈夫一起生活，所感受到的孤獨，我統統只能緘口不言。即使維持著僅剩下空殼的婚姻生活，也不能讓人發現我在渴望得到愛與理解，因為我是一個幸福、擁有了一切的人。

卸下空殼以後，我這才看到了自己。躺在熟睡的丈夫身旁，吞聲飲泣的自己；論文進展不順時，否定、且比任何人都更殘忍地逼迫自我的自己；每走一步，就像呼吸一樣自責、自嘲的自己。

妳如此強迫自己，才有了今日的成就。妳若對自己稍微寬容，就只會是一個一事無成的人。爸爸不是也說過，妳難成大器；丈夫不是也說，妳至今取得的成就靠的都是運氣。

妳得更磨練自己，妳不是已經習慣大家這樣對待妳了嗎？

我會與那些對我橫加斥責的聲音保持距離，站在遠遠的地方洗耳恭聽。這世上沒有人會像我一樣殘忍地對待我自己。也許正是因為這樣，我才能夠容忍那些無禮之人。

一個星期後，再見到媽媽的時候，她已經恢復得很好了。媽媽靠在半搖起的床上，不是用手機看YouTube，就是玩遊戲，還會一個人推著點滴架到休息室看電視。媽媽眼神放光地說，時隔五年回國的明熙阿姨幾乎每天都來探望她，還說阿姨會在韓國逗留兩個多月。明熙阿姨是媽媽婚前在郵局工作時，一起共事的朋友。

有一天，明熙阿姨來探望媽媽的時候，媽媽剛好睡著了。我只記得見過阿姨從墨西哥寄來的國際郵件，卻對她本人一點印象也沒有。阿姨問我有沒有時間，於是我們去了醫院一樓的咖啡廳。

「能告訴我妳媽媽的銀行帳號嗎？」

我們簡短的問候彼此之後，阿姨問道。

「要銀行帳號做什麼……」

聽到我的反問，阿姨摸著手提包的扣環說：

「我想還美善一個人情。」

「人情？」

「很多年前……我媽媽生了一場大病，必須做手術。因為是大手術，成功率很低，費用也很高。爸爸說，好不容易做的手術，會失敗的話還不如不做，因此當時決定放棄。做出決定的那天晚上，我給美善打了電話。」

阿姨十指緊扣，望向牆壁。

「隔天，美善來找我，塞給我一大筆錢。她對我說，不要做後悔的事，趕快給媽媽做手術。當時，我沒說什麼客套話，直接收下了那筆錢。我答應她儘快還錢，一定還錢，然後拿著那筆錢去見了醫生。」

「手術成功了嗎？」

阿姨啜了一口咖啡，點了點頭。

「是美善救了我媽媽。我想還她這個人情。妳不告訴我的話，我也會想其他辦法，所以妳就告訴阿姨吧。」

我把媽媽的銀行帳號抄寫在紙上給了阿姨，但仍然對於媽媽會為朋友做這種事不可置信。我從未想像過像媽媽這麼冷漠、沒有朋友的人會有這種舉動。

那天，明熙阿姨走後，我問媽媽：

「明熙阿姨說的都是真的？」

「她說什麼了？」

「說妳借了一筆錢給她媽媽做手術。」

「啊。」

媽媽一邊玩手機，一邊漫不經心地回答。

「換作是明熙姊，也會這麼做的。她去墨西哥前，把那筆錢都還給我了。」

「阿姨好像到現在也沒忘記這件事。」

媽媽再沒多說，她拿起紙巾擤了一下鼻子，又接著玩起了遊戲。

我背對媽媽，躺在陪護床上，闔起雙眼。對媽媽而言，明熙阿姨意味著什麼呢？媽媽之前隨口提過阿姨去墨西哥的事，但她的語氣毫無感情，就像在說當天的天氣，或是找了多少零錢一樣。我不了解媽媽，比明熙阿姨還不了解，比外婆還不了解，甚至可能……比爸爸還不了解。

出院當天，明熙阿姨開車把媽媽送回家。聽到我提議上樓喝杯茶時，阿姨說不想看爸爸的臉色，於是在停車場跟我們道了別。

「這裡是韓國，他也沒邀請我。等妳爸不在家的時候，我再來。」

「韓國現在也變了，早就跟八〇年代不一樣了。」

「知妍啊，這是為了妳媽著想，趕快扶她回去休息吧。」

走進家門，只見爸爸正拿出小菜準備吃飯。爸爸只問了我們一聲是否沒事，就接著吃起了飯。明熙阿姨說得沒錯，如果她也跟來，媽媽肯定會夾在她和爸爸之間左右為難。我把媽媽攙扶到床邊，拒絕了爸爸留我吃飯的提議，直接回了禧寧。那是週日下午，我也需要休息。

不知不覺間，每逢週末便往返首爾的日子也過了一個月，轉眼就到了初夏。我站在客廳的窗邊，呆呆地看著樹木從淡綠色變成了深綠色。這是我和他離婚後，迎來的第一個夏天。這段時間發生了很多事，為了消化這些事我感到精疲力盡，但令人驚訝的是，我卻覺得自己漸漸恢復過來了。我不但可以看書，還發表了一篇小論文。也就是在這時，我終於從箱子裡取出天文望遠鏡，擺在客廳。我覺得光是把它擺在窗邊，就等於是邁出了一大步。

在電梯裡久違地遇到外婆時，我開心地邀請了她來家裡。星期天，外婆來了。

我在超市買來醬醃牛肉、泡菜和半成品的明太魚湯，然後在家煮了一鍋新米飯，準備好一桌飯菜。

「這都是在超市買的。」

「做得好。一個人住，買著吃更划算。工作那麼忙，哪有時間煮飯吃啊。我也會買來吃，超市賣的比我做的好吃多了。」

坐在餐桌前的外婆流露出喜悅的神情。吃完飯，我和外婆把水倒在飯碗裡喝著。我把碗筷放在洗碗槽裡，又沖了兩杯咖啡。走回客廳，只見外婆站在陽臺望著快要滿月的月亮。

「您用這個看一下？」

我指著放在客廳一角的望遠鏡問道。外婆點了點頭，戴上了自己的老花眼鏡。

「我視力不好……」

「用這個看，會覺得月亮近在咫尺。」

我打開電源，用遙控器調整了一下。

「您看看。」

外婆把眼睛湊近目鏡，低聲感嘆道：

「這是什麼啊……」

「看見了嗎？」

「嗯……這是月亮嗎？」

「是的。」

「感覺能碰到它。」

外婆說著，伸出手做出在撫摸什麼的動作。

「天啊！」

外婆驚訝得一直把眼睛貼在目鏡上。

「今天這種天氣，還能看到木星。您想看嗎？」

外婆搖了搖頭。

「這樣就夠了。我有點害怕這種東西。」

外婆把眼睛從目鏡上移開，看著我說。

「這個望遠鏡只能看到近距離的天體而已。」

「還有比它看得更遠的望遠鏡？」

「當然了。」

「能看到多遠？」

我給外婆看了哈伯太空望遠鏡從二〇〇三年到二〇〇四年拍攝的、天文學家稱之為「哈伯深領域」的外太空照片，呈現橙色、紫色、藍色和白色光芒的銀河就像散落在黑色背景下的寶石。

「這是一百三十億年前的宇宙。」
「這話是什麼意思？妳是說用我們的肉眼可以看到那麼久以前的宇宙？」
「是啊。」
「真把我搞糊塗了。那麼久以前的事，怎麼能看到？」
「是啊。但我們真的可以看到。」
外婆瞪大雙眼，望著我，問道：
「這就是妳的工作嗎？」
「這不是什麼了不起的事。」
「怎麼不是，這也太了不起了。」
外婆摸著望遠鏡，接著說道：
「我媽媽要是現在出生的話，說不定會跟妳一樣選擇這種工作。因為她對什麼都很好奇。」
我點了點頭。
鳥飛叔遠赴日本半年後的一九四二年冬天，鳥飛嬸生了一個孩子，名叫喜子。孩子出生前，鳥飛嬸一直都在害喜。喜子是一個很難養的孩子，除了喝奶和被鳥飛嬸抱著的時候不會哭，其他時間只要醒著就會嚎啕大哭，哭得嗓子都啞了。孩子出生時很健康，力氣也很大，所以很難哄。烏飛嬸的體力漸漸透支，人也變得消瘦。烏飛嬸揹著喜子去磨坊上班的時候，也會一直打瞌睡。

曾祖母看到烏飛嬸一天比一天消瘦，但孩子卻越來越肉嘟嘟，還不停地折磨自己媽媽，不禁討厭起喜子。烏飛嬸的眼中也失去了對孩子的愛。連一個小時的覺也睡不好的人，哪還有耐心和精力與別人好好相處呢？

烏飛嬸對待曾祖母的態度也跟從前不同了。曾祖母給她講笑話，她也不笑了，還會因為無關緊要的小事，對曾祖母發脾氣。為了照顧烏飛嬸，曾祖母做了所有力所能及的事。整整一個月，曾祖母都會煮好海帶湯擺上餐桌，為了讓烏飛嬸闔眼睡一會，替她照顧喜子，就連沾著屎的尿布也都幫忙洗了。

但儘管如此，烏飛嬸還是沒有像從前那樣，稱讚曾祖母的廚藝，說聲感謝的話。有時，烏飛嬸會不知緣由地掉眼淚，還會趕曾祖母回家。眼睜睜地看著漸漸身心俱疲的烏飛嬸，曾祖母的心裡也非常難受。烏飛嬸正在經歷痛苦難熬的時期。五個月後，烏飛叔寄來了錢，但還是不夠還債。

某天凌晨，喜子一連哭了幾個小時。曾祖母來到烏飛嬸的房間，只見孩子躺在地上哭喊，烏飛嬸躲在牆角，雙手捂著耳朵，也流著眼淚。曾祖母抱起喜子，喜子大哭了幾聲後，這才安靜下來。

—我來哄孩子，妳闔眼睡一會吧。

曾祖母說。

—我沒事，不用管她，就讓她一直哭吧。

曾祖母沒理鳥飛嬸，哄著懷裡的喜子。

—妳得睡覺啊。

看到曾祖母靠近自己，鳥飛嬸躲閃了一下。

—我來顧孩子，妳趕快睡一會。

曾祖母好不容易才讓鳥飛嬸躺下，用一隻手輕輕地拍著她的肩膀。

黎明破曉，夜色漸去。曾祖母望著熟睡中的鳥飛嬸的小臉，深深地嘆了一口氣。曾祖母用從磨坊要來的紙，給鳥飛嬸寫了一封簡短的信。信上寫下了鳥飛嬸必須活下去的理由，以及該理由的說明。第二天、第三天和接下來的日子，曾祖母也以同樣的方式寫了好幾封信。

喜子周歲以後，才變得容易照顧。雖然喜子還是會大哭大鬧，但因為能聽懂話了，不像之前那麼難養。

喜子喜歡跟年長自己三歲的外婆玩，總是跟著外婆，甚至還黏著外婆，咬她的手指和手臂。那時外婆只有五歲，但已經學會察言觀色，所以會主動幫忙照顧喜子。

「不知從什麼時候開始，周圍人會對我說，『聽說妳媽媽是白丁』這種話。應該是從我有記憶開始吧。」

「那您還記得最初的記憶嗎？」

「當然了。那是在小溪邊看流水的時候。那天風和日麗，陽光灑在水面上，閃閃發光。我看著流水，媽媽看著我。我好像比別人更早擁有記憶，就連三、四歲時的事情，我也記得很清楚。」

「我也是耶。」

「是吧？把這件事告訴別人，他們都說我說謊，所以之後就再也不提這件事了。我還記得小時候的喜子，那孩子哭得滿臉通紅，每次去她家都能聞到一股甜甜的奶味。」

「那些大人會欺負您？說您是白丁的孩子？」

「每個人都不一樣，也有不想讓自己家的孩子跟我玩在一起的大人。」

「曾祖母和曾祖父都不管嗎？」

「我不是會講這種事的孩子。」

外婆望著我，笑了笑。我理解外婆這句話的意思，因為我和她一樣。我在外面受了委屈，也不會回家告訴父母。就算在外面哭過，也會為了不被父母發現，洗好臉再回家。這是什麼心態呢？我覺得不是怕父母為自己擔心，而是為了守住自尊，因為不想讓父母知道沒做錯任何事的自己，只因無力防禦而遭人攻擊。

「但他們應該知道的。」

「嗯，所以因為這件事媽媽還和福九家的大嬸吵了一架。」

「曾祖父呢？」

「父親……叫我不要在意那些。說我是他的孩子，身上流著良民的血，所以不用理睬那些話。還說我繼承了他的血統，僅憑這一點就夠了。」

「太過分了。」

「的確很過分。父親可能覺得說這些話是為我好吧。」

外婆說，只有跟曾祖母和鳥飛嬸一家人在一起的時候，她才有安全感。小時候大部分的記憶都是跟隨曾祖母和鳥飛嬸去磨坊。

特別是鳥飛嬸和藹可親地對待自己的記憶。鳥飛嬸會給外婆編辮子，還會讓外婆躺在她的膝蓋上，給外婆挖耳朵。外婆在鳥飛嬸的裙子上聞到了季節的味道，還有艾蒿、水芹菜、西瓜、乾辣椒、燒火的鍋爐氣味……以及在溫暖的陽光下，枕著鳥飛嬸膝蓋，甜美地進入夢鄉的回憶。

鳥飛嬸在家工作時，外婆還會搭把手。鳥飛嬸把一團線掛在外婆的雙手上，然後把線纏在線板上。外婆會根據鳥飛嬸的手勢，稍稍改變雙手的高度，好讓線整齊地纏上線板。有時，兩個人四目相視時，鳥飛嬸總會發出爽朗的笑聲。工作結束後，鳥飛嬸還會用線陪外婆玩遊戲。外婆看到用她們纏的線編織出的各種美麗花紋時，總是會驚奇不已。時間在有說有笑的氣氛下，悄然無聲地流逝著。

曾祖母生下外婆後，便沒再懷過孩子。可能是因為第一胎難產，加上之後失血嚴重才如此，但曾祖父卻覺得是因為自己犯了錯，所以再無子嗣，直到最後他也沒有擺脫違背父母意願的罪惡感。那個年代，如果女人不能生兒子，即是丈夫在外面生下私生子，女人也只能忍氣吞聲。但曾祖父沒有那樣做，因為他害怕會被鳥飛叔鄙視。可以肯定的是，如果曾祖父在外面有了私生子，鳥飛叔絕對不會把他當人看。

「鳥飛叔經常和家裡聯絡嗎？」

「聽說每個月會寄一張明信片和錢回來。一張明信片，鳥飛嬸、媽媽和父親輪流看了一遍又一遍。鳥飛叔只報喜不報憂，還說很想念大家。」

過了一段時間以後，鳥飛叔開始能寄回充足的生活費了。但他沒有遵守約定，兩年過去了也沒有回來。鳥飛叔在信裡說，現在回去太可惜了，讓大家再等等他。就這樣，時間到了一九四五年。

如果烏飛叔按原計劃在一九四四年回國的話，很多事情就會不一樣了。但一九四五年的八月六日，他人卻身在廣島。

那天，得知美軍在廣島投下原子彈的消息後，曾祖母和烏飛嬸拉扯著彼此，失聲痛哭起來。幾天幾夜，烏飛嬸夜不能寐，食不下嚥。曾祖母看著這樣的烏飛嬸，束手無策，痛苦不已。但在這種情況下，曾祖母卻萌生了一種奇怪的信念。那是如夢般的信念，她堅信烏飛叔沒有死，一定會活著回來。這是人之常情，人人都只願相信自己珍視的人會平安無事。

曾祖父千方百計打探烏飛叔的消息，始終一無所獲。

就在大家身陷痛苦的十月某個傍晚，烏飛叔出現在院子裡。

站在院子裡的男人衣衫襤褸、狼狽不堪，但他的確就是烏飛叔。牽著喜子走進院子的烏飛嬸看到院子裡的人，兩腿一軟，直接癱坐在地上。

——叔叔。

跑過去的人是曾祖母。

——叔，叔叔，這到底是怎麼回事啊！

曾祖母抹著眼淚，連聲問了好幾遍。外婆一直記得當時烏飛叔的樣子。從日本回來的烏飛叔似乎連日沒有盥洗，整個人看起來非常疲憊。他走到癱坐在地上的烏飛嬸身邊，抱住她喃喃地說著什麼。喜子看到陌生的男人抱著媽媽，嚇得跑向外婆，躲在外婆身後哭了起來。

「我開始也很害怕鳥飛叔。他知道我害怕以後，很長一段時間都沒跟我搭話。」

外婆說，那是第一次也是最後一次看到父親流淚。在聯絡不上鳥飛叔時，他也沒有流露任何感情，但看到朋友活著回來，所有的情緒終於爆發出來了。他抱著鳥飛叔，放聲大哭了起來。

「父親除了自己的父母以外，還有一個很愛的人，那就是鳥飛叔。」

「外婆呢？他不愛您嗎？」

「妳問他愛不愛我？」

外婆張著嘴，盯著我看了半天。

「孩子，我在講很久以前的事。嗯，也許……」

說到這裡，外婆輕輕搖了搖頭。

那天，我和外婆一起觀測了木星，看到了木星上的紋路。外婆就像孩子一樣連連發出感嘆，眼睛久久沒有離開目鏡。

外婆走後，我拿出手機又看了看鳥飛嬸的照片。兩個月茶飯不思、徹夜不眠等著丈夫的她，在看到丈夫回來時會是怎樣的心情呢？會有重獲新生的感覺嗎？會有開啟第二人生的感覺嗎？會幸福到產生恐懼嗎？會懷疑那是一場夢嗎？

那天晚上我夢到了前夫。在夢中，我忘記了他帶給我的傷害，破鏡重圓讓我感到無比幸福。我牽起他的手，擁抱了他。我感到很舒服，很開心。醒來後，我思考了一下為什麼會做這樣的夢。原來在內心深處，我還思念著與他共度的時光，還在渴望只有他才能帶給我的親密感，還沒有忘記那份舒適與安逸。我告訴自己這是很正常的事，哭了一會才起床。

如果換作我站在鳥飛嬸的立場，也會為丈夫落下眼淚，也會在重逢後倍感幸福。但前夫背棄了我們的感情，我失去的是欺瞞我的人，他則失去了我對他的愛。我不想去比較誰失去更多，但至少在這場競爭中，我不是失敗者。

6

志宇從首爾來到禧寧。我們在湖邊的豆腐專門店吃過豆腐定食後，便沿著湖邊散步。那是六月中一個日暖風恬的星期日。騎腳踏車的人從我們身旁呼嘯而過，我和志宇走在步道上，漫不經心地聊著天。

「工作還順利？」

志宇問道。

「嗯，還在適應，目前為止還算順利。」

「阿姨好些了嗎？」

「在家休養呢。我提過明熙阿姨吧？她經常去我們家照顧我媽，我週末也會回去。恢復得還算不錯……」

「這段時間，妳真吃了不少苦。妳自己也知道吧？」

「嗯。」

說完，我垂下了頭。

「妳說要來禧寧的時候，我其實很擔心，聽說阿姨生病的時候也是。看看妳都是怎麼熬過這段時間的啊？」

「……」

「妳總說自己沒事……有事就講出來，別想那麼多。」

我們在湖邊默默地走著。一陣風吹得附近的松樹林沙沙作響。

我和志宇在大學的天體研究社相識，念書時關係很好，畢業後各自踏上不同的路就漸漸疏遠，我結婚以後就更少有時間碰面了。但我們偶爾還是會打電話、約見面。在我離婚的過程中，志宇幫了我很多忙。

有一天，志宇對泣不成聲的我說：「妳是充分值得被愛的人。以後我會更愛妳。妳得好好感受一下被愛是什麼感覺。」是志宇讓我明白，就像有人會無緣無故討厭我一樣，也有人會沒有理由地愛我。

「妳跟外婆見面都做什麼啊？」

志宇問道。

「就東聊西聊。」

「妳們能有什麼好聊的？不是二十多年沒見過面了嗎？」

我拿出手機，給志宇看了曾祖母和鳥飛嬸的照片。

「這個人和妳長得很像耶。」

志宇指著曾祖母，覺得很神奇。

「很有趣吧。她是我的曾祖母，外婆的媽媽。」

志宇的視線一直停留在照片上。

「跟外婆見面，聽她講過去的事。很奇怪的是，聽著那些故事，會喜歡上那些人，那些從沒見過的人。」

我給志宇講了一些曾祖母的故事。講到鳥飛叔從廣島回來時，志宇接過話題說：

「我也聽說過那時候很多朝鮮人生活在廣島，我媽媽的遠房親戚也有從廣島回來的，但很早就過世了……那個鳥飛叔回來以後，怎麼樣了？」

「外婆只講到他回國，之後我和外婆就在用望遠鏡觀測木星了。」

「妳把望遠鏡取出來了！」

「嗯。」

志宇用感到驕傲的眼神看著我。

有別於離婚前從沒獨立生活過的我，志宇從很早以前就沒有結婚的想法，一個人生活了很長時間。我在離婚前，從未想像過一個人獨立生活。直到經歷過婚姻制度以後，才下定決心，無論發生任何事都不會再結婚了。

但我的想像力就只到此為止。我無法想像，在原生家庭的家人都從這個世界上消失以後，一個人要怎麼面對生活。想到沒有法律意義上的保護者，失去原有家庭的人生，不禁讓人覺得茫然。

我還記得那天聞著他留下的T恤、淚流滿面的自己，我還在思念他那些只有我覺得很可愛的小習慣、略帶鼻音的聲音和爽朗笑聲、寬寬的肩膀和厚厚的腳背、挑選外出服時，像孩子一樣問我「這件怎麼樣」的表情，以及睡覺時觸手可及的溫暖身體。

去法院辦理協議離婚的那天，我們並排坐在休息室裡。我很想觸碰他，很想把手放在他的胸口，對他說我已經原諒你了，我們回家吧，停止這件可怕的事情吧。如果可以擁抱他，會有多安逸、多舒服呢？但即使我在心裡這樣想，也沒有看他一眼，因為我知道只有這樣，我才能繼續活下去。

我想起獨居已久、會去老人活動中心、會去田裡幹活、到處交朋友的外婆。外婆不覺得孤獨嗎？外婆究竟依靠誰生活呢？給我講述自己母親故事的外婆，是怎樣的心情呢？我和志宇走在湖邊，突然產生了這些疑問。

「我們在一起那麼久了，結果卻變成了陌生人。」

我說道。

「……」

「結局都是一樣的。總有一天，妳和我也會離別的。」

「應該是吧。」

「一定是的。」

「覺得空虛？」

「想到日後的人生就只剩下一連串的離別，心裡很不好受。」

「妳現在想這些都很正常，但妳也知道這不是人生的全部。」

「我不知道。」

「等妳哪天想法變了，記得告訴我。」

志宇就像確信我日後會改變想法般堅定地說。

我開車載著志宇在禧寧轉了一圈。我們去了水產市場和龜海灘，還在海灘鋪了一張野餐墊，躺在上面仰望藍天。我在志宇身邊感受到了久違的、短暫卻深刻的安寧。

回到家，我們煮了拉麵，麵裡還加了從市場買的大蝦。白天變長了，已經六點，天卻還沒黑。我們坐在客廳，望著天空從藍色變成乳白色，之後又漸漸變成粉紅、橙紅和夾雜著紫色的深藍色。

「我還記得第一次見到妳的時候。別提妳從前有多搞笑了。」

志宇喝了一口罐裝啤酒，看著我說。

「我嗎？」

「妳真的很搞笑。什麼都問。為什麼？為什麼？一直問個不停。」

「啊，沒錯，為了不討人嫌，我也努力地想改掉這個毛病。」

「妳對什麼都好奇，而且很愛笑。」

「妳還和當年一樣，總是講很正面的話，很會表達自己的感情。我很羨慕妳，因為我很難做到。」

「我可不是對所有人都這樣。」

我很感謝志宇和我做朋友。但感謝的話我始終沒有說出口。志宇在我家過了一夜，隔天凌晨搭第一班車回了首爾。

送走志宇，回家的路上，我忽然不安了起來。我很擔心自己在志宇的眼中過於狼狽，我真不該讓朋友看到我明顯消瘦、掉了很多頭髮、逞強說自己沒事的樣子。

那段時間，我經常看曾祖母和烏飛嬸的照片。看著兩個人面對鏡頭微笑的樣子，很想親眼見到她們。如果見到曾祖母，我們會聊什麼呢？充滿好奇心的曾祖母也許會問我大氣層和天體的事，如果我把自己知道的都告訴她，說不定還能聽她講一些自己小時候的故事。

我有一段時間沒有遇到外婆了。平時總能看到外婆推著手推車往返於社區，或是坐在活動中心門口和大家聊天，但這幾個星期一直不見她的身影。我很擔心，於是給她打了電話。

「肋骨裂了條縫。」

外婆平淡地說道。

「怎麼會這樣？」

「在廁所滑倒了。不嚴重。」

「您還能走路嗎？」

「走是能走，就是暫時出不了門。放心，很快就會好起來的。」

外婆說，她不想跟我聊這種事，不想成為讓孫女擔心的老人。我想起外婆把眼睛貼在目鏡上，看著月亮和木星時的表情。外婆不想成為令人擔憂的、需要人照顧的、讓人覺得是包袱的人。外婆希望就像我很小的時候一樣，做一個給我講故事、逗我笑的、跟我聊得來的人。聽到我說想去探望她，外婆爽快地回答說：那就星期五下班後過來吧。

外婆的狀態比想像中要好，雖然只能邁小碎步，但看起來並不嚴重。

「喝杯柚子茶？」

「瓶子在哪？我來拿，您不要動。」

「那邊……」

我把水壺放在瓦斯爐上，舀出柚子茶放入杯中。

外婆靜靜地看著我，開口說道：

「我差不多痊癒了。我是怕妳擔心，才沒敢告訴妳。」

「我知道。」

外婆慢慢移動到沙發。我把煮開的水倒入杯中，用湯匙輕輕攪拌均勻，送到外婆面前。

「講話時不會覺得痛嗎？」

「一開始很痛……現在差不多都好了，沒事的。」

「廁所裡得鋪一張防滑墊。」

「住在樓下的仁英奶奶過來幫我鋪了。」

與外婆聊天時，我感受到了因幾天沒看到她而產生的焦慮。

「您和朋友經常聯絡嗎？」

「當然了，要是我死了，她們會立刻趕來的。」

外婆手捧杯子，吹了兩下，啜飲一口。我也喝了一口，然後看向外婆。外婆明顯比前幾個星期消瘦了。

「您有好好吃飯嗎？」

「知妍啊。」

「嗯？」

「妳是來照顧老人的義工嗎？擔心我老得連飯也吃不上了？」

外婆說完，哈哈大笑兩聲，隨即感受到疼痛，便皺起了眉頭。我們半天沒有講話。我望著曬在陽臺的白菜葉，開口說道：

「外婆。」

「嗯？」

「為什麼您一開始假裝不認識我？」

外婆靜靜地看著我，她的表情像是有話想說，但又覺得為了彼此，最好還是保持沉默。我從外婆的表情，看到了幾個月前初到禧寧時的自己——天天以淚洗面，總是戴著太陽眼鏡的自己。

「從前，很有意思，」外婆說：「可能妳都忘了，妳十歲的時候在我家住了幾天，我們還一起去看過海呢。」

「我都記得。不知道為什麼，那時候天天都很開心，我很喜歡外婆。」

話一出口，我才意識到自己已經很久沒有對任何人吐露心聲了。

「我以為再也見不到妳了，」外婆看著我說：「我以為妳永遠都不會記得我。」

「外婆。」

「我知道這都是沒辦法的事，畢竟我和美善的關係變成這樣。但偶爾還是會因為見不到妳而感到生氣。是啊，我也會埋怨美善。」

「我能理解。」我回答道：「可能媽媽也有她自己的理由吧。」

「嗯，應該是。」

外婆說完，看著我笑了。

「我經常會想起您給我講的故事。」

「是喔？」

「也會想起鳥飛叔。」

「我現在也還忘不了鳥飛叔的樣子。」

外婆默默地看著杯子。

「我從來沒見過脖子那麼長的人。他像孩子一樣大笑的時候，眼角的皺紋也很深。我記得他修長的身材，還有走路時抬頭挺胸的樣子。」

那天，鳥飛叔從廣島回來後，臉也沒洗就倒頭昏睡過去，直到隔天太陽西下時才起床，醒來後就狼吞虎嚥地吃了晚飯，他餓得根本顧不上曾祖母讓他慢點吃的勸說。

曾祖母問發生了什麼，但鳥飛叔就是閉口不答。見問了好幾次也不肯張口，曾祖母明白他是不想提起那一天，於是再也不問了。關於那天發生的事，鳥飛叔沒有告訴任何人。每當有人問起時，他也只是一笑置之。每逢週日，鳥飛叔再也不去教堂了。牧師幾次登門要為鳥飛叔做祈禱，他也都拒絕了。雖然鳥飛叔隻字不提，但也未能掩飾住自己受到的傷害。這點就連比他小七歲的曾祖母也看出來了。

鳥飛叔回來沒多久，就在食品雜貨鋪找到了工作。那間店是曾祖父負責送貨的客戶之一所經營的，老闆聽聞鳥飛叔的遭遇，直接雇用了他。老闆說，這年頭敢去日本的人一定很堅強，很有勇氣和責任感。外婆還記得當時大家都很開心鳥飛叔找到了工作。

有一天，外婆在學校被同學欺負，嘲笑她是白丁之女。回家路上，外婆蹲在街角哭泣時，遇到了鳥飛叔。看到驚慌失措抹著眼淚的外婆，鳥飛叔提議一起走回家。鳥飛叔與外婆保持適當的距離，一邊走一邊給外婆講述她出生時有多可愛、多得人疼，還告訴外婆她的媽媽是多麼有勇氣、重感情的一個人。

烏飛叔還告訴外婆，從前人的身分貴賤取決於父母，後來日本人侵入朝鮮後，朝鮮人又被區分為貴族和平民，遭受卑賤的待遇。

—人們喜歡這樣。

烏飛叔流露出苦澀的表情，喃喃自語。

—英玉，妳覺得朝鮮人比日本人卑賤嗎？

外婆搖了搖頭。烏飛叔告訴外婆，真正的卑賤來自於以這種方式定義他人的人。

—妳這麼活潑開朗，乖乖吃飯，又愛笑又會踢球，跑得也快。和喜子相處得也很融洽，還會講有趣的故事。

—您個頭高，脖子也很長。總是笑嘻嘻的，還能吃很多飯。

—聽妳這麼誇我，真開心。

—我還沒說完呢。大家和您回來以前不一樣了，只要有您在，媽媽和爸爸都會笑，烏飛孃和喜子也是。您就和太陽一樣，以後我看到太陽就會想起您。

—聽聽我們英玉講的話，以後等妳長大了，一定是個詩人。

跟烏飛叔聊天，讓外婆忘記了在學校經歷的事情。外婆感到很安心。曾祖父看到外婆大笑或踢球會生氣，但烏飛叔卻會誇獎她。烏飛叔經常偷偷地從雜貨鋪拿零食給外婆吃，也總會被她講的笑話逗得哈哈大笑。在這樣的鳥飛叔身邊的鳥飛嬸不知不覺地長胖了，而且總是笑容滿面。

但那時，外婆看到鳥飛叔的脖子總是紅紅的，很是放心不下。雖然沒有嚴重到不能工作，但鳥飛叔經常咳嗽咳個不停。

當春天要進入尾聲的時候，院子裡多了一隻小狗。那是一隻長著黃毛、瘦瘦的小公狗，尾巴上夾雜著一些黑毛。曾祖母給小狗取了一個名字，叫春天。春天誰也不跟，就只跟在曾祖母身後。曾祖母把鞋脫在石階上，春天就把下巴墊在曾祖母的鞋上睡覺；曾祖母走到哪，春天就會一蹦一跳地跟在旁邊；曾祖母嫌煩把牠推到一旁，也還是會坐在那裡撫摸起春天的頭。曾祖母出遠門時，春天會等在巷口，看到曾祖母就立刻迎上去。「你為什麼喜歡我呢？」曾祖母一臉費解地撫摸著春天的背，臉上掛著淡淡的哀傷。曾祖母叫春天不要跟著自己的聲音也總是很溫柔、溫暖。對曾祖母而言，被人喜歡不是一件平凡的事。

就這樣又過了三年。外婆說，那三年充滿了快樂的記憶。雖然鳥飛叔經常生病，但總是很快就好起來了。

鳥飛叔病了很久的某一天，曾祖父帶他去了開城最有名的醫院。那天，洋醫診斷鳥飛叔罹患了肺結核，而且已經到了晚期。因為肺部損傷嚴重，已經無藥可醫，只能找一個清靜的地方養病。曾祖父說，鳥飛叔從日本回來後經常生病，廣島發生核爆炸的時候，他人也在那裡。

醫生問當時有外傷嗎？鳥飛叔搖了搖頭。醫生說，從醫學的角度很難判斷那時的事和現在的病是否存在因果關係。

—那他的皮膚為什麼會這樣呢？

面對曾祖父的問題，醫生只搖了搖頭。

韓戰結束後，韓國才診斷出首例原爆症。即使不知道原因，也不知道什麼是核武器受害者，大人們還是深信，鳥飛叔在日本經歷的事情對健康造成了很大的影響。鳥飛叔的症狀與肺病不同，肺病根本不能解釋清楚他為什麼會皮膚脫落，流出膿水。

從醫院回來後，大人們說有事要商量，把外婆和喜子趕到院子裡。外婆帶著喜子和春天玩耍時，察覺到似乎發生了什麼大事。大人們壓低聲音交談，也沒有笑聲。沒多久，鳥飛嬸的哭聲就傳到院子裡。聽到哭聲，外婆故意更吵鬧了。

「鳥飛叔一家人只能返鄉了。」

外婆握著杯子，靜靜地看著我。

喜子哭鬧著不肯走，她抱著外婆的手臂，大喊大叫說要和英玉姊住在一起，還把春天抱在懷裡，哭著說不想和春天分開。外婆也不想和喜子分開，最重要的是，她捨不得鳥飛嬸。外婆問了鳥飛嬸好多次是否非回老家不可？眼眶泛紅的鳥飛嬸就只是強顏歡笑地點頭。

—英玉，妳要努力讀書。不要理睬那些說什麼女孩讀書也不能出人頭地的話。有知識才能活下去。妳要好好……好好照顧妳媽，不能讓她餓肚子，一定要好好照顧她。

—嬸嬸，您放心吧。

—我會常寫信給妳們，知道嗎？

—嗯。

—我們要記住彼此。英玉啊，妳不會忘了我吧？

外婆什麼也沒說，搖了搖頭，接著一頭栽進鳥飛嬸懷中。

—我們英玉最懂事了，從不哭鬧，嬸嬸知道妳有多委屈、多孤獨。在我眼裡，妳就和女兒一樣。想哭就哭吧，今天痛痛快快地都哭出來。

—這次一別，以後我們還能見面嗎？沒有嬸嬸，我真不知道怎麼活下去了。

大家都去了車站。那天冷得眉毛都結了霜。到了車站，曾祖母把從家裡帶來的水煮蛋和地瓜遞給鳥飛嬸。

鳥飛嬸和曾祖母都顯得異常平靜，接受現實的喜子也不再哭鬧了。就這樣，鳥飛叔一家人上了火車。鳥飛嬸坐在窗邊揮了揮手。火車開動時，她捂住臉，垂下了頭。外婆想再多看一眼烏飛嬸，連聲喊著嬸嬸、嬸嬸，但烏飛嬸始終沒有抬頭。火車就這樣開走了。看似平靜的曾祖母回家後，臥床不起了好幾天。

我無法想像曾祖母送別烏飛嬸時的心情，無法揣測曾祖母是以怎樣的心態送走此生交到的第一個朋友，以及與接受原本的自己、愛著自己的人分離是什麼感覺。

「還不如不相識呢。」

「什麼意思？」

「想到她們分離時那麼痛苦，就想著曾祖母和烏飛嬸還不如當初不認識。不認識的話，就不必經歷這些了。互不相識地過著自己的日子。」

「妳當真這麼覺得？」

我靜靜地喝了口茶。連我自己也不知道自己真實的想法。

「結局悲傷的話，的確是會這麼想。」

外婆看著我，露出和藹的笑容，然後開口說道：

「烏飛嬸是媽媽的傷口，但也是她的驕傲。雖然烏飛嬸的離去給媽媽帶來很大的衝擊，但也是烏飛嬸給了她每次倒下後，重新振作起來的力量。每次她想起烏飛嬸都會說，別提烏飛有多疼我了、你們不知道烏飛多愛我。與烏飛嬸相識，的確經歷了很多傷心難過的事，但每次媽媽想起她的時候，都會容光煥發，就跟身處另一個世界的人一樣。如果沒有遇到烏飛嬸，她的確不會受傷，但是……」

「曾祖母還是會選擇與烏飛嬸相識的人生。」

「沒錯，那才是我媽媽。」

外婆看著我笑了。從外婆的笑容中，我看出了她對我的惋惜之情。茶涼了，我走到廚房倒了些熱水，遞給外婆。

「外婆。」

「嗯？」

「上次您給我看的那個裝信的盒子，您想看但看不了的那些信。」

「嗯，怎麼了？」

「我讀給您聽。我也想看看那些信，很好奇曾祖母收到的那些信。」

「不麻煩妳了。」

「其實，我是覺得難以置信。我從沒見過那麼久遠的信。」

外婆想了想，開口說道：

「那就先謝謝妳了。不要勉強，哪怕只讀一兩封，我也知足了。」

「那我去拿？」

「好啊。」

我走進房間，從櫃子裡取出那個盒子。打開盒蓋，只見信封豎向擺放，整整齊齊地塞滿盒子。我看著滿盒的信封，無從得知都是什麼信。

外婆翻了翻，從最下面抽出三個已經泛黃的信封。

「這是媽媽最早收到的信。」

「您光看信封就能知道？」

「有時候，晚上睡不著覺，我就會把這些信拿出來讀。有一次，我一封一封地讀到天亮，然後就按照順序整理了一下。從這裡開始是最早的信。」

外婆拿起一個信封，向下一晃，信紙掉在她的掌心上。信紙也變黃了。

「這真像博物館。這些信都是怎麼保管下來的啊？」

「我也不知道。戰爭中，我們經歷了各種事，不過這些信還是留了下來。」

外婆把信遞給我。

「妳能讀？」

我點了點頭。這封僅用韓文寫的信，字跡端正有力。信紙上，還可以看到幾處泛黃的斑點。字跡還清楚，讀起來應該不費力。

「我們去臥室吧。」

外婆說想躺下，於是我們走到臥室。外婆平躺在厚厚的褥子上，對我使了一下臉色。

我開始朗讀起第一封信。

親愛的三泉，

三泉，妳過得好嗎？英玉和英玉爸爸也都好嗎？我很好。寫這封信，是不想妳擔心我。我知道妳怕我挨餓、生病。妳放心，我在這裡吃得飽、穿得暖。回到故鄉，喜子爸爸的狀況也穩定下來了。

我之前和妳提到過很多次鳥飛這個地方，這裡很適合休養身體，溪水清澈，而且排水也很好，哪怕是下大雨，地面也不會有泥濘，加上四面環山，很是清靜。村裡人都很善良、開朗，無論走到哪裡，大家都有說有笑的。這裡每個人都有一手好廚藝，從前只要提到鳥飛村的人，大家都會聯想到美味佳餚。

我給妳講了那麼多鳥飛村的事，妳卻對三泉村的事隻字不提。雖然這裡和三泉村離得很近，但我沒去過，所以非常好奇。之前只聽說妳在那裡經歷了很令人痛心的事。如果我生在三泉，小時候就認識妳的話，一定會保護妳，不讓那些人欺負妳。別看我這樣，我可是很會吵架呢。

三泉啊，妳吃得好，睡得好嗎？一想到妳，我就總想起對妳大吼大叫，說的那些難聽的話。喜子剛出生的時候，我精神失常，總是脫口說出一些令妳傷心的話。但現在找藉口又有什麼用呢。對不起，三泉。

回到鳥飛，我又讀了那些妳給我寫的信。妳寫下了我必須活下去的理由，回來後再讀，眼淚總止不住的流。那時候，看了妳寫的信，我才決心打起精神，就算是為了妳，也要努力活下去。妳幫了我那麼多，如果沒有妳，我早就不在這個世上了。真的，是妳拯救了我。

開城的醫生不是說，喜子爸爸最長只能活一年。那時，東利家的大嬸跟我說，喜子媽，妳這是吃的什麼苦啊。喜子爸要是原子彈爆炸的時候就走了，妳也不至於吃這些苦啊。可能大家都是這麼想的吧？結局都是一樣的，喜子爸爸早晚都得走……還不如相隔兩地的生死離別呢……

想到喜子爸爸，也許……瞬間結束痛苦更好，那他就不用像現在這樣飽受病痛的折磨了。但就算這麼想，我也還是覺得現在好。妳罵我貪心也好，說我自私也罷，我還是很感激他能活著回來，能跟我和喜子待在一起。

如果喜子爸爸死在廣島，妳知道我會許什麼願嗎……我會許願哪怕是一天，不，哪怕是一小時、十分鐘也好，讓我再親眼見見他、摸摸他、抱抱他。村裡人都說，他回來後就只能再活幾年，又要再經歷一次離別，多痛苦啊。但是，三泉妳看，這幾年和一個小時、一個瞬間相比不是很長的時間嘛。我還是覺得現在好，無論他變成什麼樣子，至少還留在我的身邊啊。

三泉啊，現在這裡遍地開滿了金達萊。開城也是嗎？我總是會想起和妳一起摘花、吃蜜，用摘的花煎煎餅，還有採艾蒿打年糕吃。我現在只要看到花花草草就會想起妳，看到星星和月亮也會想起妳。妳仰望夜空時，總是會對我說：鳥飛啊，不覺得很稀奇嗎？我總是會想起對什麼都好奇的妳。

三泉，請保重。

一九五〇年 三月二十日

鳥飛

外婆面朝天花板平躺在床上，聽我讀信時，時而轉頭看向我，時而雙手交握。我斜眼看了看外婆，讀完了手上的信。我很驚訝外婆竟然還留著六十七年前的東西，但更令我驚訝的是，從信中感受到了鳥飛嬸的聲音和溫度，彷彿她進入我的身體，朗讀了這封信一樣，而且收到這封信的曾祖母也好像在我的心裡又活了過來。我彷彿親眼看到她仰望夜空說著：不覺得這很稀奇嗎？我小心翼翼地把信折好，塞回信封。

「接著讀下一封？」

「不用了。辛苦妳了。妳讀信給我聽，我卻這樣躺著……」

「我想再讀一封。」

我拿起第二封信。因為第二封信比第一封的字跡模糊，只好拿近一些。

親愛的三泉，

妳過得好嗎？寫到這裡，我想了好久，應該對妳說些什麼。如果是妳，一定會知道該怎麼做。如果妳在我身邊，我應該會好很多。給妳寫信，就當妳陪在我身邊了。我只想跟妳說說話。

三泉啊……喜子爸時日不多了。牛車把他載到這裡最大的醫院，我現在天天膽顫心驚，根本睡不著覺。守在他身邊，看著他病成這樣，心裡難受死了。我現在就在喜子爸爸的身邊給妳寫這封信。

我們回到老家後，喜子爸爸看似接受了現實，但其實並沒有。他一直守口如瓶，不肯講在日本發生了什麼事，都是因為怕嚇到我。有一天，他狀態好些的時候，抓著我說，喜子媽，我要把這件事告訴妳，妳會記住吧？我說，你有話就說出來，別自己一個人憋在心裡。聽我說完，喜子爸爸沉默了半晌才開口。

那天……喜子爸爸沒有受傷，因為原子彈爆炸時，他被關在沒有窗戶的地下倉庫裡幹活了。他說，那是這輩子都沒聽過的轟鳴聲。走到外面一看，所有的建築都倒塌了，到處都是滿身插著玻璃的屍體和垂死掙扎的人們。天空下起了黑雨。空氣裡充斥著石油味。喜子爸說，起初還以為那是飛機灑下的石油。他淋著黑雨尋找著一起幹活的同事，但當時在外面的人幾乎都死了。

聽說死了很多朝鮮人。那段時間，很多朝鮮人住在廣島。但幾乎沒有人是像喜子爸爸自願過去的，大部分的朝鮮人都是被抓去的，人數多到連一個準確的統計都沒有。這事喜子爸爸不說，我都不知道，聽說最多的是華川人。喜子爸爸一直感覺很痛心的是，那些人連老家的地址都不知道，連寫信回去告訴家裡人發生了什麼事都沒辦法。別提喜子爸爸提到這件事的時候，流了多少眼淚……他哭得都沒法抬起頭看我一眼了。

喜子爸爸說，不應該有人這樣無辜地死去。無論是朝鮮人、日本人還是中國人，這世上不應該有人這樣枉死。這是人造的孽，都是人造的孽。喜子爸爸抓著我的手，重複了好幾遍這句話。

妳也知道喜子爸爸的為人。他凡事都懷揣一顆感恩的心，感恩每天賜予自己的生活……三泉啊，之前我們在老家挨餓的時候，喜子爸爸連能活命都充滿了感激。那時候，我還以為他瘋了呢。但這就是他善良的天性。家裡都是天主教徒，我也接受了洗禮，可我並不相信這些。喜子爸爸跟我不同，他是很虔誠的天主教徒。

但這樣的他卻抓著我說，喜子媽，我不會再祈禱了。那天，天主在做什麼？那些孩子、無辜的人慘死的時候，天主又在哪、在做什麼呢？

我說，這不是天主的錯，那些事都是人做的。天主也會感到痛心的。

喜子媽，全知全能的天主為什麼袖手旁觀呢？我不會再向只會痛心的天主贖罪了。我不想在祂面前贖罪了。如果真有天主，我倒要問問祂，那天祂在做什麼？我不想再像從前那樣跪在祂面前，感謝祂了。沒錯，是祂救了我的命。但如果我繼續感謝祂的話，那些犧牲的人又算什麼？

三泉啊，雖然我不信天主，但多少也學習了聖經，喜子爸爸說的那些話真的嚇壞我了。我還是第一次看到他對誰發脾氣，而且還是對著天主。我勸他別說，再說下去會受到懲罰，但他就是不聽。如果是從前的他，一定會感激天主讓他活著回到朝鮮，但他現在竟然要天主道歉。這種話多可怕啊。

那天，喜子爸爸說了很多話，我不禁懷疑他哪來的力氣。但是隔天，他整個人的狀態就變得糟糕了。想到喜子爸爸帶著對別人、對天主的憤怒和那些痛不欲生的悲傷上路，我真的心如刀絞。

妳會記住吧？他問了我一遍又一遍。會的，我會記住的，我會記住你，也會記住你說過的每一句話。我覺得這是我能為他做的最後一件事了。

三泉啊，我太高估自己了。我說就算他在我身邊短暫停留也沒關係，說這樣好過分隔兩地的生離死別。但我錯了，看著喜子爸爸痛不欲生的樣子，我真的太難受了。如果真的有地獄，也不會比現在痛苦的。三泉啊，我真是太不自量力了，我快撐不住了，再也撐不下去了。

三泉，請妳也記住喜子爸爸。這是他的遺言。記住他，三泉。

一九五〇年 四月三十日

鳥飛

讀這封信的時候，我的聲音在顫抖，好幾次不得不停下來。

外婆問道。

「很辛苦吧？」

「……」

「聽妳讀和我一個人用眼睛看很不一樣。」

外婆閉著眼睛，長嘆了一口氣。

「自從在開城一別之後，您就再也沒見到鳥飛叔了嗎？」

「嗯。那天在火車站就是最後一面了。鳥飛叔看著我笑了笑，我記得他那淡淡的笑容。他去世的時候，誰也沒能趕去鳥飛。」

「曾祖父也沒去嗎？」

「父親也不知道因為什麼而沒去。他們都不是會流眼淚的人。這可能是我的想法，至少他們沒有當著我的面哭。父親看上去很氣憤，母親不停做事。當時誰也不敢提鳥飛叔，所以我很孤獨，我一個人坐在石牆下自言自語地跟鳥飛叔說話，問他過得好不好。如今我年過八十，也送走了很多人，但那次是第一次經歷死亡，印象特別深刻。明明離得很近，心裡覺得近在咫尺，卻看不見、摸不著，到現在也不敢相信那個人就這麼永遠不見了。」

外婆說到這裡，皺起了眉頭。她動了一下身體，似乎又感覺到了痛症。

「跟妳說這些，可能聽起來很奇怪……但烏飛叔已經走了這麼多年，現在提起他，我還是忍不住想笑。」

外婆笑著看了我一眼。我看著外婆，又拿起另一封信讀了起來。

親愛的三泉，

喜子爸爸的葬禮都辦好了。我又搬回婆家了，除了嫂子和喜子，沒有人跟我講話，所有人都躲著我。

真委屈。我突然想起妳對我說的話。還記得那個磨坊老闆對我指手畫腳，說我做事不俐落，總是拖拉。回家的路上，我跟妳說我覺得委屈。妳說，難過就是難過，生氣就是生氣，委屈算什麼。還說我連真實的感受都不跟妳說，根本不算朋友。所以我坐在院子裡，靜靜地想了想，委屈都是假話，有什麼好委屈的，我是生氣。三泉，妳不是說過，如果只嚷嚷委屈，連氣都不敢生，遲早會落下心病的。

五月的鳥飛已經吹起暖風了。我沒有瑟瑟發抖地送走喜子爸爸。地都化了，挖起來一點也不吃力。他是怕太冷，地會凍僵結冰，所以才又堅持了一段時間吧？臨走前，他還放心不下那些農活嗎？

喜子爸爸囑咐我一件事。他不想接受病人傅油聖事，清醒的時候還寫了封信。我反覆問了他很多次，但他始終堅持，怎麼都不肯接受病人傅油聖事。家裡認識的神父來醫院的時候，我當著全家人的面說，喜子爸爸不想接受病人傅油聖事，還給他們看了他寫的信。神父說既然本人不願意，他也沒辦法。婆婆和大伯懇求神父，神父也沒有照做，堅持說不能違背本人的意願。

就這樣……婆婆罵我是瘋女人，一巴掌打在我的臉上。我還是第一次被人打臉。我不能還手，但還是瞪圓了眼睛，把該說的話都說了。我說這是我答應喜子爸爸的事情，就算是再微不足道的小事，我也不會違背他的意願。但婆婆卻說：妳這個臭女人竟然敢關上我兒子去天堂的大門。我抓著她的肩膀大喊：媽，收回您這句話，如果喜子爸爸不能去天堂，這世上就沒有人能去天堂！天主心胸寬廣，一定會理解喜子爸爸的心意！您講話要小心！

我不是虔誠的信徒，但說出這番話的時候，不禁覺得寬容的天主一定會包容喜子爸爸。起初我也戰戰兢兢，看到喜子爸爸氣得要天主道歉，簡直嚇死人了。但其實不是這樣的……如果喜子爸爸真的背棄天主的話，他就不會這麼生氣，就會順從大家接受病人傅油聖事了。他若不愛天主，就會敷衍著去參加彌撒，就不會這麼固執己見了。

下葬後，走回家的路上，我看到白天升起的月亮。啊，喜子爸爸再也不能用他那雙炯炯有神的眼睛賞月了，再也看不到藍天、五月的麥田和我們的喜子了……再也看不到他喜歡的一切了。我哭著走了很久，抬起頭時又看到了那輪白月亮，它就像有話要對我說一樣。圓圓的月亮，真的好似一扇通往天國的大門。喜子爸爸……

打開那扇門去了天堂……肯定見到了他又愛又恨的天主……想到這，我更加確信我送走的他真的去了天堂。

三泉，我好想妳。真不知道為什麼沒早點寫信告訴妳這一切。

妳要保重身體，好好照顧自己。

一九五〇年 五月十四日

鳥飛

我和外婆沉浸在烏飛嬸的聲音中，半天沒有對話。我把信折好放回信封，然後插回原位，蓋上了盒蓋。

「您休息吧。」

「我把妳留下來太久了。」

外婆盯著掛鐘說。

「反正在家也沒事做。」

「我留妳在家，還讓妳給我讀信。」

「沒關係啦。以後我再讀給您聽。」

「謝謝。」

外婆說著，把手指輕輕地放在我的手背上。沒過多久，外婆就伴隨著均勻的呼吸睡著了。我小心翼翼地抽回手，拿著杯子來到廚房，洗了杯子。我又走回臥室靜靜地看了看外婆熟睡的臉龐。外婆平躺在床上，頭稍稍側向左邊，嘴巴微微張著。眉間的皺紋使得外婆看上去好像做著很難過的夢。我在外婆的臉上隱約看到了那個無處傾訴對烏飛叔的思念，只能獨自蹲在石牆下呼喚烏飛叔的、十二歲的英玉。我取來放在一邊的毯子，蓋在外婆身上，然後安靜地走出臥室，關上了玄關門。

我們乘著一艘又圓又藍的船漂流在漆黑的大海中，很多人不到百年就會離開，所以我時常會想，他們都去哪裡了呢？跟宇宙的年齡相比，不，哪怕是和比宇宙年齡更短的地球相比，我們的一生不過就是短暫的剎那吧？但我不明白為什麼剎那的人生會如此漫長、痛苦。我們可以生為橡樹或大雁，但為什麼偏偏降生為人類了呢？

使用原子彈虐殺無辜的想法和付諸行動的力量都來自於人類，而我正是與他們一樣的物種。我靜靜思考著關於來自宇宙塵埃的人們製造的痛苦，以及星埃是如何排列出人類的。我摸著自己的身體，想到總有一天它也會變成超新星的碎片，不禁覺得一切都很新奇。

7

回首爾的週末，我和媽媽一起去了家附近的烽火山散步。因山頂有一個烽火臺而得名烽火山，但它不過就是一座只有一百六十公尺的丘陵。媽媽說，漸漸有了力氣以後，她常會來烽火山環路散步，偶爾還會堅持走到山頂。雖然只是一座小丘陵，但栽種著密密麻麻的樹木，綠色的氣息讓人覺得跟爬山一樣。

媽媽一邊慢慢走，一邊前後甩著手臂。我覺得她的樣子很可愛，於是模仿幾下她的動作，笑了出來。媽媽更誇張地甩起手臂，可能也覺得自己的樣子很好笑，噗哧笑了。七月的正午，即使一動不動也會汗流浹背。不知道是因為晴朗的天氣，還是很久沒出來散步，我覺得心曠神怡，跟媽媽聊起輕鬆的話題。其實，我是想證明給她看，有別於她的擔憂，我過得很好。

「妳和明熙阿姨經常見面嗎？」

「嗯，明熙姊搭六號線過來很方便，我們常碰面，在家附近吃飯。」

「她什麼時候……回墨西哥？」

我小心翼翼地問道。

「快了。我正要跟妳說呢……」

媽媽避開我的視線，把目光投向長椅。

「我打算跟明熙姊去一趟墨西哥。」

我被媽媽的話嚇了一跳，因為我從沒想過她會做出這樣的決定，而且她不是會說出自己想法的人。這樣的媽媽令人感到陌生，但不知為何，我很開心聽到她這樣講。

「我就是放心不下妳爸的一日三餐……但家門口開了一間很大的餐館，我告訴他去店裡買來吃了。」

「爸爸說什麼？」

「還能說什麼，說我瘋了。」

媽媽說完，哈哈大笑起來。

「是啊，我是瘋了。連飯也不給老公煮，還要跑去墨西哥？」

媽媽的笑容淡去後，冷淡地說道：

「之前明熙姊邀我去墨西哥玩的時候，我覺得這是不可能的事。妳還記得吧？我第一次做手術的時候，還叫妳回家給妳爸煮飯，我真是精神失常。但這次再見到明熙姊，莫名讓我想找回……」

「什麼？」

「自己的人生。」

媽媽從沒跟朋友去旅行兩天一夜過，出國也只有夫妻結伴去過日本而已，但這樣的媽媽現在卻說要找回自己的人生。

「明熙姊說，我們在郵局上班的時候，我常說想到處走走，出國旅行。但結了婚，之後的事妳也知道。」

媽媽走到長椅邊，坐了下來。

「不會去很久的，就去一個月。全當是去明熙姊家休養身體。」

媽媽仰頭看向我，就像二十歲出頭的孩子第一次說服家長要去背包旅行一樣。

「妳想去就去，但必須注意安全。不要擔心爸爸的三餐，照顧好妳自己的身體。」

「好的。謝謝。」

媽媽說完，嘆了口氣，就像沒有我的允許不能去似的。媽媽不顧爸爸的強烈反對，訂了墨西哥的機票。聽到我說沒想到她會這麼做時，媽媽說連她自己也沒想到。

「這是革命！」

聽到我這樣講，媽媽拍手笑了。

趁氣氛好，我提起我這段時間見過幾次外婆，還邀請外婆來家吃飯，以及外婆講了很多從前的事。媽媽一邊舔著嘴唇，一邊聽我講話，偶爾也會點一下頭。

「我也常想，就算我們的關係再不好，也不應該不讓妳們見面。」

「沒邀請她來參加我的婚禮，的確有點過分了。」

「是喔……」

媽媽從長椅上站起身，看著我說：

「好奇怪喔，重傷別人的人，卻能成為另一個人眼中的大好人。」

看著說出這句話的媽媽，我努力揣測著她的心情。雖然媽媽低聲講話時毫無感情，但看上去似乎很生氣，感覺也很疲於提起這件事。媽媽背對我，慢慢朝山頂走去，我快步跟上，與她並排前行。

「但這樣很好啦，至少妳在那裡有人可以依靠。」

媽媽說道：

「研究所的人也都很好。」

「是喔？」

「真的。」

「那妳這輩子該不會就留在那裡了吧？」

「我的事，我會自己看著辦的。」
媽媽沒說什麼，板著臉一直往前走去。
「妳就不能相信我一次嗎？相信我就這麼難嗎？」
媽媽停下腳步，轉過身來，一臉倦色看著我說：
「妳能過得比現在更好。妳又聰明又開朗，有時我都不敢相信妳是我的女兒。」
「妳就那麼不滿意我現在的生活嗎？」
我哽咽了。媽媽露出驚慌失措的表情。
「我不是這個意思，我是希望妳能過得更好。」
「媽，我已經竭盡所能了。這世上到處都是比我更聰明的人，我沒妳想的那麼與眾不同，以我的能力根本找不到像現在這麼好的工作。」
「我說的不只是工作。」
「媽，別說了。」
「嗯。」
媽媽應了一聲，加快了腳步，她也知道再說下去對彼此都沒有好處。
媽媽對我抱以一生的期待，但還是失望了。媽媽總說，像妳這麼聰明，念過那麼多書的人應該過上連自己做夢也沒想過的生活。但在我決定和出身清苦、一無所有的他結婚時，媽媽大失所望。之後她改變想法，決定滿足於我組建一個正常的家庭，並無微不至地照顧起女婿，她期待我能過上別人眼中幸福的婚姻生活。

但我徹底辜負了媽媽的期待，令她失望至極。我明白與其期待著得到媽媽認可而因此受傷，不如在事業上獲得認可，從朋友身上獲得支持。但是腦袋能想明白的事情，心裡卻無法接受。我在心裡大喊孩子不是父母炫耀的紀念品，與此同時也知道媽媽並不只是為了想向別人炫耀，所以才心痛不已。

直到抵達山頂，我們沒再多說一句話。我們站在觀景臺，眺望山下的風景。

「好多高樓啊。」

我說道。

「畢竟是首爾嘛。知妍，妳看那邊。」

媽媽指著遠處的山說：

「那邊是南山，左邊是冠岳山。」

「是喔？」

「嗯。」

我們走得很慢，但媽媽還是喘起粗氣。

「媽，妳要去墨西哥的話，可要努力做運動了。」

「嗯。出發前，我會多多走動的。」

「說好囉？」

「嗯。」

媽媽看著我，難為情地笑了。我覺得跟媽媽再也不像從前那麼親近了。我從媽媽的表情中，看出她也察覺到了我們之間產生的距離感。我們之間，再也沒有發生過像之前那樣持續數日的冷戰。我們總是在大火燃起前，先熄滅火種，也會尷尬於向對方投擲小火苗。這表示我們的關係再也不如從前親密。從我們的眼神中可以看到一種恐懼，一種擔心傷害對方會導致無可挽回的結局的恐懼，我們變成了不再徹底爭吵、擔心真的會撕破臉的關係。我和媽媽聊著無關痛癢的話題下了山。

☽

幾天後的某一天，我在下班回家的路上，看到了推著紫色格紋手推車的外婆。我調轉方向，把車停在外婆身邊。

「您這樣到處走沒關係嗎？上車吧。」

我下車，把手推車放在後車座上。

「您去哪裡？」

「我哪也不去。」

外婆說著，露出了調皮的笑容。

「您剛才可走在路上喔。」

「我是推著它在運動，練習走路。醫生說，天天躺在家裡，肌肉會消失，叫我多運動。妳這是要去哪？」

「我剛下班，掉頭來接您。」

「晚飯吃了嗎？」

「您吃了嗎？」

「還沒吃。」

「那我們去吃馬鈴薯丸子湯吧？在客運站附近。」

外婆點了點頭。

海水浴場開放以後，市內也變得有活力了，口碑好的美食餐廳門口也不時排起長龍。夏日的禧寧與冬日截然不同，前往馬鈴薯丸子湯店的路上也覺得比平時熱鬧許多。

「您身體怎麼樣？」

我和外婆面對面坐下，點了紫蘇馬鈴薯丸子湯。

「啊，肋骨？醫生說好得差不多了。」

外婆不以為然地說著，把水倒進了杯中。

「上次我睡著了，連妳離開都不知道……」

我們都沒提上次讀過的信的內容。外婆只說讓我讀那些信，心裡很內疚。但她這樣講，我心裡反倒很不是滋味，我覺得關係好的祖孫不會這麼客氣。

我們默默吃著馬鈴薯丸子。外婆用湯匙舀起一顆丸子，吹了幾下後才送入口中。外婆的樣子和媽媽一模一樣，媽媽也很怕燙，吃熱湯麵的時候都要花很長時間放涼後才開動。

喝完飯後送來的水正果茶，我們才起身。外婆攔下正準備結帳的我，一邊說不要因為她花錢，一邊從口袋拿出現金付了錢。

「下次換妳請我，不就行了嘛。」

外婆說道。

走出餐廳，太陽還掛在空中，天空依然泛著藍光。我載著外婆來到海水浴場附近。雖然很累，但也不想錯過這樣的夏夜。

海水浴場對面可以看到整排的生魚片店，寬敞的車道和人行道連接著海水浴場和餐廳。我從後座取下手推車交給外婆，外婆雙手抓住把手，緩慢移動著步子。聚集在海邊的遊客聊著天或放煙火，三三五五的人圍坐在餐廳戶外座位喝著酒。夏日的海邊氣氛越來越濃了。

「那張照片……怎麼看都覺得曾祖母和烏飛嬏有四十多歲了，她們之後又見面了嗎？」

「啊，那張照片，那是戰爭結束後拍的。」

「烏飛嬏又回開城了？」

外婆笑了一下，調侃地說：

「戰後怎麼能去開城呢？那我們現在豈不是住在北韓了。」

「那……」

「是禧寧。」

外婆說完，調皮地笑了。

「這裡？」

「是啊。戰後她們在禧寧拍的。」

我拿出手機又看了一遍那張照片。

「妳看那邊。」

外婆指了指飄在遠處的白色風箏。我們停下腳步，靜靜地眺望著飄在海面上空的、掛著兩條帶子的菱形風箏。汩汩的海浪聲傳入耳中。

「外婆。」

「嗯。」

「曾祖母是怎麼來禧寧的啊？」

「這個嘛……」

聊到這裡，外婆沉默了半晌，然後才緩緩地開了口。

那個陰雨綿綿的早上。遠處傳來陣陣轟鳴，還可以看到很多身穿軍服的軍人列隊移動。隨著時間推移，轟鳴聲越來越近了。深夜都能聽到開天闢地的聲響。外婆說，現在回想起來，那應該是戰鬥機發出的聲音。

有一天，外婆在家門口玩，看到磨坊老闆和幾個人雙手被綑綁，從對面經過。外婆無法忘記與那個叔叔四目相對的瞬間，總是看起來耀武揚威的人被綁著雙手無助地看著自己。

隔天，那個叔叔就被拉到外婆所在的小學操場槍決了。附近的居民為了證明自己不是政治犯，不得不帶著孩子來到操場，曾祖母和曾祖父也帶著年僅十二歲的英玉擠在人群中。

外婆說，她不明白為什麼要讓孩子看到那樣的光景，當時的自己只能無力地看著每個人身中多槍倒在血泊中。圍觀的人不能尖叫，也不能流淚，必須扮演毫無感情的人，像樹一樣站在原地。天氣很熱，外婆卻嚇出了冷汗，手腳冰涼，只希望快點結束眼前的一切，一次擊斃所有的人。她緊握拳頭，指甲摳得掌心都出了血。即使是這樣，也要努力保持清醒。

直到十個人都被槍決後，圍觀的人才得已離開操場。走回家的路上，曾祖母呆呆地直視著前方。就連十二歲的外婆也意識到絕不可以流露任何感情，因為可能有人躲在暗處監視大家。回到家，關上房門後，曾祖母才反覆強調：必須打起精神、保持冷靜，不然就只有死路一條。

外婆說，當時死去的不只那十個人，第一個英玉也死了，重生的英玉和第一個英玉是不同的人。就這樣，自己變成了一個很糟糕的人。曾祖母、曾祖父和外婆直到生死離別前，誰也沒再提過這件事。之後，三個人便以各自的方式出現了裂痕。從表面上看，變化最大的是曾祖母。戰爭結束後，曾祖母每晚都要靠藥物才能入睡。她不敢再輕易相信任何人，總是覺得自己隨時都會遭遇那種事。沒有人可以治療她的這種心病。

「我還是第一次提這件事。太痛苦了，不想記在心裡。我一直希望能忘記這件事，但不要說遺忘了，上了年紀以後，反而更歷歷在目了。那種事怎麼能忘呢？」

外婆還說，如果不是戰爭，心病也不會這麼嚴重。

「心病？」

「是啊。我……我是個很糟糕的人，特別是對妳媽媽。」

外婆說著，流了幾滴眼淚。看到外婆流淚，我突然感到有些心慌，但還是若無其事地走在她身旁。

外婆描述了幾個至今仍歷歷在目的場面，她還記得曾祖父和曾祖母竊竊私語討論南下的事，還有遠處的槍聲和炮火聲。

一天夜裡，外婆聽到有人喚著自己的名字。從春天的叫聲判斷，似乎不是陌生人。曾祖父摸黑爬起來，問道：「誰啊，外面是什麼人……」聽到「是我，鳥飛」後，曾祖母立刻開了門。深秋的夜晚，一股冷風灌進屋內，只見鳥飛嬸和喜子站在門外。

——英玉爸爸，對不起，深夜打擾你們了。

鳥飛嬸說著，把喜子推進屋裡，自己也走了進來。曾祖母點了一盞煤油燈。藉助微弱的光，大家這才看到鳥飛嬸和喜子僵住的表情。鳥飛嬸提著一個大包裹，喜子也抱著行李。若是從前，大家早就高興地抱在一起了。但曾祖母和曾祖父看到鳥飛嬸和喜子的臉，下意識地流露出擔憂的神情。

——喜子媽媽，出什麼事了？

曾祖父問鳥飛嬸。

—您能收留我們在這住幾日嗎？我們打算去大邱，去投奔我的親姑姑……

—不要說幾日了，妳們想留多久都沒關係。但這麼突然……總得告訴我們出了什麼事吧。

—我們不會連累你們的，就住幾日……

鳥飛嬸欲言又止的時候，喜子開了口。

—我們村裡簡直亂成了一團……叔叔被抓去山裡……

—喜子！

鳥飛嬸打斷喜子的話，遲疑片刻後，才說出這段時間發生的事。鳥飛嬸的哥哥走在路上，卻突然被抓到山裡槍決了。鳥飛嬸一再解釋，自己的哥哥不是政治犯。

婆婆聽聞消息，立刻把鳥飛嬸攆出了家門。婆婆說，既然鳥飛嬸的哥哥是以政治犯的罪名被處死的，搞不好這件事會連累婆家人，讓他們一起遭殃。如果喜子是男兒身，可能這件事就另當別論，但如今，婆婆對喜子一點感情也沒有，因此她叫鳥飛嬸趕快收拾行李，帶上孩子能走多遠走多遠，再也別想踏進這個家門半步。

—我們就住幾日，不會連累你們的。

鳥飛嬸的話音未落，曾祖父馬上回說。

—好，那妳們就住幾日，我去打探一下怎麼去大邱。

——謝謝。英玉爸爸，太謝謝你了。

鳥飛嬸連聲道謝，外婆揪著一顆心，目不轉睛地看著她驚恐失色的表情。原本說想留多久就留多久的曾祖父，卻在聽完鳥飛嬸的一席話後，立刻改了口。若鳥飛叔還在，父親也會這樣說嗎？外婆近距離地感受到了鳥飛嬸的哀傷。

——喜子，從現在開始，妳不能跟任何人提叔叔死了的事。日後無論走到哪裡都不能說。這都是為了妳和媽媽好，知道了嗎？英玉，妳也不能把這件事說出去。

——嗯，我知道了。

喜子把頭鑽進鳥飛嬸的懷裡。

——好了，妳們遠道而來也很辛苦，今天就早點休息吧。

曾祖父說完，走出房間。鳥飛嬸和曾祖母這才有了重逢的喜悅，喜子也撲進外婆的懷抱。

隔天一早，天還沒亮，鳥飛嬸和曾祖母就起來了。鳥飛嬸坐在褥子上，壓低聲音給曾祖母講述離鄉當天發生的事。

婆婆攆走她們的時候，大嫂哭著挽留，但鳥飛嬸只能默默收拾行李。鳥飛嬸頭也不回地往外走時，身後傳來了什麼東西破碎的聲音。回頭一看，是喜子朝醬油罈子丟了一塊大石頭。那個裝醬油的罈子是婆婆最珍惜的東西之一。刺鼻的醬油味撲鼻而來。

—這死丫頭是瘋了吧？瘋了！

婆婆邊喊邊追上來，一巴掌落在喜子的頭上。之前婆婆也動手打過幾次喜子，但烏飛嬸都忍了下來。但如今戰爭中，婆婆仍無情地把九歲的孩子攆出家門，甚至還追上來打孩子。面對這樣的婆婆，烏飛嬸再也忍無可忍了。

—住手，不許妳打喜子。她現在不是妳孫女了！連禽獸也不會打頭啊！

—妳竟敢頂嘴。

—做出這種事，妳還是人嗎？妳太過分了。

烏飛嬸衝著婆婆的腳邊吐了一口口水，拉著喜子的手邁出了家門。

曾祖母聽到烏飛嬸的遭遇，心情變得更沉重了。烏飛嬸突然失去了哥哥，為了活命，連傷心痛哭的機會都沒有，現在她還要隻身一人帶著年幼的女兒前往從沒去過的地方。曾祖母很想留烏飛嬸住在開城，但曾祖父擔心會因這對母女而招致災禍。

—妳要保重啊。我真是放心不下……

曾祖母的眼眶早已噙滿淚水，她無法再相信任何人，所以一點也不樂觀。沒有人知道烏飛嬸帶著女兒去大邱，一路上會遇到什麼事。

—妳哭什麼……

烏飛嬸拍了拍曾祖母的背。

—我沒死，妳看，我不是在這裡嗎？

—我以為再見到妳，我們會有說有笑地聊起這些年來發生的事，就跟從前那樣。

—原來妳也會哭啊。從前妳笑我是愛哭鬼，現在看來，妳才是一個愛哭鬼呢。

—要不是妳，我才不會哭。

曾祖母用袖子擦了擦眼淚和鼻涕。曾祖母看著鳥飛嬏心想，如果是自己的話，也能這樣離家出走嗎？曾祖母沒有信心。無論怎麼想，自己都沒有勇氣帶著一個年僅九歲的女兒踏上避難之路。

—就沒有別的辦法了嗎？

聽到曾祖母這樣問，鳥飛嬏搖了搖頭。

—聽說從開城到首爾走路只要三天，所以我打算先去首爾……

—妳婆婆，披著人皮竟然能做出這種事！

—就算她不攆我們走，我們也是要離開的。現在到處亂抓人，被抓走的人都難逃一死，說不定什麼時候就輪到我們了。

鳥飛嬏用雙手搓了一下臉，看著曾祖母。

—三泉啊。

—嗯。

—我哥哥，他是無辜的。

—我知道。

—什麼政治、思想，他根本什麼都不懂。

—嗯，我知道。

—我說的是真的。

—我知道，我都相信妳。

相同的話，鳥飛嬸重複了一遍又一遍，外婆不安地看著那樣的鳥飛嬸。

喜子告訴外婆，遠在大邱的姑奶奶非常有錢，住在有很多房間的大房子裡。喜子還說，大邱的冬天也很暖和，到了那邊肯定會和媽媽過上好日子。到時候，連想都不會想老家的。

—但我還是會想英玉姊的。

喜子滔滔不絕地講起從前一起住在開城的事：英玉姊，妳還記得那時候嗎？喜子邊講邊問外婆，她是想確認外婆是不是也和自己一樣記得那些事。有些事外婆不記得了，但還是點了點頭，因為怕喜子傷心。當然，外婆也記得很多事。比如，曾祖母從磨坊帶回來兩塊糯米糕分給喜子和自己，但她們都不捨得大口吃掉；自己在學校門口的坡路摔傷小腿；

鳥飛叔帶著自己和喜子一起玩跳繩；她們撿起掉在地上的木蓮花當氣球吹；玩抓石子遊戲時，跟喜子發生爭吵，冷戰了好幾天。

喜子的記憶不僅非常具體，而且極為龐大。喜子就像如饑似渴的人一樣，喋喋不休地講著往事。聽了半天，外婆忍不住問她在老家過得怎麼樣？

—每天都一樣。去上學，放學回來就去幫忙做農活。

喜子只輕描淡寫了這麼一句，接著又把話題拉回到當年住在開城的往事上。十二歲的外婆不理解，喜子為什麼要在過去那些微不足道的小事上賦予那麼大的意義。外婆漸漸聽膩了。

—哎唷，喜子啊，我們聊點別的事吧。

瞬間，喜子臉上的笑容消失了。

—原來妳都忘了。

—沒有，我都記得。妳說太多過去的事了。

—妳不想聽？

—不是不想聽，我是想跟妳聊點別的事。

—什麼事？在老家的事嗎？還是非避難不可的事？這些事，我不想說。

看著用石頭在地上刮來刮去的喜子，外婆這才意識到自己沒有顧及她的心情。

—喜子，妳還記得妳偷吃炒豆子的事嗎？結果被鳥飛叔發現了。

—嗯，因為吃了太多，所以放了很多屁。

喜子喜笑顏開地說。看到面帶笑容的喜子，外婆下意識地想起了鳥飛叔的臉。

—鳥飛叔一邊追著妳跑，一邊笑妳是個放屁鬼。

—沒錯。我們笑得都流眼淚了。

—是啊。

兩個人看著彼此，笑了笑。

—等戰爭結束以後，我們就住在一起吧。妳和三泉嬸、我和媽媽，還有春天。

—嗯。

—我不嫁人，就跟英玉姊一起生活。我最喜歡英玉姊了。

—亂講話。

外婆笑著摸了摸喜子的齊肩短髮。九歲的喜子比同齡的孩子還要嬌小，十二歲的外婆比同歲的孩子來得高大，所以兩個人看起來年紀相差很多。外婆待喜子就像親妹妹一樣，喜子也很依賴外婆，把她當成親姊姊。即使是這樣，喜子也不能一直留在外婆家。三天後，在黎明破曉前的凌晨，鳥飛嬸帶著喜子踏上了避難之路。

曾祖母把為了應急而存的錢，以及很多大米、大麥和豆子都給了鳥飛嬸。鳥飛嬸沒說什麼客套話便直接收下，塞進包裹裡。

—你們要是也南下避難的話，有去處嗎？

烏飛嬸知道曾祖母無依無靠，所以這樣問道。

—聽說英玉爸爸的叔叔住在首爾。

—我把姑姑家的地址留給妳，萬一沒有地方去，隨時過來找我。

烏飛嬸寫下大邱的地址遞給曾祖母。

—妳們一路上要小心啊。

曾祖母哽咽了，聲音變得越來越小。

—喜子，等戰爭結束後，我們一定要再見面。烏飛嬸，我們一定會重逢的。

—嗯，妳們也多保重，我們來日再見。

烏飛嬸提著包裹，頭也不回地離開了。喜子牽著烏飛嬸的手，不停回頭。曾祖母望著烏飛嬸的背影，連聲喊著：「日後見，我們日後見。」一直到烏飛嬸的背影消失不見，曾祖母才癱坐在地。外婆看到曾祖母垂著頭一直不起來，不知所措地在她身邊踱來踱去。過了很久，追在烏飛嬸後頭的春天才回了院子，牠把鼻子貼在外婆的手背上，抬眼看著外婆。

「有時候，真覺得經歷的這一切就跟做了場夢一樣。不記得我哪時住在開城，又是什麼時候在那個院子送走了提著避難行李的烏飛嬸和喜子。」

外婆面帶倦色仰頭看向我。

「不知道為什麼，現在提起那些事還是很痛苦，都過去那麼久了。」

「我們上車吧？」

「等一下……我還想再看看大海。」

外婆把手推車放在沙灘的入口處，一步步走向大海。腳陷在鬆軟的沙子裡，只好放緩腳步行走。但很快，我們就走到了海邊。

「鞋子會溼的。」

外婆後退一步，避開湧上沙灘的浪花，輕聲笑了出來。

「我們坐一會吧？」

我和外婆坐在涼涼的沙灘上仰望天空，半月點亮了傍晚的夜空。白色的風箏飄在半月附近，晃動著尾巴。

外婆說，如果當年的喜子現在也在這裡的話，一定會提起烏飛叔帶著她們放風箏的事，肯定會問：「英玉姊，妳還記得嗎？」當年，三個人帶著一起做的風箏爬上山坡，看著烏飛叔迎風奔跑的樣子，喜子和外婆笑得很開心。他們放了很久的風箏，直到寒冬的冷風吹得臉頰失去知覺。外婆會對喜子說：「喜子，我都記得。」然後兩人相視而笑。

我覺得喜子是希望像放上天空的風箏一樣，讓不想遺忘的瞬間乘著記憶的風一直掛在自己的心裡。但我猜想，生活中懷揣著這樣的期望不見得是一件愉快的事。

外婆說只想坐一會，但我們望著大海、月亮和風箏坐了很久。

遠處傳來了放煙火的人們的嘻笑聲。

第三部

8

我沒和醫生商量就停止服藥了，但一個月後，我又回身心科領處方藥。在此之前，我一直覺得自己的狀況漸漸好轉，最近卻又突然開始感到不適。傍晚時分，我會覺得口乾舌燥、心跳加速，而且整日全身倦怠，難以入睡。

朋友們說，往前看、好好地生活才是報復前夫最好的方法，所以我為此付出許多努力。我努力不回頭、不在意、不傾聽自己內心的憤怒與悲傷。我嘗試去忘記，專注於當下，告訴自己一切都會好起來。有一段時間，我覺得自己的狀況有了起色，所以減少藥量，也嘗試不再依靠藥物。我只是想讓自己明白，我真的有所好轉。

從前的我似乎相信，只要過一段時間就會好起來。春天會比冬天好，夏天還會比春天更好，所以當覺得恢復得不如預期時，心裡就會焦慮，甚至坐立難安。我不停地告訴自己，我必須要比離婚前過得更好、更幸福才行，但漸漸地，那些勸我好好生活、鼓勵我拿出勇氣面對生活的聲音，彷彿從輕輕拍打我背部的手掌變成鞭打我的荊棘。

在痛苦中，時間不是以直線流逝的。我總是後退，接著失足跌進那個熟悉的深淵。難以恢復的焦慮和恐懼包圍著我。為什麼我不能像自己期待的那樣堅強呢？為什麼我這麼努力，還是不見起色呢？在哭了很久的那個晚上，我不得不面對自己的軟弱與渺小。

我以為自己的優點是很能忍耐，因為忍耐讓我取得了比自身能力更大的成就。但為什麼我要忍耐超出自己極限的事情呢？難道是因為我覺得只有這樣才能證明自己嗎？我不再享受生活，而是把生活看成了克服困難的修行。這種狀況是從何時開始的呢？生活成了多到堆至天花板的、又難又無趣的練習冊，必須解答、製作錯題本、參加考試和打分。我甚至覺得生活就像一場生存遊戲。我一直都在想方設法證明自己。當某種成就無法證明的時候，就會覺得自己等同於毫無價值的垃圾。這樣的信念使我絕望，同時也促使我付出了更多的努力。那些存在本身就具備意義和價值的人根本不需要證明自己，然而我從出生就不是那樣的人。

我們小組負責蒐集太陽系的小行星數據，包括我在內共有三名研究員。組長是比我年長十歲的研究所前輩兼指導老師，她應該知道我離婚的原因，卻從未在我面前表現出來。

梅雨季開始的那天，我和組長兩個人單獨加班。而因為她的舊車在上班路上拋錨，被拖走了，只能由我送她回家。我儘量掩飾倦色，讓她上了車。起初我們誰也沒有開口講話，但我可以感受到她在沉默中挑選著話題。

「這裡的工作怎麼樣？」

「多虧您一直以來的照顧，都很順利。」

接著又是一陣沉默。

「妳幾歲進研究所？」

「二十三歲，但我是早年生。」

「我現在還記得妳當年的樣子，沒想到一轉眼都過去十年了。我記得那時候幾個學生聚在一起，妳告訴大家為什麼選擇這個專業的時候，雙眼都在發光。那時候，我是妳現在這個年紀，但整個人的狀態非常差，凡事提不起興致，做什麼都不耐煩，所以精力充沛的妳讓我印象特別深刻。」

「……我嗎？我還有那種時候？」

「嗯，那時的妳充滿了活力。」

對話再次中斷。聽著雨滴落在車頂的聲音，我突然很想大聲問她，您的意思是不是覺得很惋惜，曾經那個雙眼發光、精力充沛的人怎麼會變得這麼頹廢、一蹶不振？

「妳說的話讓我記憶猶新。妳說，因為這是妳的透氣孔，學天文學的時候，覺得最自由、最舒服。」

我比任何人都清楚當時的自己。地球之外存在著人類無法測量的無限世界，這一事實安慰了我的有限性。與宇宙相比，我就像凝結在草葉上的小水滴，或無聲無息短暫存活的小蟲子。想到這些，我會覺得自己無比沉重的人生變得輕盈了。當我得知，夜空中看似成群結隊的群星也都是孤獨的個體，凝縮成一個點的所有物質都在膨脹的宇宙中快速地遠離彼此時，我不禁覺得自己從小一直感受到的悲傷找到了解答。但我對天文學抱以的天真浪漫的愛，卻在進入研究所後漸漸失去了光彩，取而代之的是更接近現實的期盼。從前的那個透氣孔成了我的工作，很快我便看清了自己有限的可能性。

「那您為什麼選擇天文學呢？」

「因為小時候在電影院看了《E.T.外星人》。」

就在我不知該如何對這個冷笑話做出反應時，組長接著說：

「那個外星人很善良，不僅用發亮的手指幫人療傷，還成為人類的朋友。媽媽帶我去看的那部電影中有一個場面，讓我覺得那個外星人一直在看我。不是看鏡頭，也不是看所有人，而是在看坐在最前排的我。外星人的表情就像知道我也在看他似的。我到現在還記得那個瞬間。最後外星人返回自己的星球時，我哭得特別傷心，連媽媽都覺得我很丟人。

之後，我就養成仰望夜空的習慣，我小時候沒有朋友，但仰望夜空時，會讓我覺得我的朋友可能就在那裡的某個一個地方。」

送組長回家後回程的路上，我望著夜空，想像了一下她小時候的樣子。組長是一個很有禮貌、講話慎重、很少聊私事的人，但她卻跟我講了自己小時候的事。略為驚訝的是，她的話竟然莫名地安慰了我。躺在床上才意識到，也許這就是她安慰人的方法吧。

媽媽傳來跟明熙阿姨旅行時拍的照片，在仙人掌農場試飲龍舌蘭酒、待在海邊曬太陽和在寬廣的草坪上玩抓石子，以及各種美食照。媽媽曬黑了，但看起來很健康，而且沒有化妝。之前媽媽總說，女人老了不化妝根本出不了門。我回訊說，妳的氣色看起來很好。如果告訴媽媽我又去看身心科的話，她會說什麼呢？可以肯定的是，無論她說什麼，我都會受傷。

星期六下午，我睡到很晚才起床。吃完速食烏龍麵，正打算吃藥的時候，我接到了外婆的電話。外婆問我，如果有時間的話，想不想陪她去看看之前住的老房子。原本打算回到床上繼續躺著的我，聽到外婆的提議便欣然答應了。我很好奇再看到那棟房子時，會是怎樣的心情。

那棟老房子經常出現在我的夢裡。天藍色的石板屋頂，刷了白漆的混凝土房子。外婆在小院子裡種了辣椒、生菜和很多花草。沿著門前的矮石牆爬上山坡，還可以將大海盡收眼底。站在那裡，可以聞到青草香和被水浸溼的泥土味。

我和外婆約在社區門口碰面，慢慢走過去。沒走多久，大海便出現在我們的右手邊，我們停下腳步，站在那裡默默地凝望著。

「妳最近還好嗎？」

「很好。」

我明知瞞不住外婆，但還是說了謊。

「但我看妳的狀態不太好。」

「我很好。」

我的聲音就連自己聽起來都有點神經質。外婆再沒多說什麼。

「坐在這裡休息一下吧？」

外婆坐在公車站的長椅上仰頭看著我。我走到她身邊坐下，聞到了她身上散發出的生薑和大蒜味。難掩擔憂之情的外婆看著我說：

「如果留在開城，可能一輩子都看不到這麼美的大海了。」

「那您是在戰爭中南下來到南韓的嗎？」

「戰爭爆發的那年冬天，全家人……在一個滴水成冰的日子離開了開城。」

那是一個吹著刺骨寒風、下著雪霰的冷天。外婆收拾好避難的行李，然後把剩下的食物都給了春天。看著春天狼吞虎嚥地啃著曬得半乾的鰮魚，她半個字都說不出口。全家人帶著行李邁出大門時，春天邊叫邊跟了出去。如果是平時，只要叫牠回家，牠就會乖乖地跑回去。但那天，無論外婆怎麼叫牠回去，牠還是一直跟到巷口。春天就像知道這家人要離去一樣，叫個不停，固執地不肯離開。曾祖母蹲在巷口的轉角處，摸著春天說。

—春天，我們的春天啊。

春天趴在地上，抬眼望著曾祖母。

—我們就在這裡分手吧。不要再跟著我們了。對不起……

曾祖母的話音剛落，春天便起身嗅了嗅每一個人，然後朝家的方向走了回去。直到距離已被拉得很遠，春天才回了一下頭。外婆擔心春天跑回來，強忍著沒有呼喚牠的名字。看著轉身走掉的春天，外婆無聲地掉著眼淚，圍在脖子上的圍巾都溼了。那天之後，就像春天從未存在過一樣，沒有人再提起牠。外婆告訴自己，那不過就是一隻狗而已，但這種謊言根本無法安慰自己。

三個人的目的地是曾祖父位於惠化洞的叔叔家。這是在聽聞曾祖父的父母也避難去了那裡之後做出的決定。但踏上避難之路後，曾祖父才聽說首爾的人也都南下了。當時可謂是兵荒馬亂，隨處可見趕著牛車的人，揹著或抱著孩子、頭上頂著包袱的人，大路和田埂小路也都是成群結隊的孩子和老人。外婆說，她至今還記得倒在地上的柳樹、電線桿和滿地的電線。每當軍用吉普車呼嘯而過時，都會把人潮劈成兩半，遍地都是彈殼和碎磚塊，一路上還能看到燒毀和遭到轟炸而坍塌的房屋。即使曾祖父和曾祖母身上帶著道民證，經過憲兵崗亭的時候還是會心驚膽顫。

三個人利用從家裡帶出來的爐子生火煮飯。太陽下山後，就睡在民家的廚房或倉庫。如果沒有空位，就只能睡在院子裡。三個人蓋著一張棉花被，靠彼此的體溫互相取暖。即使又餓又冷又累，他們還是無法入睡。當有噴氣式飛機低飛而過，就會嚇得心驚肉跳。就這樣，走了幾天才來到首爾。

某一天，大家經過舊把撥站往獨立門的方向走去時，外婆突然覺得內褲溼溼的，身體也僵住了。去小便的時候，外婆才發現初潮來了。只在學校聽學姊們提過，不知道該怎麼辦的外婆硬生生挺了下來，直到內褲涼得再也受不了，才把這件事告訴曾祖母。

曾祖母也很驚慌，趕緊從行李裡找出內褲和碎布，告訴外婆覺得碎布變沉的時候，就要再換一塊碎布。外婆覺得腰疼得就要斷了，而且一直噁心想吐。她跑出隊伍，扶著電線桿把吃下去的東西都吐了出來。

在民家倉庫落腳的那天晚上，曾祖母叫醒昏昏欲睡的外婆。

—英玉，妳跟我來。

曾祖母帶著外婆來到水井旁。

—有水的時候，得趕緊洗乾淨。

曾祖母打了一桶水，然後提著水桶走到後院。曾祖母從懷裡掏出沾滿血的碎布，接著叫外婆舀水澆在上面。那是一個滴水成冰的夜晚，即使不沾水，手也早已凍得失去了知覺。

—媽，這水像冰塊一樣涼。

—楞著幹嘛，趕快澆啊。

—媽。

—手凍僵的時候，只能碰涼水。用熱水洗的話，會凍傷的。趕快澆水。

外婆把水澆在滿是血的碎布上。曾祖母洗去血跡，擰乾，把碎布晾在無人注意的地方。雙手感覺痛得皮開肉綻了。

一家三口邁著凍僵的腳走過新村和梨花女子大學，一路打聽才找到曾祖父的叔叔家。

但房子已經燒毀，連原有的型態都看不出來。一個提著鐵桶的年輕女人走過來對他們說。

—前天晚上這裡慘遭轟炸，早上出來打水一看，周圍的房子都燒沒了。

—這家人呢？

曾祖父用顫抖的聲音問道。

—別說人了，連一隻螞蟻也沒看到。這一帶的人幾乎都走光了……這家人也應該走了吧。

女人說完便離開了。曾祖父找來一根長木棍，翻了半天廢墟，他是想確認是否有人埋在殘骸之中。外婆也用腳踢了踢燒成木炭的木塊和碎瓦片，假裝在找人。儘管天寒地凍，曾祖父卻冒了汗。看到他找的那麼賣力，又冷又餓的曾祖母和外婆只能默默地等在原地。找遍了整個廢墟，確認沒有人時已經天黑了。他們在附近的空房子過了一夜。之後的幾天裡，曾祖父一句話也沒有說。

隔天，一家三口再次踏上避難之路，新的目的地變成了鳥飛嬸留下的大邱地址。他們把稻草纏在鞋上，走在結了冰的漢江上。數以萬計的難民你推我擠地橫穿過江面。

—不知道鳥飛從首爾是搭火車，還是走路……？

曾祖母看著曾祖父問道，但曾祖父沒有回應，這句問話變成了曾祖母的自言自語。

—帶著那麼小的孩子南下……

話沒說完，曾祖母閉上了嘴。每次掛念烏飛嬸，擔心到難以忍受的時候，曾祖母就會脫口而出這句話，但隨即又默不作聲。外婆漸漸討厭起沒有挽留烏飛嬸和喜子的曾祖父。又不是別人，怎麼能用那種方式趕走烏飛嬸和喜子呢？

—幸虧有爸爸在。

曾祖母說道。但外婆還是很害怕。夜裡睡在倉庫、正院或後院，有時運氣好可以睡在廂房或下房的時候，恐懼也沒有消失。對於踏上避難之路的女人而言，區分人民軍、國軍、美軍和中共軍並不重要，而且絲毫沒有意義，因為每晚都有闖入民家強姦女子的軍人。

就這樣，又走了幾日後抵達了大田，他們沿著京釜線的鐵道朝大邱的方向走去。眼看距離大邱越來越近，身上的糧食也見底了。偶爾遇到的好心人家會施捨一些飯糰和水，但大多時候一天就只能吃上一頓飯。有天，在一戶人家吃飯糰的時候，遇到了一個孩子。那是一個看上去只有五、六歲的女孩，而且沒有家人。她的一隻眼睛長了針眼，腫得十分嚴重，身上只穿著應該在春天穿的薄衣。孩子揪住曾祖母的裙擺，盯著曾祖母看了半天。

曾祖母從行李中取出外婆的外衣套在孩子身上，然後用圍巾包住她的頭，還把幾個煮熟的馬鈴薯和地瓜包起來塞進她手裡。曾祖母拽開孩子揪著裙擺的手，轉身走了。孩子追上來又抓住曾祖母的裙襬，但曾祖母一邊喊說不要跟著我、不要跟著我，一邊拽回自己的衣裙。

—媽，我們一起走吧。

聽到這句話，孩子撲過去緊緊抱住了外婆。難民為了趕路而從她們身邊快步經過，有人看到兩個女孩擋在路中央，沒好氣地斥責起她們。曾祖母放下行李，把孩子和外婆拽開。

—媽媽。

—不行。

—就這麼丟下她不管嗎？

—嗯。

—媽媽，別這樣。

外婆的話音剛落，曾祖母的手掌就落在外婆的臉上。一下、兩下，接著落在了頭上。曾祖母的力氣大到外婆差點跌倒在地，直到曾祖父上前阻止，曾祖母才停了下來。那個孩子再沒跟上來，他們一聲不吭地走著，很快天就黑了。那天是除夕夜，掛在低空的繁星點亮了黑夜。望著那樣的星空，外婆覺得她再也沒有資格欣賞和感受這種美好了。人類卑賤至極，連禽獸都不如，所有人都應該從這個世界上徹底消失。

外婆提到曾祖母時，總是侃侃而談，但提到當時的自己時，卻遲疑了好多次。

我們沿著海岸路走了一陣子，看到了路邊的豆漿麵店後，外婆隨即指了指那間店後面的小山坡。我們走上那山坡，山坡下的雙車道映入眼簾。車道右側是一片辣椒和南瓜田，左側有幾戶住家。看到眼前的景象，我找回了從前的記憶。

「之前那裡不是車道吧？」

「嗯。之前都是土路。」

「我們還在那邊打過羽球呢。」

我開心地指著中餐廳一旁的停車場。外婆點了點頭。

「外婆家在哪裡？我記得就在這附近啊⋯⋯」

外婆指向對面的空地。遍地開滿了高高的春飛蓬，周圍還有幾塊磚頭。空地後面就是大海。外婆朝空地走去。

「就是這裡。」

外婆看著我，露出了苦澀的笑容。我還以為能再看到外婆的家。或許早已失去從前的樣子，但至少還會在原地。我目瞪口呆地走到空地。不知從哪裡飄來了一股燒乾草的味道。

「住在這裡的房東把地給賣了。好像打算做什麼，但現在……」

外婆說著，蹲了下來。

「我也很久沒來了。聽說房子拆了，心裡很不是滋味，也不想過來。今天突然想跟妳一起過來看看。」

外婆的話溫柔地觸動著我的心。

「妳的曾祖母就是在這個季節去世的。辦完葬禮回來……我怎麼也踏不進這個家門，就一直站在路邊徘徊。從前的人說得沒錯，女兒的哭聲能傳到陰曹地府……我萎靡不振了一年，直到妳來家裡，別提我有多開心了。我以為這世上就只剩下即將結束的事，但看到妳，我才知道不是那樣的。」

外婆用手背輕輕碰了一下春飛蓬。外婆的話就像在對我說，我知道妳也一個人偷偷地哭泣，不要去想已經結束的事情了。

「我要是也能見到曾祖母該有多好。」

「妳們見過啊。妳太小，都不記得了。妳三歲的時候，美善帶著妳和妳姊來過禧寧。雖然只住了幾天，但妳天天纏著我媽媽。」

我望著空地後面的大海。三歲的時候，我和曾祖母、外婆和媽媽身處這裡，我們在這裡一起吃飯、睡覺，也一定有說有笑吧。我可以回想起三歲時住過的外婆家，還有總是與我形影不離的姊姊。

9

五歲的我不理解何謂死亡，因為姊姊始終陪在我身旁。掉了兩顆門牙的姊姊穿著她最喜歡的天藍色T恤和牛仔短褲，在我耳邊竊竊私語，要我保密，不要告訴大人她在陪我玩。下了雨的隔天，我們會在遊樂場用沙子堆城堡，把大水坑稱之為大海，然後挖一道水溝，再堆一座橋。我們還會坐在公園的長椅上，一起看溜冰的孩子。我騎腳踏車的時候，姊姊會坐在後面唱歌。到了晚上，她還會鑽進我的被窩，在我耳邊講有趣的故事，把我逗得哈哈大笑。走在路上，仰望大樹時，我可以看到姊姊坐在高高的枝頭上衝我揮手。每當看到姊姊呼喚我時，我都會覺得她既在這裡，也在別的地方，而且一點也不覺得這種感覺很矛盾。

當我告訴媽媽死去的姊姊在陪我玩時，媽媽一邊哭著拍打我的背，一邊說：「妳怎麼說謊，怎麼能說這種話傷媽媽的心。」一面對淚流滿面的媽媽，我無法堅稱自己沒有騙人，所以我說了謊：「媽，對不起，我不該騙妳。」我連聲認錯道歉，直到媽媽原諒我為止。

姊姊坐在房間的角落裡看著我們，然後用被子從頭到腳蒙住了自己。

自那之後，姊姊再來找我玩的時候，我就會一把推開她，大喊：「不要靠近我！」姊姊看起來很傷心。看到傷心的姊姊，我也會很難過。沒過多久，姊姊便從我的世界消失了。我偶爾會想起她給我講的那些有趣故事，也會想起和她一起玩耍時的感覺，但這一切都像午睡時做的夢一樣，漸漸失去了實感。

上學後，我學習文字和數字，還學會看時間，也知道了人不會死而復生，以及不存在兩個世界的真相。我想起告訴媽媽死去的姊姊會陪我玩的那一天，我不知道在一個經歷了我無法想像的痛苦的人面前，堅持己見有什麼意義。面對媽媽的痛苦，我的堅持都是毫無價值的。無論任何情況，我的不幸都不及媽媽的不幸，所以我只能一直說謊。我沒事、我過得很好、我睡得好也吃得好，我什麼事也沒有。我是一個愛笑的孩子，然後長成了愛笑的大人，就算內心在流淚，臉上也始終掛著笑容。

看到外婆家變成空地後沒多久，我就感冒了。那天晚上，我穿著長袖蓋著被子也還是覺得冷，半夜又發燒了。醒來後，嗓子腫了，每嚥一下口水耳朵都會覺得刺痛。

就這樣，原訂於八月第一週的暑假就只能躺在床上養病。我剛進研究所沒多久，很難開口請病假，不禁慶幸是在放假期間生病。我去內科打了點滴。躺在病床上，感受著一部分的自己從體內流了出去。本以為一個人生活無論怎樣都可以撐過，但當高燒不退、身子不聽使喚的時候，心也變軟了。

即使服了藥，喝了很多水，也還是一直冒冷汗。我不分晝夜，睡得不省人事。我將從超市買來的盒裝粥加熱來吃，隔天早上又去內科打點滴。就這樣過了幾天，我才意識到自己很久沒有徹底休息過了。之前忙著寫博士論文、準備博士後的研究工作、參與項目、發現丈夫出軌、離婚、整理掉首爾的生活來到禧寧，再到適應新的環境。這段時間可以說我一直只顧著往前衝，根本沒有停下來休息。即使受了傷，我也會為了不感受那份傷痛，給自己製造更大的傷害。

服下感冒藥睡覺，會做各種千奇百怪的夢。我夢到自己身處外婆故事中的難民隊伍，跟著那些人走了很久，然後在看到自己找了很久的房子變成廢墟後驚醒過來。在夢中，時間不存在意義。有一天，我夢到了前夫。在夢中，我們已經離婚了，但仍舊是夫妻。我們走在昏暗的街頭，我對他說，你會背叛我的，你會傷害我的。即使我已經知道他外遇的事實，但言語卻仍是未來式。他生氣地叫我不要胡言亂語。我大喊著「你不要說謊」，睜開了眼睛。

前夫認為該發生的事遲早都會發生。他常說，時間不是流淌的河，而是結了冰的江水，時間不過就是一種幻想，過去、現在和未來是同時存在的。他還說，人類所謂的自由意識和選擇說不定也是一種龐大的幻想。這種想法顯然是有好處的，它可以將人類從後悔的深淵中解救出來，它給了我走出思維空轉的力量，讓我停止思考假如過去的我做出另一種選擇的話，就可以免去現在的痛苦。難道他是覺得該發生的事已經發生了，自己也無可奈何，所以欺瞞我那麼久嗎？

直到快過完暑假，我的感冒才痊癒。時隔一週上班，整理辦公桌的時候，P前輩走過來，遞給我一個文件夾。

「知妍，放假前，妳蒐集的數據有錯誤。」

我心想這麼簡單的工作不可能出錯，但確認後發現，果真有誤。前輩說，因為數據錯誤，害他吃了好幾天的苦頭，還叮囑我以後不要再犯相同的失誤了。我做事一向謹慎，哪怕是再簡單的工作也會反覆確認兩三次，所以連我也無法接受自己竟然會出這種錯。我覺得無地自容，臉頰發燙。我連聲道歉，保證以後絕不會再這樣。P前輩一臉同情，直勾勾地盯著我說：

「誰能無過呢？以後多加注意就好。」

接著他又笑著補充了一句：

「妳的事，我也聽說了，但私人的感情不能影響工作啊。」

我再次向他道歉。P前輩走回座位後，我又確認了一遍數據。這是不可能有的失誤。妳的事，我也聽說了。他知道我的事？這話什麼意思？他怎麼可以肯定這次的失誤跟我的私人感情有關？而且還當著我的面說出自己的想法？不，是因為我犯了錯所以才會聽到這種話。我竟然犯下這麼低級的錯誤。空調的冷風吹得我渾身直抖。必須打起精神，為了不被挑毛病，我必須比任何時候都要更努力才行。

緊張地度過一整天後，我拖著精疲力盡的身體回到家，連衣服也沒換，直接趴在床上睡著了。不知道過了多久，我才被門鈴聲吵醒。我打開門，只見外婆扶著手推車站在門外。幾日不見，她的臉都曬黑了。

「妳不是叫我今天這個時間過來嘛。」

外婆見我一臉茫然地愣在原地，提醒我說道。我這才想起在服藥後迷迷糊糊跟外婆講的那通電話。外婆走進來，把手推車裡的東西擺在客廳的地上。大容量的保溫瓶、裝滿塊狀西瓜和小菜的樂扣保鮮盒、生薑茶和三個香瓜。外婆拿起保溫瓶走到廚房，尋找著什麼。

「大碗在哪？」

我找出家裡唯一的大碗放在流理臺上，外婆用水沖洗後，把保溫瓶裡的東西倒進碗裡。瞬間，廚房充滿鮑魚粥的香氣。日落前，最後一道長長的夕陽沿著客廳照進廚房，落在外婆的手和鮑魚粥上。好餓。我一邊吹著熱粥，一邊狼吞虎嚥地吃了起來。雖然鮑魚粥也跟外婆煮的其他食物一樣略微偏鹹，但美味可口的程度根本無法與超市買來的粥相提並論。

「好好吃喔。」

聽我這麼說，外婆小聲笑了。

「您不吃嗎？」

「我吃過了。」

外婆說著，打開裝有小菜的保鮮盒，裡面分別是炒泡菜和涼拌醃黃瓜。我吃飯的時候，外婆把西瓜、香瓜和生薑茶放進空蕩蕩的冰箱裡，然後走到陽臺望著窗外。一碗粥下肚，身體變熱了，出了點汗後人也覺得有精神了。我吃完碗裡的，還清空了保溫瓶裡的粥。快吃完的時候，外婆走回餐桌看著我。

「真的好飽。」

話音剛落，外婆又起身從冰箱取出樂扣保鮮盒，打開盒蓋。

「再吃點西瓜。」

我坐在椅子上，把西瓜也都吃光。生病以後，這還是第一次吃下這麼多東西。我再也不覺得食物苦了，嘴裡也不像之前那麼乾澀了。

「今天工作很辛苦吧。妳早點休息，我先回去了。」

看到我的樣子，外婆的表情僵住了。我知道她看到我臉上的妝花了，頭髮也亂糟糟的，一定很擔心。我希望外婆留下來，希望她能多陪我一會，我不想一個人。

「吃點什麼再走吧。不如喝杯茶……」

我的聲音近似於哀求。外婆看了看我，隨後坐在椅子上。我從櫥櫃取出兩個馬克杯，舀了些外婆帶來的生薑茶放入杯中。外婆背對我坐在那裡望著窗外，直到電水壺的水燒開，我們誰也沒講一句話。我端來生薑茶，外婆溫柔一笑，開口問道：

「妳喜歡喝生薑茶？」

「嗯，因為我體質虛寒。」

「我媽媽也喜歡喝生薑茶，夏天也會煮來喝。可能是從避難的時候開始的。」

外婆呼呼吹了幾下，啜飲一口，然後看向我。

鳥飛嬸的姑姑家位於大邱的飛山洞。難民收容所也在那裡，所以大街小巷擠滿了人。揹著或抱著孩子的人、頭上頂著包袱走路的人、喊著「金淑、金淑」的人、賣麥芽糖的人、賣飯糰的人、坐在角落販售皺巴巴蘋果的人、孕婦、高喊的人、默默哭泣的人、拄著枴杖走路的人、國軍、美軍、失魂落魄的人、赤腳走路的人和大吵大鬧的人，所有的人摩肩接踵地擠在一起。首爾話、忠清道方言、慶尚道方言和黃海道方言交雜在一起，有時還能聽到日語和英語。就像粥裡的米粒一樣，每個人都被煮得稀爛，然後盛進了同一個大碗裡。那種密集度令人感到茫然。大家都為了活命，聚集在這個無親無故的地方。

太陽下山後，他們才找到鳥飛嬸的姑姑家。姑姑家住在村裡地形最高的地方。木製的門牌上刻有「朴明淑」三個字。把女人的名字刻在門牌上實屬罕見，外婆很是驚訝。曾祖父敲了門，始終無人來應。外婆累得恨不得躺在地上。終於抵達了目的地，連日趕路的疲勞席捲而來，整個身體就像要瓦解了一樣。

——鳥飛啊。

——鳥飛嬸。

曾祖母和外婆大聲喊了一聲，但院子裡依然聽不到任何聲音。天空開始下起小雨。

——鳥飛嬸。

當下，外婆一家人的眼神流露出這些日子以來從未有過的恐懼。難道鳥飛嬸不在裡面？難道她們路上出事了？

——鳥飛啊，妳在裡面吧。快來開門，是我，三泉。

曾祖母的聲音越來越小。雨勢漸漸變大，三個人瑟瑟發抖地躲在房檐下。曾祖父說再等一下，如果沒人的話，就去難民收容所。曾祖母默默地點了點頭。外婆站在曾祖母身邊，想起鳥飛嬸和喜子。是自己的家人把來開城避難的母女逼上避難之路的。即使努力不去想，還是想起了留在開城的春天。一路上目睹的點點滴滴也從眼前一閃而過。外婆告誡自己不要去想這些事，但站在房檐下望著從天而降的雨水，一直壓抑在心底的思緒便不受控制地翻湧而出。想這些一點用處也沒有，連一粒米、一塊柴也換不來。

在雨中站了很久，外婆連聲咳嗽起來。外婆想起喜子說大邱的冬天也很暖和。但因為身體虛弱，加上衣服被雨淋溼了，三個人都凍得直抖。外婆望著巷子裡的流水，想到那個孤身一人走在避難路上的小女孩，她彷彿在她的臉上看到了喜子，瞬間，頭頂感受到一股冰涼的刺痛。不知又等了多久，遠處傳來女人們低聲細語的聲音。漸漸地，聲音越來越近。雖然那低沉的聲音聽上去很像鳥飛嬸，但外婆沒有看向聲音傳來的方向。

—英玉啊。

聽到自己的名字，外婆這才抬起頭。只見面前站著鳥飛嬸、喜子和一個陌生的女人。喜子正戴著滿是水氣的眼鏡望著外婆。

—英玉姊。

外婆連聲喜子都沒叫出口，一屁股癱坐在地上，捂著臉，失聲痛哭起來。這不僅僅是因為高興，還因為這些日子以來沒有說出口的、每天都會不斷翻湧而上的恐懼徹底從體內流了出來。恐懼是一種神奇的感情，因為在它消失的瞬間會帶來最強烈的感受。外婆承認自己不相信鳥飛嬸和喜子會平安抵達大邱。因為難以承受希望破滅時的衝擊，所以一路上，外婆連小小的希望也放棄了。外婆頭也不抬地哭了很久，然後才起身抱住喜子。喜子在外婆的懷裡也哭了起來。雨漸漸變成了雨夾雪。

—這樣下去大家都會感冒的，都冷靜一點，趕快進屋吧。

陌生女人用斥責的語氣說著，打開大門，把大家引進院子。

—長話留著明天再說，喝點鍋巴湯，先休息吧……

看著語氣生硬的女人，外婆覺得她似乎不太歡迎自己一家人。看上去已經年過花甲的女人穿著白襪子，腳踩黑皮鞋，頭髮用髮簪盤在腦後。她就是鳥飛嬸的姑姑，明淑奶奶。坐在炕頭，剛喝下明淑奶奶端來的鍋巴湯，睡意就來了。那晚是外婆踏上避難之路後，第一次酣然入夢。外婆連衣服也沒換，喝完鍋巴湯後，直接昏睡過去。

隔天一早，外婆被從沒聽過的聲音吵醒了。只見明淑奶奶坐在房間的角落處，腳踩縫紉機的踏板正在做工。外婆聞著線和縫紉機的油味，怯生生地爬起來整理好被褥。屋子裡只有明淑奶奶和外婆兩個人，明淑奶奶斜眼瞥了一眼外婆，連句「睡得好嗎」也沒問，便把目光移向了布料。

—我媽媽呢……

聽到外婆的問話，明淑奶奶沉默了一會才開口。

—去領米了。搖了妳半天，妳也沒醒。

明淑奶奶低聲回答時，也沒有轉頭看向外婆。外婆知道她沒有理由收留自己一家，對她而言，自己就只是一個陌生人。不過即使是這樣，明淑奶奶冷漠的態度還是讓外婆心裡很難受。

—廚房燒了熱水，去洗洗，換套衣服吧。

外婆拉開拉門，來到簷廊。昨晚下了雨，天空變得格外晴朗。站在簷廊上，這才將整棟房子盡收眼底。院子很小，從簷廊到大門不過幾步之遙，高高的牆頭鑲嵌著尖尖的碎瓷片。住在開城時，從沒見過這麼高的圍牆。只有兩個房間、一個廚房和一個廁所，這麼小的房子有必要砌這麼高的牆嗎？外婆穿過院子來到廚房，在明淑奶奶燒的熱水裡加了一些涼水，久違地洗了澡。外婆換好衣服走出來的時候，曾祖母、鳥飛嬸和喜子正坐在簷廊上聊天。大屋依然可以聽到縫紉機的運轉聲。

—受苦了，英玉。這是有多累，睡了這麼久。

鳥飛嬸看著外婆，笑著說道。外婆覺得眼前看到的場面一點也不真實。鳥飛嬸和曾祖母身旁放著米袋子，她們看起來很幸福，而且十分安逸。如果是從前，喜子早就叫著英玉姊跑過來了。但她現在坐在烏飛嬸身邊，就像看著陌生人一樣靜靜地看著外婆。幾個月不見，喜子的眉毛好像稍稍變濃了，小臉瘦了，個子也長高了。外婆呆呆地站在院子裡，稍後走到喜子身邊坐了下來。喜子這才看著外婆，露出了淡淡的笑容。

明淑奶奶生於朝鮮末期的烏飛，在日帝強佔期下度過了童年。十八歲時，她親手剪下髮帶，加入開城的修女會。當時，本院位於法國的修女會在開城和大邱設有分院，結束初學院的修道後，她便被派往大邱的分院，從此留在大邱。明淑奶奶心靈手巧，不僅負責縫製神父的祭衣，休息的時候還會幫修女們縫補衣服。就這樣，做了二十年的修女後，明淑奶奶在三十八歲那年脫下了修女服。

—為什麼？

聽到外婆的問話，喜子搖了搖頭。退出修女會後，明淑奶奶也沒有重返故鄉，而是選擇留在大邱。她用在修女會期間存下的錢和家裡給的補貼置辦了這棟小房子，砌起高牆後，做起裁縫。因為手藝精湛，很多住在鄰村的人也會找上門，甚至還有很多拿西裝等昂貴衣服光臨的客人。明淑奶奶什麼訂單都接，從不分衣服，所以縫紉機從早到晚一直轉個不停。

明淑奶奶不是因為外婆一家人寄住下來而態度冷淡。她對任何人的態度都一樣，就連對客人也很少笑。一個季節過去後，外婆也知道了明淑奶奶只是不太善於表達感情罷了。

—姑姑是個很特別的人。

烏飛孃常常這樣講。不是特殊，而是特別。細想一下，僅從她肯收留外婆一家人就知道了。托明淑奶奶的福，外婆才能在戰爭中享受特權。從大邱市廳一直往南到三德洞，再到新川洞對面和大邱火車站後方，無論是東邊還是北邊，就連飛山洞所在的西邊郊區一帶也滿是難民。收容所根本無法容納從全國各地湧來的難民。與外面的生活相比，可以住在像樣、暖和的房子裡，還有大麥粥喝，簡直如同做夢一樣。正如烏飛孃說的，對外婆一家人而言，明淑奶奶也是一個很特別的人。

每天都會有幾位客人登門。這些形形色色的客人都是土生土長的大邱女人，有的人梳著中分盤髮、穿著白色韓服；有的人梳著日式庇髮、穿著破舊短裙；有的人留著齊肩短髮；有的人揹著或抱著孩子；還有的人濃妝豔抹、提著手提包。有的客人什麼也不說，放下衣服就走了，但也有站在明淑奶奶身邊東聊西聊的人。這些人好像都和明淑奶奶認識很久。明淑奶奶跟客人聊天時會講大邱方言，起初外婆還聽不太懂，但慢慢適應以後，就能聽懂一些了。偶爾有客人看到外婆後會問明淑奶奶。

—這孩子是誰啊？

—姪女的女兒。

—那她也是從北邊來的？

—嗯，從開城來的。

—哎唷，大姊，真沒想到除了姪女，連姪孫女也收留啊。世上沒有妳這麼好心的人了。孩子，妳得感謝奶奶。妳到外面瞧瞧，簡直亂了套了。

—跟孩子說這些幹嘛。

明淑奶奶整日坐在縫紉機前忙碌的時候，烏飛嬸會到批發市場買些水果，然後坐在路邊兜售，曾祖母也跟著出門買貨，有時會弄些洋菸和美國口香糖賣。曾祖父做起了腳伕。喜子在臨時學校念書，一百多個孩子連課本也沒有，擠在帳篷裡聽課。喜子戴著幾年前在開城配的眼鏡也看不清字，一直坐在最前面。

喜子再也不跟外婆聊開城的往事了。聊天的時候，提到開城，喜子就會閉口不談。也許正是因為這樣，喜子漸漸變得沉默寡言，外婆再也看不到從前那個滔滔不絕的喜子了。

隔年入春前，曾祖父自願參軍了。

有一天，大家聚在一起吃午飯，曾祖父宣布週末會進訓練所。他說，很多住在大邱的難民都參軍了，訓練所很近，還允許跟家屬見面。外婆目瞪口呆地望著曾祖父的臉，曾祖母就像什麼也沒聽見似的，坐在曾祖父身邊慢慢地吃著麵疙瘩。外婆說，那天吃的是加了馬鈴薯的麵疙瘩，所以每次吃麵疙瘩的時候就會想起那一天。

那是四月裡一個陽光明媚的日子。喜子拿著一本書走到簷廊，坐了下來。由於近視嚴重，喜子把書捧在眼前，但看沒多久就把書闔上了。外婆走到喜子身邊，摸了摸那本書。因為覺得明淑奶奶很珍惜那本書，她一直沒敢碰。書的封面上寫著「魯賓遜漂流記」。外婆捧起書，聞了聞味道，回想起了自己的小學時光。

—魯賓遜漂流記。丹尼爾・笛福。

外婆出聲讀完書名，看了一眼喜子。

—接著讀啊。

喜子看著外婆說道。外婆開始朗讀，喜子一邊聽，一邊發出微弱的嘆息聲，時而還會說「好有趣」、「好好笑」。外婆很久沒有看到喜子這麼開心了，更加繪聲繪色地朗讀起來。不知朗讀了多久，猛然回頭時，發現明淑奶奶伸直腿坐在後面。

—繼續讀吧。

聽到明淑奶奶的話，外婆繼續讀了下去。明淑奶奶聚精會神地聽著外婆朗讀，外婆也很久沒有這樣拋開沉重的煩惱，享受於當下了。那天之後，外婆幾乎每天都會在喜子放學回來後，坐在簷廊朗讀。每當這時，明淑奶奶也會放下手中的工作，坐下來聽外婆朗讀。

那天也和往常一樣，外婆在朗讀結束後喝了杯水。明淑奶奶對外婆說了一句話，但因為她沒有看著外婆，而是望著大門說的，感覺就像是在自言自語。

—小時候，我也聽過別人朗讀小說。在書房，聽過《洪吉童傳》，還有《謝氏南征記》和《壬辰錄》。我很喜歡聽故事，什麼都不想，就聚精會神地聽故事。就算母親說喜歡聽故事沒出息，我也還是喜歡。真的很喜歡。

明淑奶奶邊說邊露出了溫柔的笑容。

10

媽媽從墨西哥回國的週末，我回了首爾。那天我無力開車，只好搭長途客運和計程車回家。媽媽的皮膚曬得黝黑，氣色明顯比之前好許多。

「妳穿耳洞了？」

「嗯。之前就很想穿，這是明熙姊的朋友幫我穿的。」

媽媽不以為然地搖了一下頭，戴在耳朵上的墜式珍珠耳環晃了晃。

「耳環是明熙姊送的，戴著它，心情好極了。」

媽媽拿出手機，給我看在墨西哥拍的照片和影片。戴著遮陽帽和太陽眼鏡的媽媽笑得十分自然，講述旅行趣聞的她看起來也比任何時候都要開心。

媽媽把從墨西哥買回來的紀念品攤放開來，有畫著芙烈達・卡蘿頭像的冰箱貼、龍舌蘭酒、酪梨醬和莎莎醬，以及用五彩線編織的手工藝品。媽媽逐一指著那些東西，向我講解半天墨西哥和韓國的酪梨醬口感有什麼不同，以及那裡的酪梨農場規模有多大。接著媽媽遞給我一條說是從瓜達露佩聖母聖殿買的念珠，還說在聖殿為我做了祈禱。媽媽明明是個沒有宗教信仰的人。

「為我祈禱什麼了？」

「祈禱妳能堅強起來。」

「妳還要我怎麼堅強啊？」

媽媽的話讓我感到很反感，但我還是強顏歡笑地看了看念珠。那是一條用閃閃發光的黑色塑膠珠子串成的念珠，上面還掛著一個披著藍色披風的瓜達露佩聖母。

「妳這是什麼表情？」

媽媽打量著我的臉，沒好氣地問道。

「沒什麼。」

「什麼沒什麼，有話就說。」

「妳要我說什麼，妳不是讓我不要再提離婚的事嗎？那我還能跟妳說什麼？」

「除了那件事，就沒話跟我說了？我是讓妳往積極的方向想。過去的事都過去了，妳總想著過去的事幹嘛？人要往前看。妳從小就抓著過去的事不放，所以總是看到沒有的東西……」

媽媽說出這句話的時候，情緒出現了動搖，我在媽媽的臉上看到她從前的表情——恐懼與厭惡參半的表情。

「就因為妳太脆弱，才放不下過去的事，總是精神恍惚，一個人在那裡自言自語。我是擔心妳又……」

媽媽的話音剛落，驚慌失措的神情便從她的臉上一閃而過。她似乎也被自己衝動之下脫口而出的話嚇到了。

「我累了，讓我休息一下，不要再說了。」

我面牆側躺下來，閉上了眼睛。媽媽走出房間。門外傳來洗碗槽的流水聲、碗筷的碰撞聲和開關冰箱門的聲音。我希望可以靠那些雜音分散一下注意力，但心跳又開始加速、噁心想吐了。

沒過多久，媽媽又開門走進。

「妳最近真的沒事嗎？」

媽媽坐在我身邊問道。

「沒事。」

「我看妳不像沒事啊。妳真的停藥了？」

「都說停了。」

我想實話實說。我很想告訴她，我嘗試過不再依賴藥物，但反而變得更糟糕，所以又開始服藥。我沒有像妳期待的，和自己決心的那樣立刻好起來。但我知道，如果我說出來，媽媽會立刻指責我。

「那這是什麼？」

媽媽遞出一個半透明的藥袋。我從她手中搶過那個藥袋。

「我不是故意翻妳包的。電話響了，我想拿電話給妳，結果看到那袋藥。」

「妳就不能假裝沒看見嗎？」

「妳不要什麼事都想得那麼簡單，這世上沒有輕而易舉就能做到的事。」

我住在首爾的時候，有一次媽媽來家裡，發現了身心科的處方藥。她用手機查了一遍藥袋上標示的藥名，然後冷淡地說，她對我很失望，就算遇到受傷的事，也不應該隨便服藥。我不想跟她吵架，於是答應不會服用太久。如果與媽媽爭鋒相對，她一定會提起自己經歷的、無人可比的痛苦，並強調即使經歷了那樣的痛苦，自己也沒有依賴身心科。

「我把什麼事想得簡單了？」

「妳放棄了明明可以承受的事情。婚姻也……」

「媽，不要再說了，都結束了。妳到現在還覺得是我輕易放棄這場婚姻的嗎？」

「嗯。」

媽媽似乎覺得還不夠，又補充道：

「我和妳爸送走了妳姊，也沒有放棄這個家。可妳……」

「你們還不如放棄呢。活在陰影下，還不如放棄呢！要看醫生的人是妳，應該依賴藥物的人也是妳。」

當我回過神時，才發現自己竟然拿著藥袋在媽媽的面前晃來晃去。媽媽用手背擦了擦眼淚，避開我的視線。

「媽，對不起。」

媽媽一聲不吭，垂著頭，流著眼淚。

「對不起，是我一時神智不清。」

我哭著靠近媽媽，但她抬手制止了我：

「我們暫時不要見面了。」

說完，媽媽轉身走出房間。我提著行李走出家門，心跳越來越劇烈了。為了不製造這種矛盾，我們都放棄了很多，怎麼又重蹈覆轍了呢？我為了保護自己，最終又開啟攻擊媽媽的模式。我不想傷害媽媽，但我始終無法忍受她的固執己見，以及對我的責難。

午夜過後，巴士才抵達禧寧客運站，我換搭計程車回了家。在公寓社區門口下車後，不知從哪裡傳來小狗的哼叫聲。我沿著聲音傳來的方向轉頭一看，只見花壇中一隻小狗正在看著我。我走過去，伸出手，小狗立刻躲到杜鵑花叢後面。我假裝轉身離開，小狗這才朝我走來。一隻黑眼眶的小黃狗。我抱起小狗，牠瘦得都可以摸到骨頭了，而且長時間沒洗澡，渾身散發著臭氣。也許是因為沒有力氣，小狗沒有做出任何掙扎。我抱著牠回了家。

我把小狗放在客廳地上，接了一碗水，小狗眼也不抬地埋頭喝了起來。在燈光下仔細一看，牠就是一隻剛出生沒多久的小狗。我把冰箱裡的雞胸肉烤熟後，放到小狗面前，牠連嚼也沒怎麼嚼，很快就吃掉了。看來牠餓了很久。家裡沒有什麼能餵牠吃的，我拿來一片吐司，小狗也狼吞虎嚥地吃光。我又把兩顆水煮蛋輾碎遞到牠面前，很快就被舔得見了碗底。沒有能吃的東西了。我對小狗說，我們都度過了艱難的一天，今天就先休息，之後的事等明天早上起來再想好了。

我洗完澡出來，小狗已經趴在廚房的地墊上睡著了。發生了什麼事呢？小狗睡得很沉，即使我靠近，牠也沒有醒來。牠一定是在外面流浪了很久，腳底黑乎乎的，鼻頭也乾了。我說了聲晚安，也上床睡覺了。

「你是誰啊？」

外婆看到可愛的小狗，顯得有些不知所措。開始小狗還對外婆充滿警惕，直到察覺對方也很喜歡自己以後，便豎起前爪直往外婆身上撲。我把小狗的事告訴外婆，也說了雖然在幫牠尋找主人，但若沒有適合的人選，就自己來養。

「牠叫什麼名字？」

「燕麥。去醫院檢查的時候，醫生問叫什麼名字，我就隨便取了一個名字。」

「原來你叫燕麥啊。燕麥，燕麥。」

外婆比手畫腳，朝燕麥走去。

「妳要是出門或需要幫忙，就把牠送過來，我幫妳照顧牠。」

外婆說著，把我的幾件衣服放在餐桌上。外婆幫我縫了幾件掉了扣子的和需要縫補的衣服。之前外婆來家裡作客時，看到隨手亂放的衣服，就把需要縫補的帶回了她家。餐桌上那幾件衣服就像從裁縫店取回來的一樣，縫補得乾淨俐落。

「謝謝。」

聽到我道謝，外婆擺了擺手。

「小事一樁。我倒是覺得挺有意思，還有需要補的衣服嗎？」

外婆的聲音充滿了自信。小時候住在外婆家的時候，外婆還在做裁縫的工作。她的手藝非常好。

「我記得十歲住在禧寧的時候，您用縫紉機給我做過一件洋裝，還用粉彩紙給我做了一頂王冠。」

外婆聽後，笑著點了點頭。

「因為視力……所以再也不做了嗎？」

我小心翼翼地問道。

「眼睛看不清，這手也……」

「手怎麼了？」

「有點痛。短時間倒還好，但針拿久了就……」

外婆似乎不太想聊這件事。

「您是從什麼時候開始學做針線活的啊？」

我換了一個話題。

「住在大邱的時候。」

外婆回憶起當時的情景，露出了笑容。

有一天，拿著掃把掃地的明淑奶奶招手把外婆叫了過來。

——妳來試試看。

明淑奶奶遞給外婆一根細針。

─**把線穿過那個小孔。**

外婆先把唾液沾在白棉線的末端，然後把線頭穿進針孔。明淑奶奶叫外婆把線放在食指上，再把針放在上面。外婆照做了。

─**然後在針上繞三圈線，很好，接下來用拇指按住，把針抽出來。**

按照明淑奶奶教的，線的末端打了一個小結。

─**妳的手很巧嘛。**

明淑奶奶看著外婆打的結說道。

─**來，現在把針插進布裡，記得進出的針要保持相同的間距。**

明淑奶奶示範結束，外婆跟著慢慢地練習起了弓字縫。神奇的是，手裡拿著針線，慌亂不安的心竟然平靜下來了。明淑奶奶還教外婆對針縫、繚縫和藏針縫，按照明淑奶奶教的，外婆一針一線地縫著。

─**真不簡單啊。**

那不過是明淑奶奶隨口說出的一句話罷了，外婆卻激動不已，覺得獲得了明淑奶奶的稱讚。在明淑奶奶看來，外婆的針線活粗糙極了，只是以第一次拿起針線的孩子來說，還算不錯而已。即使是這樣，因為外婆是第一次聽到那樣的稱讚，明淑奶奶的一句無心之語還是讓她產生了或許自己也有一技之長的想法。從那天起，外婆每天都會跟在明淑奶奶身邊練習針線活。

明淑奶奶既不多愁善感，也不善於表達感情。工作的時候，她總是為了集中精力而眉頭緊鎖，就算有人跟她搭話，她也像聽不見似地一直沉浸在自己的世界裡。不僅工作的時候會這樣，就連曾祖母講笑話逗笑所有人的時候，明淑奶奶也是一臉嚴肅的表情，顯得很難融入氣氛。

很多人當面是人，背後是鬼，笑裡藏刀的人比比皆是。可能這就是人類的本性吧。從這種意義來看，與其說明淑奶奶是人類，不如說她更像貓。除了來去無聲以外，就連待人接物的方式也是。而且她像的還是貓中不願待在人類膝蓋上的、暗中偷偷觀察人類，但又不肯理睬人類的那種貓。外婆想像著腳踩縫紉機的貓，笑了出來。

外婆很喜歡待在明淑奶奶身邊，一邊做針線活，一邊聊東聊西。有時，明淑奶奶還會說一些不曾跟曾祖母或喜子講的話。無論外婆說什麼，明淑奶奶都不會判斷和糾正外婆的想法。雖然很多時候，明淑奶奶都不會做出回應，但也從未打斷過外婆說話。

—走來的一路上，我看到很多瘋掉的女人。

明淑奶奶正在抽纏在壓布腳上的線。

—但很奇怪的是，看到那些瘋掉的女人，會很想靠近她們，感覺跟她們很熟。

明淑奶奶的手停了下來，她看向外婆，轉移話題說。

—雖然不知道妳會不會做一輩子針線活，但依我看，只要妳想，就能靠這手藝過日子。

說著，明淑奶奶從椅子上站起身，朝外婆招了招手。

—過來坐。

見外婆羞答答的，明淑奶奶催促道。

—愣著幹嘛，還不過來坐。

外婆小心翼翼地坐在椅子上。那天，明淑奶奶第一次教外婆如何把線穿在縫紉機上、如何踩縫紉機的腳踏板、如何抽出纏在壓布腳上的線。比起這些，最重要的是如何不傷到手。

—疏忽大意的話，針就會扎進手裡。

明淑奶奶皺著眉頭說。

—您也傷過手嗎？

明淑奶奶的臉上露出了淡淡的微笑。

—我很愛睡覺，有一次打了一下瞌睡就傷到了。

—天啊！

見外婆縮起肩膀，明淑奶奶收起笑意說道。

—好了，妳起來吧，我該工作了。

從那天起，只要有空，明淑奶奶就會教外婆使用縫紉機。而外婆也很喜歡線板轉動和踩著腳踏板在衣料上做針線活的感覺。

晚上睡覺，外婆經常會夢見曾祖父。她夢到戰爭結束後，自己在開城的家裡等待著他。奇怪的是，春天的耳朵還沒長開，仍是幼狗的樣子。外婆驚嘆戰後的春天又變回了幼狗，和牠一起等待。雖然知道那個走進家門的人就是曾祖父，卻怎麼也看不清臉。每次從這樣的夢中醒來後，外婆都會心裡一驚。曾祖父再也不會回來的恐懼感包圍了她。外婆不知道曾祖父為什麼決定參軍，她只希望曾祖父能活著回來。

吃飯的時候、做針線活的時候、看著曾祖母和鳥飛嬸出門做事的時候、跟喜子講話的時候，外婆都會感到一種難以言喻的罪惡感，特別是在有說有笑的時候。每次外婆都會忍住不笑，彷彿笑聲不可以越過矮牆被人聽到似的。

入冬的某一天，鳥飛嬸帶了一瓶清酒回來。一位老婦人用酒代錢跟鳥飛嬸換了蘋果，鳥飛嬸出於憐憫之心收下了那瓶酒。鳥飛嬸、曾祖母、外婆、喜子和明淑奶奶來到大屋，圍坐在放著蘿蔔塊泡菜的小矮桌前喝了起來。調皮的曾祖母讓外婆嚐了一口。酒又苦又難喝。喜子也嚐了一口後便皺起眉頭。鳥飛嬸喝了一杯，就開始拍手，笑得上氣不接下氣，臉和脖子變得通紅。

—妳這是隨妳父親。我父親和哥哥也不能喝酒，喝一點就會變成這樣。

明淑奶奶看著鳥飛嬸，咂了一下嘴。明淑奶奶配著蘿蔔塊泡菜，一口接一口地喝著酒。

—姑姑，妳這酒量是在修女會練出來的吧？

鳥飛嬸指著明淑奶奶咯咯直笑。

—瞧瞧這瘋婆子。接著喝，想笑就盡情地笑吧。

當時明淑奶奶看著鳥飛嬸的表情令外婆記憶猶新。外婆在明淑奶奶平時毫無表情的臉上看到了淡淡的哀傷。那是很想安慰鳥飛嬸卻又不知該如何是好的焦慮，以及深藏於心底的疼愛。

鳥飛嬸笑了半天，把手臂搭在曾祖母的肩膀上。

—三泉，我的三泉啊。

話音剛落，鳥飛嬸便一頭栽向曾祖母的膝蓋，闔上了眼睛。曾祖母把手放在鳥飛嬸的額頭上。

—真沒想到她酒量這麼差……

曾祖母笑著說。

不知是因為酒，還是鳥飛嬸的笑聲，那天大家圍坐在一起有說有笑。曾祖母的臉上也浮現出從前天真爛漫的表情，躺在她膝蓋上的鳥飛嬸也像孩子一樣吵吵鬧鬧。當下，家裡一直以來沉重的氣氛就此消失了。

但外婆卻覺得很不安。在不警惕、不緊張、認為不會發生任何事、覺得擺脫悲觀的想法，並享受當下的時候，大難臨頭的不安就會湧上心頭。外婆覺得，所謂的人生就是當你戰戰兢兢，擔心會有壞事發生時，反倒什麼事也沒有。但等你安心下來，毫無防備的時候，它就會從背後偷襲你。不幸似乎很喜歡在人們勉強覺得可以喘口氣、可以活下去的時候找上門。

外婆這種想法來自於曾祖母。每當外婆流露出稍稍開心、幸福、滿足的表情時，曾祖母就會警告她，那種感情很晦氣。孩子越是懂事，越是要說他不聽話；越是覺得幸福，越是不能言表。只有這樣魔鬼才不會嫉妒。外婆說，回想起來，人生中後悔的事似乎都是這樣的。外婆總是在不安中瑟瑟發抖，從沒好好享受過有說有笑、互相取暖的時刻。這世上有很多事是想逃避也無法逃避的，就算再不安，就算不想享受當下的瞬間，但還是會遇上無法逃避的事情。

就像是為了嘲笑外婆的不安一樣，那晚過去後也沒有發生任何特別的事。隔天一早，住在同一條巷弄的儒生戴著紗帽找上門來，沒好氣地抱怨道，深更半夜，女人輕浮的笑聲吵得左鄰右舍雞犬不寧。明淑奶奶只是斜眼瞥了一眼儒生，便垂下頭做起針線活。曾祖母用誇張的肢體語言連聲道歉。儒生走後，喜子捂著臉笑了出來。

時間流逝，一九五三年七月宣布停戰。

外婆和曾祖母緊握雙手哽咽，但誰都沒提曾祖父。因為她們擔心，晦氣的話一旦說出口，她們便有可能會永遠失去曾祖父。直到曾祖父推門走進院子，沒有一件事是可以肯定的。外婆不知做了多少次曾祖父回來的夢……不知道為什麼看到面目模糊的他一點也不開心……這樣的夢反覆做了很多次後，外婆就真的再也想不起曾祖父的長相了。

曾祖父沒有死，也沒有被俘虜，更沒有受傷。簽署停戰協議沒多久，他就回來了。曾祖母看到走進院子的曾祖父，沒有立刻衝上前，而是靜靜地望著他。曾祖父也稍稍遲疑了一下，才走上前一把摟住曾祖母。外婆、喜子和鳥飛孀圍著兩個人抹起了眼淚。明淑奶奶放下手上的針線活，靜靜望著他們。

有別於外婆的夢，面前的曾祖父的臉孔清晰可見。短短的頭髮，曬得黝黑的臉，熟悉的五官。曾祖父的臉上洋溢著過去從未見過的、滿足的笑容。曾祖父看到長高的外婆略感驚訝，外婆永遠也不會忘記投進曾祖父懷抱的那一瞬間。

曾祖父回來後，整整睡了一天。醒來後，他連吃了兩碗大麥飯，填飽肚子的他看著大家說。

——我在軍隊遇到了同鄉。他說在首爾遇到了我的父母和二哥，他們也都離開首爾了，他們沒有死在那裡。

外婆從沒見過曾祖父講話這麼激動。

——同鄉說，問了父親打算去哪裡，父親說要去禧寧。我早聽說很多黃海道的人都去了那裡。

——所以呢？

曾祖母小心翼翼地問道。

——我們也應該去禧寧，不是嗎？

——去哪……

——去找父親啊。英玉，妳也應該跟爺爺奶奶一起生活。

——我們要離開大邱嗎？

外婆知道自己是在明知故問。大邱只是避難的地方，他們不可能一直留在大邱。雖然知道遲早有一天要離開，但因為習慣了跟鳥飛嬸、喜子和明淑奶奶住在一起，一時難以接受必須離開的事實。

——我們暫時回不了開城，所以先去禧寧找爺爺奶奶，但早晚有一天可以回去開城的。

外婆眼中的曾祖父異常樂觀，感覺他就像一個行走在雲端的人一樣。不切實際的曾祖父樂觀地長篇大論起將在禧寧過上的新生活。曾祖父的食量很大，總是笑個不停，還經常攔下路人侃侃而談。不是只有外婆一個人看出來，曾祖父的這些舉動只是因為活著從戰場回來的喜悅。雖然從表面上看他和過去一樣，但某個部分已經出現了裂痕。直到曾祖父過世，他都像一個反覆行走在雲端，然後掉進泥潭，掙扎過後再爬上雲端的人一樣。

外婆不相信曾祖父說的話。

我為什麼不相信父親的話呢？

外婆坐在簷廊思考著這個問題。也許是因為不想離開大邱，離開這個有著高高圍牆的家，不想離開鳥飛嬸、喜子和明淑奶奶。可能問題不出在父親，而是自己。在準備離開大邱的一個月裡，外婆總是莫名地發脾氣。雖然她也不想這樣，可還是控制不住自己。

那天，外婆也發了一整天的脾氣。鳥飛嬸走到氣呼呼的外婆身邊搭話說。

—英玉，妳不用這樣。

外婆無言以對，只能靜靜地看著鳥飛嬸。

—妳還記得那次我回老家吧？我們不是分開過一次了嗎？

—……

—我知道妳是捨不得離開明淑奶奶。

烏飛嬸的話令外婆感到很意外，外婆咬住嘴唇。

—我也知道妳多疼喜子。

—烏飛嬸，我……

—想哭就哭吧。

看著用手背擦眼淚的外婆，烏飛嬸接著說道。

—我不是為了哄妳才這麼說。英玉啊，我們會再見的。我知道我們日後會重逢，所以一點也不難過。我們一定會再見。

外婆不相信烏飛嬸的話，仍點了點頭。

明淑奶奶沒說什麼。直到離開大邱的前一天，明淑奶奶都跟往常一樣，一直在教外婆使用縫紉機。外婆也像平時一樣，想起什麼就嘟嘟囔囔地說出來。明淑奶奶一邊轉動縫紉機，一邊默默聽著外婆的話。

九月的清晨。外婆一家人連早飯也沒吃，就提著行李來到院子裡。烏飛嬸和喜子也跟了出來。

—吃點東西再走吧。

一家三口站在院子裡，吃了幾口烏飛嬸遞給他們的飯糰。

—**慢點吃。來，喝點水。三泉，妳把包袱給我，我幫妳拿著。**

烏飛嬸說道。

這時，明淑奶奶從小屋走出來，她在簷廊站了一會，跟著打開大屋的門，坐在縫紉機前，雙手放在膝蓋上望向吃著飯糰的三個人。

—**姑姑，過來一下，英玉他們就要上路了。**

明淑奶奶就像沒聽見烏飛嬸的話一樣，一動不動地坐在那裡，然後微微張開嘴說了什麼。因為聲音太小，烏飛嬸叫她再大一點聲。明淑奶奶一聲不吭，過了半晌才開口說了句。

—**你們慢走。**

說完，明淑奶奶把臉轉向牆邊。

曾祖父和曾祖母向明淑奶奶做了長長的道別，他們感謝明淑奶奶收留了自己一家人，這份大恩大德到死也不會忘記，無論如何都會報答她的這份恩情。明淑奶奶的坐姿向來端正，此時卻出現了微妙的變化，她垂著頭說道。

—**走吧。**

—**奶奶。**

外婆叫了一聲明淑奶奶。明明可以走過去道別的，但外婆覺得明淑奶奶不喜歡這樣，傷心難過的外婆只好站在原地又叫了她幾聲。明淑奶奶就像沒有聽到似的，一直靜靜地坐在那裡。片刻過後，明淑奶奶皺著眉頭看向院子，揮了揮手示意他們可以離開。外婆明知道那不是明淑奶奶的本意，但見了還是覺得非常難過。

—媽，我們走吧。

外婆說道。

—快跟奶奶說再見。奶奶那麼疼妳，怎麼能連聲招呼也不打呢。

外婆朝明淑奶奶的方向鞠了一躬。

—您多保重。

外婆小聲說了一句，轉身走出大門。

出了家門，沿坡路而下時，外婆覺得心裡就像火燒似的。但外婆不知道這是因為與明淑奶奶的離別，還是因為明淑奶奶對自己的冷漠。

找尋不出答案的外婆流著眼淚走到客運站。鳥飛嬸從口袋裡取出手帕，一邊幫外婆擦眼淚，一邊在她耳邊說了句悄悄話。

—我們以後還會再見面的。嬸嬸在妳裙子口袋裡放了點盤纏，妳留著自己用啊。

說完，鳥飛嬸把手帕塞進外婆的手裡。

—英玉姊，妳一定要寫信給我喔。

—嗯。

—妳要好好吃飯。

喜子摘下眼鏡，揉了揉眼角。

—喜子，妳也是。

—我們後會有期。

—嗯，後會有期。

—英玉姊，我們再見。

—好，好，一定再見。

等車的時候，曾祖母和鳥飛嬸緊緊地摟在一起。鳥飛嬸強顏歡笑，安慰著眼眶泛紅的曾祖母。

—妳們在開城，避難……

—別說了。

鳥飛嬸打斷曾祖母的話。

—三泉，我知道，我都知道。

鳥飛嬸知道曾祖母在想什麼，知道曾祖母一直對趕走上門求助的她們充滿了歉意。

因為車窗上的污漬，看不清揮手告別的鳥飛嬸和喜子的表情。但看不清彼此的表情反而成了一件好事。對外婆而言，鳥飛嬸一直都是會離開的人，自己和曾祖母則是送別她的人。外婆想起在開城火車站送別鳥飛嬸一家人的情景。時光流逝，沒想到自己成了離開的，鳥飛嬸則成了送別的人。車開了，外婆緊貼在車窗上，望著越來越小的鳥飛嬸和喜子的身影。

11

燕麥是個小淘氣，被我寵壞了。無論我走到哪裡，牠都會翹著尾巴跟在後面，還很喜歡咬著兔子娃娃到處走；聽到我下班回家按電子鎖密碼的聲音時，會興奮地跑過來抓門。這個小生命在短時間裡改變了我的日常。我再也不害怕獨處了。早起和下班回家都能看到燕麥，這讓我覺得既陌生又開心。

燕麥腹瀉、嘔吐了兩天，起初我沒有太在意，因為救下牠的隔天就帶牠去做了檢查，一切都很正常。但幾天過後，燕麥不見好轉，我又帶著牠去了醫院。醫生說是麻疹，需要住院打點滴，最有效的治療方法是輸入其他有麻疹抗體的狗的血液。

燕麥住進寵物醫院最小的病室，與一般病室離得很遠。燕麥的病室門前鋪著一張噴過消毒劑的墊子，出入時必須將鞋底蹭乾淨，手和門把也需要消毒。燕麥不理解發生在自己身上的事，也許是覺得點滴管難以忍受，總是用牙去咬，最後只好在牠頭上套上保護套。我不放心把燕麥獨自留在醫院。如果我們可以溝通的話，我就可以向牠說明情況，但這顯然是不可能的。燕麥被關在連窗戶也沒有的病室裡，想到牠也許會覺得自己被拋棄時，我的心情也無比沉重。

第二天下班後，我直接去了醫院。我在墊子上蹭腳底的時候，燕麥察覺到外面的動靜，發出了嗚嗚的叫聲。戴著保護套，一條腿上打著點滴的燕麥看到我立刻抬起前腳站了起來。

「牠好多了。」

醫生用充滿希望的語氣說道。

「今天也輸血了，明天早上測完白血球指數，我再聯絡您。」

我撫摸燕麥好一段時間，為了掩飾悲傷，我故作開朗地對牠說：再忍耐一下吧，等這次病好了，你會健健康康，活很久的。小燕麥，你去過海邊嗎？等以後我們一起去。待在這裡很孤單，你就再忍一下吧。我當時已經打消了把燕麥送走的念頭。

隔天，醫院打來電話，因為白血球指數再次變差，給燕麥重新做了犬細小病毒檢驗，結果為陽性。醫生還說，燕麥從早上開始不進食了。

我上網搜尋了一下「犬細小病毒」。

我買來兩個月的小狗驗出有犬細小病毒，可以退款嗎？

可以，退款和交換都可以。

網路上都是這樣的內容。我在這些內容裡費力地尋找著感染犬細小病毒後活下來的案例。

燕麥的病情越來越嚴重，短短幾日就瘦了很多，也不能像從前那樣活動了。我問醫生是否有治癒的可能，醫生坦白說，雖然不能肯定，但最好不要抱希望。

隔天，再見到燕麥時，戴著保護套的牠已經抬不起頭了。我覺得不能再把燕麥關在沒有窗戶的病室裡，於是跟醫生說要把燕麥接回家。醫生勸說再留一晚觀察一下情況，明天早上接走也不遲。那天，我一直陪在燕麥身邊，直到醫院關門。我不想哭，但看到連頭也抬不起來的燕麥，淚水還是奪眶而出。燕麥的下巴墊在我的鞋上。

今天是你在這裡的最後一天，明天我就來接你回家。今天乖乖地留在這裡打點滴吧。

起初我覺得一定可以治好燕麥，才同意讓牠住院，而且直到那一刻我都沒有放棄希望。我認為這是最好的選擇。我關上病室的門，臨走時轉身看到燕麥一動不動地趴在地上。

「知妍啊。」

坐在社區亭子裡的外婆叫住了我。外婆穿著深藍色亞麻布的無袖洋裝，腳踩粉紅色的拖鞋，手裡搧著扇子。

「燕麥怎麼樣了？」

我朝亭子走去，坐在外婆身邊。

「情況不好，今天連頭也抬不起來，而且好幾天沒進食了。」

我強忍著眼淚，吃力地說道。外婆拍了拍我的背。

「我應該把牠接回來，但覺得會有好轉，才把牠留在醫院。現在卻又覺得很不放心，醫院也關門了……」

「明天早上，我陪妳去接牠。」

我點了點頭。

「自己孤單地待在那裡，一定很難受……」

「燕麥會好好睡一覺的。牠現在沒力氣，好好睡一晚，明天看到我們一定會很開心。我得煮點明太魚，明天好餵牠喝點魚湯。」

外婆從黑塑膠袋裡取出一串葡萄，說：

「今天去田裡幫忙，人家送的。妳嚐嚐，都洗好了。葡萄皮和籽丟在袋子裡。」

我吃了一顆葡萄，非常甜，一直甜到了舌根。

外婆默默地往我這邊搧著扇子。

「有什麼事需要我幫忙，妳就說。」

「沒有。」

「妳仔細想想。」

對我而言，請別人幫忙是最難的事。盡我所能幫助別人反而更簡單，哪怕是超出我能力範圍的事。讓我開口求助於人，太困難了，因為我不想給任何人添麻煩。但今天不同。於是我開口拜託外婆，說：

「給我講一講您到禧寧後是怎麼生活的吧。」

外婆靜靜地看著我，然後用扇子拍了兩下亭子的地板。

來到禧寧，外婆第一次看到了大海。念小學時，老師曾經講解過，但那些說明毫無意義。即使在大邱看過大海的黑白照片，也沒有切實的感覺。直到親眼看到，外婆才明白海洋是不親眼所見便無法想像的領域。大海等於是外婆見過的最大的一張照片。一開始，外婆被一望無際的景象所震撼，但久而久之，她對大海的小細節產生了感情。下過雨的隔天，大海的味道、海浪湧上沙灘的聲音、白色的泡沫、貝殼內側柔軟的觸感、海灘上的海草、走在沙灘上的感覺、日落時海平面另一端變換的色彩……外婆經常會想，如果能和鳥飛嬸、喜子和明淑奶奶一起看到這樣的景色該有多好呢？好幾次，外婆因為看日落看得太過入迷，直到天黑才回家，結果被曾祖母狠狠訓斥。

曾祖父四處奔走尋找著父母，但沒有遇到任何目擊者。禧寧並不是一個大城市，抵達禧寧三個多月後，曾祖母和外婆便接受了曾祖父的父母不在禧寧的事實，只有曾祖父一個人不肯面對現實。外婆找不到必須生活在禧寧的理由，因此每天去看海的時候，心情都很低落。最終，這種低落的心情吞噬了她。

外婆幾乎每天都會寫信，曾祖母也每天給鳥飛嬸寫信。每週一，外婆會去郵局寄信，每逢收到郵差送從大邱寄來的信件，她都會開心不已。外婆會聞一聞剛收到的信紙，一遍又一遍地讀著喜子的來信。

時光流逝，外婆在二十歲那年收到喜子考入大邱最有名的女子高中的來信。喜子念國中時，成績一直名列前茅。與做針線活的自己相比，想到身穿海軍領制服的喜子，外婆的心裡很不是滋味。

外婆覺得喜子彷彿飛往了自己從未去過的、遙遠的、廣闊的世界，最終喜子會忘記自己吧？隨著書信往來越來越少，外婆覺得漸漸失去了喜子。總有一天，對喜子而言，我會成為一個毫無意義的人。我思念開城和大邱太久了，但我現在既不在開城，也不在大邱，我生活在禧寧，我必須住在這裡。外婆以這樣的方式，將自己與喜子、鳥飛嬸和明淑奶奶分離開來。就像喜子的人生邁入下一個階段一樣，外婆也想向喜子證明自己的人生沒有停滯不前。那年冬天，外婆嫁給了同鄉出身的男人。

那個男人名叫吉楠善。一．四後退[3]時，隻身一人來到了禧寧，靠捕魚和在市場打工度過戰爭時期。雖然家人說會隨他前來，後來卻音信全無。結婚那年，吉楠善二十七歲。

當時，吉楠善在禧寧最大的水產市場工作，曾祖父去市場送貨時認識了他。因為是開城同鄉，加上與家人失散，曾祖父覺得他和自己的處境相似，對他很是滿意。兩個人的年齡相差甚遠，卻稱兄道弟，還經常聚在家裡一起喝酒。

曾祖父和吉楠善在小屋抽菸、談論政治時，曾祖母和外婆則要買來米酒、準備好下酒小菜。吉楠善是曾祖父為數不多的酒友之一，他對外婆講話得體，也對曾祖母畢恭畢敬，但曾祖母就是不怎麼喜歡他。

有一天，外婆穿過市場往家走的時候，有人叫了一聲「英玉」。外婆回頭一看，是吉

3　一．四後退，是韓戰第三次戰役的一部分。中國人民志願軍對聯合國軍發起進攻，一舉突破聯合國軍防線，渡過漢江，占領首都首爾，並繼續向南追擊。

楠善。他穿著深藍色的工作服，正站在市場入口抽菸。

—今天跟大哥約見面了，我們一起走吧。

吉楠善熄滅菸蒂，朝外婆走了過來。一路上，吉楠善保持著距離跟在外婆身後，不停地搭話，說著曾祖父有多了不起、市場的工作有多辛苦、避難來禧寧的時候自己心情如何。外婆左耳進右耳出，才剛度過辛苦的一天，根本沒有餘力聽這些。快到家的時候，吉楠善跟上外婆。

—英玉啊，那個……

瞬間，外婆覺得身心俱疲。

—有人跟妳提親嗎……大哥大嫂幫妳打探好人家了嗎？

—問這幹嘛？你去問父親吧。

吉楠善沒說什麼。外婆不知道他是想把自己介紹給別人，還是對自己有意思。

自那天之後過了半年，吉楠善向曾祖父表明想娶外婆過門的意願。那天，曾祖父喝了很多米酒，早已酩酊大醉的他聽到吉楠善想娶自己的女兒，欣然同意了。

外婆在很小的時候，曾祖父經常開玩笑似地說：「英玉啊，要是有人願意娶妳，無論他是誰，我都會舉雙手贊成，絕對不會反對。」

曾祖父的話深深地埋在外婆的心裡。如果有人肯娶我，無論他是怎樣一個人，我都要接受。外婆並沒有把曾祖父的話當成玩笑。面對趁醉意說想娶外婆的吉楠善，曾祖父連聲道謝，還叫他趕快把人帶走。

—楠善的話，還有什麼好挑剔的。

隔天吃早飯的時候，曾祖父對外婆說。

—妳都二十了。不想當老姑娘給人家填房的話，就謝謝人家楠善，嫁給他。

曾祖父稱讚吉楠善跟現在的年輕人不同，不僅任勞任怨，還對長輩畢恭畢敬。大家都是同鄉，一起生活也好有個依靠。外婆一聲不吭地吃著飯。曾祖母的表情沉了下來。

外婆和曾祖母收拾完餐桌，走進廚房時，曾祖母開口說道。

—別把妳爸的話放在心上。

—我又能怎麼辦？

曾祖母面帶倦色，看著外婆。

—我本不想說這些話……

曾祖母嘆了口氣，接著說道。

—吉楠善和妳父親太像了。如果我不是妳媽，也會覺得吉楠善是一個恭敬的好人。

但……他不是一個珍視妳的人。

—妳怎麼知道？

—一起吃飯的時候，不管是魚還是肉，他都先挑最大塊的自己吃。如果他疼妳，會這麼做嗎？我也知道他講話很風趣，但我從沒見過他聽妳講話。

—男人不都這樣嗎？

—英玉啊，別的媽不懂，媽只希望妳不要欺騙自己。

—我欺騙自己什麼了？

—妳回想一下鳥飛叔。

這句話重重地擊打在外婆的心臟。鳥飛叔長長的脖頸，和面帶微笑的樣子。他看著鳥飛孃時的溫暖目光，和藹的語氣。英玉，英玉，溫柔地叫著自己名字。叔叔就像太陽一樣，以後我看到太陽就會想起您。我們英玉以後長大了，一定是個詩人。英玉活潑開朗，乖乖地吃飯，又愛笑又會踢球，跑得也快。和喜子相處得也很融洽，還會講有趣的故事……外婆明明都記得，但卻說道。

—那都是什麼時候的事了，我都忘了。

—妳說謊。

—媽，我們不要抓著過去的事不放了。開城的事，我都忘了。

曾祖父對吉楠善很滿意，所以外婆接受了他。

曾祖父一輩子都對外婆很不滿意。外婆知道，是因為自己不是男兒身，所以無論做什麼都滿足不了曾祖父的期待。儘管如此，她還是想討好父親，哪怕是微不足道的小事，她也希望得到父親的讚許，為此外婆從小到大都在看他的臉色。外婆覺得，如果嫁給吉楠善，就會透過他，間接地得到父親的認可。

隨著時間流逝，外婆承認自己那時是在自欺欺人。曾祖母看到的吉楠善的缺點，她其實早就心知肚明。明明自己根本不喜歡吉楠善，但因為怕嫁不出去，且希望過上別人眼中的正常生活，她選擇欺騙自己。因為她覺得，作為丈夫，吉楠善的條件已經很好，所以外婆無視了內心的警告。外婆彷彿聽到曾祖父在對自己說「妳有什麼了不起的」。

外婆下定決心後，曾祖母再沒勸說什麼。外婆端來矮桌，提筆寫了信。喜子，鳥飛孀，明淑奶奶，我要成親了……

幾天後，外婆收到了喜子的回信。英玉姊，對不起。媽媽太忙，走不開。明淑奶奶暈車嚴重，我說可以一個人去禧寧，但長輩們就是不同意。英玉姊，恭喜妳……

又過了幾天，外婆又收到了從大邱寄來的包裹。打開一看，是明淑奶奶親手縫製的深藍色冬款洋裝和兩套銀匙筷，還有一封信。英玉啊，恭喜妳喜結良緣。寄去衣服和匙筷送給妳，一定要好好過日子。好好生活啊，英玉……

外婆的幼年就這樣結束了。

吉楠善沒有家人，婚禮舉辦得非常簡單樸素，當天外婆穿著明淑奶奶親手做的深藍色洋裝。說是婚禮，其實就是二十幾個人聚在中餐廳吃頓飯而已。吃完飯，外婆穿上照相館出租的簡易婚紗、手拿新娘捧花，和吉楠善拍了張照片。那是十一月初旬，不算太冷的一天。

新婚夫婦租了一間帶小院子的房子，外婆在新家繼續做著針線活。

無論是在市場，還是在村裡，人們都稱讚吉楠善是一個心地善良、很有禮貌的人。轉而對外婆說，能嫁給這麼好的人，真是叫人羨慕。這種話，外婆不知聽了多少遍。是啊，我丈夫人很好。外婆回答後，只能苦笑一下。吉楠善會搶著付酒錢，但所有支出其實都是妻子賺來的錢，後來他甚至會直接提出一個金額，要求妻子提早備好。吉楠善從沒給過外婆任何物質上的東西，在感情方面也是如此。外婆早已熟悉的飢渴感不僅存在於父女關係中，同時也存在於夫妻關係。曾祖母說得沒錯，吉楠善在很多方面都很像曾祖父。

在外婆的記憶裡，曾祖父從沒送過她一份小禮物。即使是在逃難時期，曾祖父也要睡最好的位置，從沒讓給女兒。外婆的衣服單薄，凍得直抖，曾祖父也沒想過脫下外衣。外婆對這樣的曾祖父早已熟悉，心裡一點也不難受。得益於這種習以為常，外婆才能維持與吉楠善的關係。外婆從沒想像過會遇到體貼妻子、在夫妻關係中不計較得失的丈夫，她沒有期待和失望，而是選擇放棄，因為放棄更容易做到。徹底放棄對丈夫的期待以後，便能忍受那樣的生活了。

喜子還是會偶爾寫信給外婆，但外婆幾乎沒有回過信。因為她覺得若是寫信給喜子，便會意識到自己做了錯事，越是對自己誠實，越是難以承受。模糊不清的感受和想法一旦落筆寫成文章，就會變得具體、清晰起來。這樣做只會威脅自己的生活。

外婆連明淑奶奶的信也沒回。外婆難以承受明淑奶奶在字裡行間流露的感情，閱讀明淑奶奶的信，她最終不得不承認自己也是一個渴望被人愛的人，而且那種渴望十分迫切、急切。無論吉楠善說了多麼傷人的話，外婆都可以忍受，但明淑奶奶的來信卻總是讓外婆心痛如絞。愛讓外婆痛哭流涕，愛觸動了外婆那顆連侮辱與傷害都未能動搖的心。

隔年春天，外婆發現自己懷孕了。

那時，吉楠善經常帶朋友回家，一群人抽著菸，針對總統、國會議員、政黨和世界之事展開激烈爭論。吉楠善口口聲聲說，希望世人少受苦，都能過上好日子，但他卻對外婆浮腫的雙腳，和腹部抽搐時所感受到的恐懼毫不關心。他侃侃而談勞動者的權利，卻不以為意地拿走外婆辛苦賺的錢。每當這時，外婆都會在心底笑出聲。那是充滿憤怒的笑。

外婆二十歲以後遇到的人們，都會說她是一個愛冷嘲熱諷的人。遇到糟糕的事情時，外婆比起憤怒、難過和惋惜，更傾向於嘲笑，或冷淡地發表意見。但很少有人知道在那張冷嘲熱諷的面具背後，其實躲藏著一個不想受傷、不想再哭泣的女人。

在懷孕五個月的時候，外婆才提筆給喜子、鳥飛嬸和明淑奶奶寫信，告訴她們自己懷了孕，孩子會在秋天出生。沒過多久，外婆收到一個包裹，裡面是用細棉一針一線縫製的襁褓、嬰兒服、襪子、帽子和手帕。英玉啊，恭喜妳要當媽媽了。我做了幾樣禮物送給妳。妳要好好照顧自己，英玉啊……

一九五九年的九月，外婆在經歷了十五個小時的陣痛後，生下了我的媽媽。

不久後，一個陽光普照的日子，外婆正拿著大掃把打掃院子。

——朴英玉。

郵差送來了一個包裹。打開包裹，一本熟悉的書映入眼簾，是那本紅色精裝的《魯賓遜漂流記》。外婆將掃把立在院子一旁，走到簷廊拆開隨包裹一起寄來的信。

親愛的英玉姊，

好久不見，身子調養得怎麼樣了？妳做了一件很了不起的事。我們收到三泉嬸寄來的信，信裡說妳生了一個很健康的女兒。我好想見見那個孩子啊。

英玉姊，很抱歉這麼晚才告訴妳。

去年中秋，我們送走了明淑奶奶。三泉嬸知道這件事。奶奶走得很安詳，沒吃什麼苦。我知道說這種話，妳心裡也不會好受。奶奶臨終前，囑咐我們不要告訴妳，說是對妳而言，她不過就是一個過客，不想妨礙妳，不能影響妳調養身子。

奶奶病了一個月就走了。她笑著說，想做幾件孩子滿周歲時穿的衣服，還說很想妳。

我們都知道妳很忙。我沒有抱怨妳的意思，但我還是想告訴妳，奶奶生前一直都在等妳的回信，她真的很想妳。也希望妳能記得，在奶奶心裡妳真的很重要。

我也經常想起妳。我們走在大邱的大街小巷，彷彿就像前幾天的事一樣，如今妳已成了人母。我們何時才能見面呢？雖然禧寧很遠，但等我長大了，一定會去找妳。妳要是來大邱的話，記得去跟奶奶打聲招呼，她一定會高興。

英玉姊，保重身體。

附言，奶奶的遺物寄給妳。

喜子

外婆翻開那本書封已經被翻得光滑亮澤的書。第一頁，用正楷寫的字跡映入眼簾。

送給英玉。

妳在禧寧過得好嗎？我很好。不知為何，坐在縫紉機前，總能聽到妳黏在我身邊嘀嘀咕咕的講話聲。吵死了，但妳還是講個不停。妳那清脆的聲音，彷彿百里外都能聽到。妳用那清脆的聲音不知讀了多少遍這本書。就算聽很多遍，也還是覺得很有意思。

英玉啊，第一眼看到妳，我就知道我們很有緣。就算我叫妳走開，不正眼看妳，妳還是像小狗一樣黏著我。世界變得翻天覆地，我也活到了等死的這一天……就算妳笑話奶奶，奶奶也無話可說了。

我們在戰爭中相遇，真不知何時才能再見妳一面。在我有生之年，還能再看到妳嗎？英玉，英玉啊，奶奶真想再聽聽妳的聲音。妳要注意身體，好好照顧自己，英玉啊。

奶奶

外婆的眼前浮現出即使不停地叫著奶奶、奶奶，黏在一旁嘰嘰喳喳講個不停，還是會對自己露出淡淡微笑的明淑奶奶的臉龐。每當外婆朗讀《魯賓遜漂流記》時，明淑奶奶都會走過來，時而頻頻點頭；推開大門走進院子時，明淑奶奶也會出聲問道，是英玉回來了？外婆知道，整日埋頭工作的明淑奶奶有多疼愛自己。

喜子說，明淑奶奶一直在等外婆回信。

喜子在信中說，她沒有埋怨的意思。

但對外婆而言，那句話更像是在說：

妳是一個不值得埋怨的人，我再也不會對妳抱以期待了。妳是不值得我有所期待的人。我不理解妳的冷酷無情，不理解為什麼妳連一封簡單的回信也不肯寫給奶奶。

眼淚一旦奪眶而出便難以止住。鳥飛嬸為什麼說我們一定會再見面呢？如果時間可以倒流，哪怕只有一次，外婆很想回到離開大邱的那一天，哪怕時間短暫，她也想回去抱住明淑奶奶。

時間流逝，外婆才明白了當時明淑奶奶為什麼沒有為自己送行。外婆後悔莫及。因為怕被拒絕，所以掉頭就走，沒有上前擁抱明淑奶奶。當時應該謝謝奶奶教自己做針線活，應該叮囑嗓子不好的奶奶多喝熱水……應該說出這些話的。

外婆知道一切都無可挽回了。促使外婆疏遠她們的原因，不僅僅是時間和距離的關係。離開大邱的瞬間，某種斥力便在她們之間產生了作用。無論她們多麼努力想拉住對方，還是有一股力量在迫使她們疏遠彼此。

外婆沒有回信。

外婆把全部精力都放在孩子身上。越是這樣，越是能淡去與明淑奶奶、喜子和鳥飛嬸有關的記憶所帶來的刺激。外婆告訴自己：我不是活在過去的人，而是活在當下的人。洗尿布、餵奶、給孩子洗澡、陪孩子玩，外婆在自己創造的小世界裡得到了滿足。

孩子健康地迎來周歲。就這樣，又過了一年。

吉楠善說有事纏身，兩天沒回家了。隔天一早，外婆揹著孩子掃院子的時候，兩名梳著中分盤頭、身穿韓服的女人走進院子。年輕的女人看起來和外婆差不多大，另一個女人感覺和曾祖母的年齡相仿。

—妳們是……

兩個女人沒有回答外婆的問題，而是目不轉睛地盯著外婆身後的孩子。

—這孩子就是美善吧？

年輕的女人指著孩子說。可能是走了很遠的路，她的臉頰紅紅的。

—妳們是……

年長的女人看著外婆。

—我是楠善的媽媽。

說著，她的視線轉向了孩子。

—您的意思是……

—她是楠善的妻子。

外婆覺得荒唐，笑了一聲。

—這怎麼可能……我才是楠善的妻子。

—外面風大，我們可以進屋說話嗎？

年輕的女人說道。外婆一頭霧水，卻依然點了點頭。外婆感到身子莫名發抖。兩個女人入座後，年長的女人看著外婆說道。

—楠善十七歲的時候和她結了婚。戰爭爆發後，楠善先南下，之後音訊全無……我們住在東草，不久前打探到楠善的消息，這才趕到禧寧來。楠善已經決定跟我們回東草了。

外婆一聲不吭地聽著年長女人的話。據那個女人所說，吉楠善在開城已經生了一個兒子。他看到母親和妻子喜出望外，立刻決定隨她們回東草。不僅如此，吉楠善還把家裡的住址告訴她們，讓她們去找一個叫朴英玉的女人說明情況。

—如果妳想的話，這孩子可以留給妳養。

自稱是楠善妻子的年輕女人用批准的語氣說道。

—要是兒子的話，就另當別論了。

年長的女人補充。

—所以妳們是想怎樣？

外婆平淡地問道。

—以後不許妳再見杜城爸爸。

年長的女人話音剛落，外婆輕聲笑了出來。兩個女人目瞪口呆。

—該說的話都說了，妳們可以走了。

外婆打開房門，送走兩個女人。兩個女人還以為外婆會懇求她們不要帶走丈夫，至少在「正房」面前，應該像驚嚇的兔子一樣瞪大雙眼。看著兩個女人遠去的背影，外婆醒悟到這場與吉楠善的婚姻已經沒有任何意義了。外婆放棄與她們爭搶所謂的丈夫所有權。當時的她比任何時候都要冷靜，即使是在那一瞬間，外婆也沒有因已是有婦之夫的吉楠善在欺瞞自己的情況下重婚而憤怒。

外婆給孩子穿好衣服，揹起孩子去了吉楠善工作的市場。吉楠善搬運紙箱時，看到外婆，停下動作。外婆走上前時，聞到了一股熟悉的菸味與體味混雜的味道。

—你有話就直說。

外婆說道。

—我要是知道柱城媽媽也南下，就不會發生這種事了。我以為他們都留在開城。真的，早知道她在東草，我還結什麼婚啊。

—我父親也知道這件事嗎？

—知道……是他說不會有問題的。

—所以說，你和我父親合夥欺騙了我。

—妳冷靜一下。

吉楠善一臉為難的表情，環顧著四周。

—戰爭期間，柱城媽媽一個人照顧我體弱多病的父母，養大孩子。我得去東草見我父親。

—你去不去東草，不關我的事。

聽到外婆的話，吉楠善的臉上浮現出輕蔑的神情。

—事已至此，妳叫我怎麼辦？

來市場的路上，外婆還以為吉楠善看到自己會感到驚訝或畏懼，又或者是跪下來道歉，但他只是一再辯解，說自己做出這種事都是有情可原的。對於欺瞞重婚的事實，吉楠善絲毫沒有罪惡感。外婆說，直到今天也還是會去想他怎麼能做出這種事情，但每次得出的結論都一樣：因為他是那種人，所以做得出來。

—我兩天後出發。

—好，隨便你，但你不能帶走美善。

—妳是搞不清楚狀況吧，就算美善留在妳身邊，妳也不是她媽。這就是法律。法律不允許孩子落戶在沒有丈夫的女人的戶籍上。

—我說不行就是不行，我不能讓你這個王八蛋帶走美善。

那是外婆第一次，也是最後一次對別人大吼大叫。外婆說，就算有人奪走自己的性命，也不會像那時一樣做出反抗。吉楠善就像沒聽見外婆的話一樣，用圍裙擦了擦手，轉身走進了店裡。

直到最後，吉楠善也沒有真心誠意地向外婆道歉。

「那個人也沒有向我道歉。」

聽到這裡，我不由自主地說道。

「他瞞著我跟別的女人約會，我發現以後，他反倒怪起我。」

「……」

「他說早就對我沒感情了，而且是我讓他變成這樣的，還說如果早點分手的話，他就不會出軌了。」

說到這裡，我哽咽了。

「他說自己道歉了，但他就只是喊了兩句對不起而已。我需要的是真心誠意的道歉。」

「我懂，外婆都懂。」

「所以我跟他再也過不下去了。」

「做得好。妳是我孫女，所以能不顧一切。」

「外婆，以後的日子要怎麼過啊？經歷了這種事，您是怎麼堅持過來的啊？」

我再也忍不住，摀著臉哭了起來。

「總有一天，這件事會變得毫無意義。雖然難以相信……但這都是真的。」

外婆說道。

隔天一早，我接到寵物醫院的電話。昨天夜裡，燕麥走了。醫生難掩驚慌的神情說，沒想到事情來得這麼突然。如果我昨天把牠接回家，讓牠在自己喜歡的方格毯子上度過最後的時間，我是不是就不會這麼難受了？如果燕麥沒有遇到我，如果虛弱無力的牠就像睡覺一樣死在花壇裡的話，是不是就不會經歷這些痛苦了呢？我明知這些假設毫無意義，可還是擺脫不了這些想法。我救下了燕麥，卻給牠帶來更大的痛苦。

燕麥趴在尿布墊上，會不會看起來就像在睡覺一樣呢？看上去會很安詳吧？我努力讓自己這樣去想，但看到燕麥失去生命的身體時，還是可以感受到牠經歷的痛苦。變得黝黑的嘴角，透過沒有閉緊的嘴可以看到牙齒和舌頭……燕麥的身體冰冰的。我撫摸了半天燕麥冰冷的身軀。早知道結果會是這樣，我就不會讓牠住院了，至少昨晚會把牠接回家。對不起，我出聲對牠說。對不起，對不起……

我捧著裝有燕麥的紙盒，付了這幾日的住院費。面對醫生，我的眼淚還是止不住地流著。

「您救下牠的時候，健康狀況就很糟糕了。但托您的福，牠及時接受了治療，雖然時間很短，牠也遇到了真心疼愛自己的主人。」

「牠是在哪染病的呢？牠怎麼會瘦成這樣呢？怎麼會出現在花壇裡呢？」

我下意識地對醫生說出這些話，醫生向我露出為難的表情。這都是沒有意義的問題，醫生也沒有回答的義務，因此我只點頭道了謝，走出醫院。即使眼淚止不住地流，內心卻異常平靜，我計畫了接下來要做的事。我打算用燕麥喜歡的方格毯子包好牠，然後埋在天文臺附近。回到家，我把裝有燕麥的紙盒放在客廳，靜坐在那裡，盯著紙盒看了好一陣子。

我看到手機顯示有幾通未接電話，這才想起來外婆說要陪我一起去醫院。我給外婆打了電話，不一會，外婆帶著一把花鏟來了。

外婆默默地盯著盒子裡的燕麥看了半晌。我對外婆說，燕麥在那個昏暗的小房間裡一定很孤單，走的時候也沒有等到我，牠一定會覺得是我拋棄牠了。

「也許吧。但也可能不是妳想的那樣。不是都說狗不希望主人看到自己生病的樣子嘛，所以臨死前才會離家出走……很多事都不好講，妳也不要只往消極的一面想了。」

外婆遞過花鏟，說：

「我們一起去把牠埋掉吧？」

我搖了搖頭。

「我想自己去。」

「好吧。那妳就去送送牠吧。」

我在燕麥身邊躺了一會。前一天幾乎沒睡，加上哭了很久，睡意瞬間來襲。我不知不覺沉睡了過去，醒來時已是下午。我用方格毯子包好燕麥，把牠放進紙盒，接著又放進燕麥喜歡的兔子娃娃和零食。

難道真的像前夫說的那樣，時間就是結了冰的江面，過去、現在和未來都是早已註定的？燕麥住院後死去，也是在我遇到牠之前就已經「結束」了的事情嗎？我知道這樣想心裡能好受一些，可還是無法認同這種說法。

我去了外婆之前的家。不知為何，我很想讓燕麥也看看那個地方。我抱著盒子在空地上站了許久，直到太陽消失在水平線上。臨走前，我摘了一把春飛蓬。

我開車緩緩駛向天文臺。把車停在停車場後，走到一棵人跡罕至的樹下。可能是下午下過雨的關係，挖土絲毫不費力氣，挖出兩塊如同拳頭大小的石頭後，便有了充足的空間。我把用毯子包好的燕麥放進坑裡，把兔子娃娃和零食放在上面，然後再用土蓋住，把土踩實，最後把摘的春飛蓬放在最上方。

我靜靜地坐在樹下，回想著那天早上聽到燕麥死訊時的感受。我感受到的不僅僅是悲傷。除了悲傷，我還鬆了一口氣。因為燕麥的痛苦消失後，我便無需再陪在牠身邊，看著牠痛苦的樣子了。我無法否認這種自私的感情。

我起身，拂去手上的土，朝停車場走去。深夜，車子沿著山路緩緩前行，開到半山腰時，從遠處打著車燈的車輛急速駛了過來。漸漸逼近時，我才發現那輛車已經越過中央線，正朝我的方向開來。我快速將方向盤往右轉，眼前隨即出現了耀眼的光亮。發生了車禍，但怎麼不覺得痛呢？一陣溫暖的風吹來，我睜開眼睛。車禍發生在晚上，現在卻是白天。

外婆在院子裡的水池旁，用臉盆接水，正在給姊姊洗臉。那裡是外婆從前的家。外婆還叫姊姊擤一下鼻子。看到她們，我感到很安心。隨後，傳來了孩子咯咯的笑聲。我轉頭一看，是媽媽揹著的我發出的笑聲。就在我想仔細看看那個孩子的臉時，四周的光線暗了下來。

沿著下坡路，我正和姊姊騎著腳踏車。姊姊踩著踏板，我緊緊抱住她的腰。我在姊姊身上聞到了一股草莓口香糖的味道。舒適和安逸讓我忘記了曾經有過的悲傷和痛苦。不要離開我。為了抓住那一瞬間，我大喊道：姊姊，不要離開我。

瞬時間，天地反轉，我看到國中時倒掛在單槓上的自己。那個孩子在想方設法拖延回家的時間。我就像閱讀躍然紙上的文字一樣，讀懂了那個孩子的心。她覺得周圍的孩子都在嫌棄自己，她自言自語：我長得好醜，沒有人喜歡我。不，不是那樣的……就在我開口要跟她講話時，有人從背後拽住了我。

醒來時，又變成了黑夜。在馳騁的公車裡，我深愛的人在我身邊坐著。二十二歲的我，因為對他充滿了渴望，因而感到不知所措。但我知道，他很快就會開口說要離開我。最終，他開了口。我知道，我都知道，我早就知道你會說出這種話。即使他已經下車了，但我沒有停下來。我知道，我就知道，最終所有人都會離開我……我想醒來。我按了下車鈴，公車卻沒有停。無論我對司機大喊，還是用拳頭敲打車門，公車始終沒有慢下來。沒有人看向我。

身後傳來關門聲。我知道那是丈夫走出家門時的關門聲。還以為至少你……不會離開我。我癱坐在地上，哭得渾身發抖。

知妍啊。

這時，掉了兩顆門牙的、八歲的姊姊走向我，拍了拍我的背。

知妍啊，知妍啊。

伴隨著姊姊呼喚我名字的聲音，整個世界變得明亮了。

太陽好像越變越大了。

我忘記了剛才哭泣的事情。對姊姊說話。

好亮、好耀眼。怎麼會這麼亮呢？

姊姊就像聽到有趣的故事一樣，在耀眼的光亮中呵呵笑了起來。

小傻瓜。

姊姊說道。

小傻瓜，我從沒離開過妳。

第四部

12

發現車禍現場的人是開貨車回家的木匠。木匠發現昏迷不醒的我，立刻打了一一九。直到救護車趕到現場前、努力喚醒我的人也是那位木匠。我被送到急診室，嘔吐過後才漸漸恢復意識。與嚴重受損、需要報廢的車輛相比，我只不過是輕度外傷。

當醫生詢問家屬的聯絡方式時，我猶豫了一下，我不想聯絡父母，因此我在家屬聯絡欄填寫了外婆的電話，關係欄中寫下「祖母」兩個字。隔天一早，醫生和護士走進病房，拉開隔簾時，我才看到坐在陪護床上的外婆。外婆的後腦勺上還捲著兩個沒來得及摘的螢光粉色髮捲。

醫生說我疑似腦震盪，問我是否還暈眩、想吐。我點了點頭。呼吸的時候，胸口和脖子也很痛，起身時也覺得很吃力。

「這是身體受驚了。頸椎的痛症很有可能是椎間盤突出或變形，還需要另外再檢查一下。」

醫生說道。

「我還要在醫院住多久呢？」

我問道。

「安心休息幾天，不要想別的事情。」

醫生和護士走後，外婆起身朝我走來。外婆盯著我，看了半天，才開口說道：

「那些酒駕的混蛋都應該斬盡殺絕。」

我看到外婆臉上流露出從未有過的表情。

「那個混蛋險些害死妳。」

「我不是還活著嘛。」

為了轉換氣氛，我不以為然地說道，但外婆只皺著眉頭，轉身走出病房。

「外婆。」

我躺在床上叫了她一聲。

「外婆。」

我又提高嗓門叫了聲，但外婆還是沒有走回來。彷彿有人用橡皮筋把我牢牢地綁在床上一樣。過了很久，回來的外婆用稍稍平靜下來的表情看著我，然後小心翼翼地把手放在我的肩膀上。越過中央線的司機酩酊大醉到根本不記得當時發生的事情了。雖然我避開迎面而來的車輛，卻撞到路旁的小山坡。幸好我開得很慢，安全氣囊也及時打開，而且很快就被人發現了。假如我正面與那輛車相撞的話，情況可想而知。看來外婆已經從醫生那裡了解到詳細的情況。

「開車很危險，就算妳再小心，倒霉的時候還是會遇到這種事。」

「我知道。」

我想擠出一點笑，卻無能為力。

「要我陪妳去廁所嗎？」

外婆把手伸到我的背後，扶我坐起來，然後一手攙扶著我，另一隻手抓著點滴架，把我送到廁所。

「可以自己上廁所吧？」

我點了點頭。我看著鏡子中的自己，臉腫得厲害，額頭和眼角布滿瘀青，左眼眶的瘀青最為嚴重。醫生說，這種程度的車禍，沒有嚴重的外傷實屬罕見。

「這是不幸中的萬幸。您真的很走運。出事時，人的身體會因條件反射性的緊繃而受傷，您當時可能沒那麼緊張。但還是會有後遺症，需要留院觀察一下。」

為什麼我的身體不緊張呢？我望著鏡子，靜靜地回想著發生車禍的瞬間。

中午，我吃了醫院的病人餐，外婆也吃了家屬餐。吃飯的時候，我們誰都沒說話。我吃完飯躺下後，又睡了過去。外婆坐在床邊滑著手機。等我醒來，她依然在滑手機。我湊過去一看，她正在玩糖果傳奇。玩了半天糖果傳奇後，又玩起瘋狂水果，之後又換回糖果傳奇。雖然外婆的手指動作不快，卻是一個很有耐心的玩家。因為媽媽也很喜歡玩這兩款遊戲，所以看到外婆也在玩時不禁覺得很神奇。

「沒想到您也玩遊戲啊。」

「有空的時候就玩一會。妳不喜歡玩遊戲嗎？」

「不是很喜歡。」

「還以為我們家的女人都喜歡呢。」

我念高中時，媽媽經常去我所在的圖書室同一棟樓的網咖玩星海爭霸。雖然她說是為了等很晚回家的我，但很多時候都是我去找沉迷於遊戲的她一起回家。後來，媽媽還在社區文化會館舉辦的星海爭霸中年組比賽中得了第二名。想到這些事，我笑了出來，還把媽媽有多喜歡玩遊戲告訴了外婆。

「美善還很會打花牌呢。我和美善，還有我媽經常一起打花牌。其實花牌不適合太少人玩。美善去了首爾以後，我和我媽兩個人打就更沒意思了。我全當盡孝，陪著她老人家玩。時間久了，連這也變得讓人懷念了……」

躺在拉上隔簾的床上，聽著這些故事，我不禁覺得和外婆的關係比任何時候都更近了。床邊的小冰箱嗡嗡作響，還能聽到隔壁床的兩個女人竊竊私語。我突然很想到外面散步。

「我想出去走走。」

外婆站起來，拖著我的背把我扶起來，接著向我伸出一隻手。我握住外婆，她的手又大又厚又涼。我們搭電梯來到一樓，走出玄關，天很陰，迎面吹來了一陣讓人微微顫抖的冷風。

「我們坐這吧。」

外婆指著放在門口的塑膠椅說道。我們坐在椅子上，望著遠山、三個身穿喪服抽著菸的男人，以及發出噪音駛過的貨車。在此期間，烏雲快速飄來，四周漸漸暗了下去，風颳得越來越大了。

「跟妳聊天，會讓人覺得很可惜。」

外婆打破沉默說道。

「可惜什麼？」

「就是覺得即使我們沒有那麼親，但如果能常見面的話，會怎樣呢？想到這些，就覺得過去的時間很可惜，而且知道這一瞬間也會成為過去，就更可惜了。」

就像狗和人類的時間不同一樣，三十多歲的我和七十多歲的外婆的時間也在以不同的方式流逝著。天空出現一道閃電，雷聲隨即傳來。

「去年這時候，我都沒想過自己會來禧寧。也沒想到離婚後，可以一個人生活。當然，更沒想到會跟您這樣坐著聊天。」

說完，我看著外婆笑了。

「醫生說，遇到這種事，傷得這麼輕是很罕見的，還說我很幸運。無可否認，我的確很幸運，好像一直都很幸運。但儘管如此，我還是開心不起來，也不想留住時間。我只是覺得過去都結束了。」

冷風吹得我縮起肩膀。

「我年輕的時候也和妳一樣，什麼也不期待。如果可以的話，甚至還想把剩餘的時間都拿去丟掉……」

天空又打了個閃電，外婆用雙手抱住自己的肩膀。很快下起了雨，我們移動到醫院的休息室。外婆說回病房取點東西，我則坐在休息室看電視。電視裡，一名廚師正在講解對肝臟有益的烹飪方法。採買、回家煮飯是什麼時候的事了呢？料理是我為數不多的愛好之一。那天早上，我洗好米，把米倒入鍋中，用淘米水煮了湯，跟他兩個人吃了親手處理、水煮的章魚。吃完飯後，我知道了他與那個人過夜的事。自那以後，我就開始討厭做飯了。準備食材、自製醬料，然後烤、蒸、熬、煮……想到在整個過程中盡心盡力的自己，不禁感到十分可笑。我竟然為了做出那種事的他精心準備每一餐。在此之前，我不知道遭人蔑視是何等心情。就在我想著這些事的時候，肩膀突然感到一陣暖意。回頭一看，一條紫色的披肩正圍在我的肩膀上。披肩散發著淡淡的衛生球味道。

「這是用羊毛線織的，又輕又暖和。圍著它，會越來越暖的。」

外婆說的沒錯，圍著那條披肩，不一會我的身子就緩和了。

「這也是您織的嗎？」

「本來是給我媽織的，現在我偶爾也會拿出來圍。妳圍著它，看起來真像她。我現在看著妳，有時還會嚇一跳，感覺就好像我媽又回到了年輕的時候一樣。」

原來外婆在我臉上看到了過世的曾祖母。無論過了多久，還是讓人覺得有些不習慣。

「那您也知道以後我變老的樣子囉？」

外婆點了點頭說：

「不光是那張臉，還有眼神和表情。我還知道，就算有人想踐踏妳，妳也不會屈服，所以才會這麼掙扎痛苦。是不是？」

外婆說得沒錯。我的性格就是這樣。一般情況下，我可以無止境地忍讓對方，但如果對方想要踐踏我的人格，我就忍無可忍。

「知道那個人重婚以後，曾祖母是怎麼做的？」

外婆仔細想了想，稍後才開口說道：

「我媽知道的時候，那個人已經去東草了，而且把美善登記在他的戶籍上。就這樣，美善成了他和在開城娶的妻子的女兒。」

「那您……」

外婆撫摸著圍在我身上的披肩，緩緩地開口說：

「我一生在法律上都不是美善的媽媽。就連普通的存摺也沒能給她辦，因為我們不是母女關係。」

外婆看著我，表情僵住了。

「那算是一種交易。他以允許我撫養孩子為代價，把美善登記在他的戶籍上。」

「不能登記在您的戶籍嗎？」

「從前的法律就是這樣。如果生父要登記在自己的戶籍，我就沒有任何權利。」

吉楠善去東草沒多久，外婆收到了喜子的來信。書信往來中斷了一段時間後，喜子才寫信來傳達自己以第一名的成績考入梨花女子大學數學系的消息。喜子在信上說，因為有獎學金，所以不用擔心學費，還可以住在學校宿舍。外婆拿著那封信讀了一遍又一遍。在此之前，外婆從沒聽說過女人可以上大學，而且還是以第一名的成績考上名牌大學。竟然不用繳學費也可以學習，外婆難以想像喜子做了多麼了不起的事情。

外婆既為喜子感到驕傲，與此同時，內心深處更加肯定喜子會越來越疏遠自己。有所成就的喜子會自然而然地忘記我，對喜子而言，我算什麼呢？外婆提筆給喜子寫了回信。這封回信，外婆寫得比任何時候都用心。外婆羨慕喜子整潔的字跡，寫信時下意識地模仿起喜子的字體。喜子啊，恭喜妳。寫完第一句話，外婆感到內心很混亂。喜子啊，妳會忘記我的吧。外婆用橡皮擦抹去了這句話。外婆不打算告訴喜子自己的婚姻生活是如何結束的，因為不想讓喜子心情沉重。更重要的是，外婆不想被人同情，不想讓喜子知道自己的窘況。外婆用最好的布料做了一件襯衫和裙子，然後和信一起寄回大邱。

外婆揹著孩子到處接訂單，主要都是針線活，但也有訂做衣服的訂單。慢慢地，隨著外婆的手藝有了口碑，睡眠時間也隨之減少。外婆覺得只有這樣才能生活下去。

客人會問外婆，丈夫去哪了。外婆坦然地說，那個人重婚，之後選擇跟在開城娶的女人走了。隨之而來的問題是，那孩子的戶籍呢？每次外婆說登記在那個男人的戶籍上時，女人們都會連聲嘆息，隨後話題便以美善媽真是了不起而告終。起初，這些話還很難以啟齒，但隨著不斷被人問起，回答的次數多了，便也釋懷了，感覺就像在講第三者的事情一樣。

但也有人當面指責外婆，說那個男人不可能徹底瞞住這種事，肯定是外婆明知人家有糟糠之妻，還是嫁給了他。外婆知道，「女人也有問題」是大家普遍的看法，因為就算丈夫家暴，或者出軌，人們還是會說女人也有問題。人們覺得男人之所以會做出那些事，都是源起於女人。

那時，從事運輸業的曾祖父一連幾個月都不在禧寧。不知他從哪裡聽聞到消息後，跑來了外婆家。僅從曾祖父的呼吸聲，外婆就能聽出他是來責怪自己的。曾祖父滔滔不絕地指責起臥病不起的外婆沒有留住丈夫。

—妳連男人的心都留不住，結果給人搶走了，有什麼好難受的。

外婆閉著眼睛，任由曾祖父的話鞭打自己。

—你再說一遍。

坐在一旁的曾祖母平淡地說道，隨後站起身朝曾祖父走了過去。

—你再說一次這種話，就會死在我手上。如果你再對英玉說這種話，就從我眼前消失吧。

—妳竟敢這麼跟我講話？要不是我，妳……

—我知道，要不是你，我早就生不如死了。我不是不懂得知恩圖報的人，我活在你的陰影下，安然無恙地活到現在。但就因為這樣，你非要跟債主一樣待我嗎？我欠了你很多債嗎？

—竟敢在丈夫面前如此放肆！

—是我讓你逃走的嗎？是我讓你撇下父母的嗎？是我求你跟我結婚的嗎？為什麼我一輩子只能裝聾作啞？我犯了什麼錯？如果生為白丁是錯，那好，我認錯。但你怎麼能這麼對英玉呢，就像打過街老鼠一樣，非要把不滿都發洩在親生骨肉身上嗎？你就非得用傷人的話在孩子的傷口上撒鹽嗎？你要折磨我，怎麼不把我丟在三泉，幹嘛非要跟我扯上關係，多管閒事啊？

—妳惹過那麼多麻煩，我一次都沒動手打過妳。

—不打女人也能引以為傲啊？

曾祖父順手抓起地上的書，做出要往曾祖母身上丟的架勢。見曾祖母用雙臂抱住頭，外婆張開了乾裂的嘴唇。

—爸，你死掉算了，去一個我們看不見的地方死掉算了。

聽到這句話，曾祖父放下了手中的書。曾祖母也一聲不吭地看著外婆。外婆用那雙好似起了水泡般的眼睛瞪著曾祖父說道。

—你死了，我也不會哭，更不會給你掃墳。我要忘記你。你走吧，去一個我們看不見的地方死掉算了。

這句話出自外婆當下的真心。外婆從未在心裡想過這句話，尊重、孝敬父母對外婆而言，就和不可殺人一樣是不可觸犯的法條。但在那一瞬間，外婆違反了這個規矩。外婆說出這種話不是因為生曾祖父的氣，也不是為了攻擊他，而是出於絕望。

幾個月後，曾祖父在東草的大路邊被公車撞死了。

據目擊者稱，曾祖父看見快速駛來的公車，仍緩慢地橫穿馬路。司機踩了煞車也無濟於事。當司機下車時，曾祖父已經當場身亡了。

在禧寧的家裡舉辦了葬禮。因為早已與曾祖父一家人斷絕往來，葬禮上險些沒有喪主，幸虧鳥飛叔的大哥住在離禧寧不遠的地方，他聞訊趕來，幫忙擔任喪主。來弔喪的人竊竊私語……所以說，家裡還是要有男人啊。

是我讓父親去死的，他真的聽我的話照做了。

外婆呆呆地站在那裡，反覆想著這件事。

外婆說到這裡，用雙手揉了揉眼睛。

「這件事與您關係……」

外婆聽了我的話，聳了一下肩膀。

「我媽也和妳說了同樣的話。但就算我告訴自己不要這麼想，也還是……會有那樣的時候……想懲罰自己，無緣無故自討苦吃的時候。每當這時，我就會想起自己說過的話，沒想到那竟成了我對父親說的最後一句話。就算再討厭一個人，但最後一句話怎麼能……誰能不以為然，輕易釋懷這種事呢。」

「他明知道那個人已婚，還是讓他娶自己的女兒。他甚至還把那個人拋棄您一走了之的錯怪在您身上。做出這種事的人不是別人，正是您的親生父親。」

「是啊。」

「因為傷得太重、太痛而叫喊不是錯。」

「我知道，也都明白，但就是會有那種刻薄對待自己的時候。但還是要謝謝妳，知姸。」

「謝我什麼……」

「妳聽我說這些事，謝謝妳聆聽這些事。」

外婆說完，用力揚起了嘴角。

我看著外婆的表情，想起前夫始終不肯道歉的時候，我也絕望地大喊叫他去死。當那些我從未講過的、充滿暴力的話脫口而出時，不禁覺得那些語言變成了利箭，刺進了自己的胸口。因為他沒有受傷，也沒有感到內疚，我脫口而出的話只是射在了他光滑的表面上，隨即反彈回來，傷到我自己。

雖然肉眼看不見，但這世上一定存在著一個國度，一個沒有得到真心誠意道歉的人居住的國度。住在這個國度的人中，有人說，我要的並不多，只想要一個發自肺腑的、真心的道歉；也有人說，我只希望他承認自己犯的錯而已；還有的人苦苦期盼，哪怕是逢場作戲，也希望聽到一句對不起；甚至還有人心灰意冷地認為，如果加害者肯道歉的話，最初就不會做出傷人的行為。這些人再也無法像從前一樣入睡了。人們指責這些人為什麼不能控制自己的情緒，直到最後也不肯理解他們。

●

無論是在三日葬，還是在下棺的時候，曾祖母都沒有掉一滴淚。當時，連來弔喪的人都忍不住勸曾祖母出於禮儀應該哭喪，但曾祖母沒有遵守這種形式上的禮節，令在場的人都錯愕不已。即使鳥飛叔的大哥也來勸說了一番，曾祖母還是沒有照做。

辦完葬禮的一個星期後，曾祖母帶著外婆和媽媽去了教堂。曾祖母寫下曾祖父的名字，做了追思祈禱。離開開城後，這是曾祖母第一次來到教堂祈禱，她認為這是能為曾祖父做的最後一件事了。曾祖父曾經給曾祖母講過先祖們的遭遇，那些被抓去沙南基斬首的先祖們的故事。那是曾祖母聽過的最驚訝、最不可思議的故事。

曾祖父說過，在天主面前，眾人平等，不分貴賤。人的尊貴與卑賤取決於自己的選擇和一言一行。雖然可笑，但曾祖母還是很喜歡聆聽不滿二十歲的曾祖父長篇大論那些捕風捉影的話。曾祖父的聲音就像成群的鴨子飛走時的聲音，就像傾盆大雨落在湖面上的聲音，就像一陣風吹過樹枝的聲音，就像遠處開來的火車鳴笛的聲音，這些聲音傳入了曾祖母的耳中。是那時的記憶，讓曾祖母活了下來。

辦完曾祖父的葬禮沒多久，烏飛嬸來禧寧了。

當時，烏飛嬸正在大邱的一間印刷廠上班，據說連週日和公休日都要工作。儘管如此，烏飛嬸還是抽空來了趟禧寧。曾祖母和外婆帶著媽媽一起到客運站迎接烏飛嬸。那是一個悶熱到連內褲都會被汗水浸溼了的暑天。

從車上走下來的烏飛嬸身穿一件白襯衫和黑色的花褲，腳踩膠鞋，頭上頂著一個粉紅色的大包裹。烏飛嬸望著曾祖母，揮了揮手，曾祖母快步走上前，一把抱住烏飛嬸。烏飛嬸用雙手抓住頭頂的包裹。在瀰漫著公廁、汗臭和菸味的客運站門口，曾祖母緊緊抱著烏飛嬸久久沒有放手。

—**把包裹給我吧**。

聽到外婆的話，烏飛嬸把包裹遞給外婆後，這才空出手緊緊摟住了曾祖母的背。在外婆眼中，鳥飛嬸衰老得就像變了一個人似的，又深又粗的皺紋爬滿了她的臉龐，手也好似枯枝一般。因為瘦了很多，感覺個頭也變矮了。怎麼會這樣呢？外婆驚訝地望著眼前的鳥飛嬸。

曾祖母就像纏在鳥飛嬸身上一樣，半天也沒有鬆手。等鬆開手後，曾祖母又抓住了鳥飛嬸的肩膀。

—真的是鳥飛。

—嗯，是我，是鳥飛。

—我們有多久沒見了。喜子還好嗎？

—我們都很好。妳辦了這麼大的事，一定吃了不少苦吧。

—我沒事，一點也不苦。妳遠道而來，辛苦了。

即使眼前的鳥飛嬸就像變了一個人似的，曾祖母也沒多說什麼。但外婆在曾祖母的臉上看到了難以掩飾的困惑。

—這孩子就是美善吧？長得好漂亮啊。

鳥飛嬸看著三歲的媽媽露出了燦爛的笑容。

—美善啊，我是姨奶奶。奶奶好，妳說說看。

媽媽抓著外婆的裙子躲到了她的身後。

—趕了這麼久的路，辛苦妳了。走，我們回家吧。

走回家的路上，鳥飛嬸說她在車上生平第一次看到了大海。打了半天瞌睡，醒來後看到一大片藍，起初還不知道那就是海。

—等我帶您去看海，也讓您嚐嚐蒸魷魚和新鮮的煎鰈魚。鳥飛嬸，您可得多嚐嚐這裡的特產……

—英玉啊，不用那麼費心。妳爸剛走沒多久，不用費心照顧我。

—您說這種話，我心裡會不好受的。

—好，知道了。

剛進家門，鳥飛嬸立刻打開了包裹。只見鳥飛嬸從包裹裡取出各種各樣的東西：糖球、曬乾的蕨菜、辣椒粉、柿餅、一包松子、一打鉛筆、精裝的《簡愛》、黑色的皮球、十雙襪子、一雙白色的運動鞋、一罐乳霜、兔子娃娃、三塊香皂、兩件羊毛毛衣、兩條過冬的褲子、兩套內衣、孩子的手套和棉外衣、一個日產的不銹鋼鍋……每當鳥飛嬸拿出一樣東西，媽媽都會發出感嘆聲，她抱著兔子娃娃和新衣服，開心極了。與媽媽相反，曾祖母的表情沉了下來。

—妳哪來的錢買這麼多東西啊？

—一點點存的。我們分開這麼久，這點錢還存不下來嗎？

—嬸嬸，這個一定很貴吧？這得花您多少錢啊……

外婆拿起閃閃發光的不鏽鋼鍋說道。

—英玉啊，妳剛才跟我說什麼了。妳要是說這種話，我心裡會好受嗎？我心裡才不好受呢。妳結婚的時候，我什麼也沒送，妳生孩子的時候也是。這麼做也是為了我自己，妳就都收下吧。

—但這也太……

—英玉啊，聽嬸嬸的話，妳就當了了我一份心願。

話已至此，外婆只好點了點頭。

—那本書和兔子娃娃是喜子在首爾買的。

鳥飛嬸小心翼翼地提起喜子。因為外婆家裡接連發生不幸的事，鳥飛嬸點到為止，只說喜子適應了在首爾的求學生活，生怕大家覺得自己是在炫耀女兒。但外婆從鳥飛嬸的表情中，看到的不僅僅是單純地為女兒感到驕傲。隻身一人賺錢為女兒創造學習環境，又何止是一件容易的事情呢？外婆覺得在當時連想都不敢想要上大學的環境下，克服艱難險阻的人不只是喜子一人。

雖然外婆也不想這樣，但想到喜子時還是不免感到自卑。自己輕易放棄了學習，也沒有任何夢想，為了逃避現實而選擇婚姻。無論是現在做的事，還是嫁過的人，似乎都不是靠自己的努力爭取來的。雖然外婆做出的所有選擇都合情合理，但這一切還是讓她感到很羞愧。

外婆精心準備了一桌飯菜。清蒸了當天早上從市場買回來的魷魚，像油炸一樣煎了沾滿麵粉的鰈魚，還切了一盤發酵剛剛好的泡菜，以及新煮的大麥飯。烏飛嬸流著汗，津津有味地吃著外婆準備的飯菜，邊吃邊稱讚外婆的廚藝，還說了好多遍辛苦了。烏飛嬸就是這樣的人，她會看到別人的努力，還會說一些溫暖人心的話。冬天洗衣服的時候，烏飛嬸會問凍不凍手，去市場採買回來時，也會問一路上辛不辛苦。看著眼前像從前一樣關心自己的烏飛嬸，外婆的眼眶紅了。

日落後，四個女人在大屋鋪好被褥躺下。除了媽媽，其他人都沒能馬上入睡。曾祖母輕聲說道。

—烏飛啊，我能問妳一件事嗎？

—嗯，隨便妳問。

—妳有按時吃飯嗎？

—當然有了。剛才妳不是也看到了，我吃了很多呢。

曾祖母遲疑了一下，才又開口說道。

—我就是看妳瘦了不少，所以多嘴問一句。

—妳啊，就愛自尋煩惱。我家住在山坡上，要走好一段路，印刷廠的老闆又把我當狗使喚……吃的苦比吃的飯還多，不瘦才怪呢。

—鳥飛啊。

—嗯。

—我覺得很不捨。

—不捨什麼？

—跟妳一起度過的時間。

鳥飛嬸半晌沒有作聲。

—妳這麼想，心裡只會不好受。不如想，這樣就足夠了。我們能相識，能成為朋友，這樣就足夠了。這樣想，不好嗎？

—……

—我不希望妳只想著遺憾、不捨，讓自己難過。

曾祖母聽著鳥飛嬸的話，沒再說什麼。

鳥飛嬸提議一起拍張照片。因為不能經常見面，希望至少在想念彼此的時候能拿出照片看看。曾祖母和烏飛孀穿好白色的赤古里和黑裙子，帶著外婆和媽媽去了照相館。

外婆還記得曾祖母照鏡子整理頭髮，以及曾祖母和烏飛孀很不自然地坐在那裡面對鏡頭的樣子。攝影師叫她們微笑時，兩個人都害羞地笑了出來。聽到攝影師說再來一張時，烏飛孀把一隻手放在曾祖母的手背上。閃光燈一閃，兩個人都像孩子一樣眨了下眼睛。

離開照相館後，幾個人走到龜海灘。雖然天氣炎熱，但有涼爽的海風吹著。烏飛孀一屁股坐在沙灘上看了半晌海景，隨後脫掉膠鞋和布襪，把裙子拉到膝蓋，朝大海走去。海浪湧來沒過小腿時，烏飛孀尖叫著，哈哈大笑了起來。烏飛孀又面向大海走了幾步，當海浪湧來時，她就像孩子般一邊尖叫跑回沙灘，一邊朝看著自己的曾祖母、外婆和媽媽揮手。就這樣，烏飛孀在海裡玩耍了很久。

「烏飛孀在海裡玩耍了很久。」外婆用這句話記住了那難忘的一天。烏飛孀、海和玩耍都是外婆喜歡的詞彙。外婆始終沒有忘記那一天。

在海裡玩了好一陣子的烏飛孀，擰了擰溼漉漉的黑裙走回沙灘。外婆把黑皮球丟給烏飛孀，烏飛孀撿起掉在腳前的皮球又丟給了曾祖母，曾祖母退後幾步接住皮球，隨即又傳給外婆，外婆又丟給烏飛孀。就這樣，三個女人在沙灘上玩起了丟皮球。看著彼此手忙腳亂接球的樣子，大家一起放聲大笑了起來。

那天的大海不是外婆熟悉的禧寧大海。既不是年幼的外婆因思念明淑奶奶、烏飛孀和喜子，而覺得被困在禧寧時看到的大海，也不是揹著高燒的媽媽，瑟瑟發抖趕往醫院的路上看到的大海。那天，外婆盡情地歡呼、大笑，不用再看任何人的臉色了。

鳥飛嬸又睡了一晚，隔天一大早便回了大邱。臨行前，鳥飛嬸叮囑，等拿到照片後一定要寄一張給她，下次一起在大邱見面。也許是在海邊盡情玩耍了一天，鳥飛嬸蒼白的臉變得紅潤。這次的包裹裡塞滿曬乾的魷魚、蛤蜊、海帶、海苔、鯷魚和明太魚。外婆知道，曾祖母準備這些禮物，用掉了一部分她省吃儉用存下來的錢。大巴駛出客運站的時候，曾祖母一直揮著手。那天，大家笑著告別了彼此。

回到家，外婆猶豫了一下，提筆寫了信。喜子啊，是我，英玉。久未聯絡……

信寄出沒多久，外婆便收到了喜子的回信。

親愛的英玉姊，

妳過得好嗎？今年夏天好熱啊。禧寧也很熱嗎？媽媽從禧寧回來後，告訴我叔叔的消息了。

這幾天，我一直在想叔叔。不管走路，還是吃飯，我總是會想起當年我們一起住在大邱的時候。不知道妳現在是什麼心情呢？就在我猶豫該跟妳說些什麼的時候，收到了妳的信。我很擔心妳是不是整日以淚洗面，有沒有好好吃飯。

妳說很擔心我媽。其實，我也是。英玉姊，我努力不去擔心她，但就是放不下心。媽媽堅持要我待在首爾，說回大邱對我沒好處，我一個月才回去一次，她也不高興。

我上次見到她已經是放假的時候了。看到她又消瘦很多，我說很擔心，可誰知她卻衝我發起了火，說自己好好的，是我非把她當病人，亂擔心。

我知道媽媽為了送我到首爾上大學吃了多少苦。即使我說想念在大邱的大學，留在她身邊，但她堅持說去首爾求學是她的心願。為了不讓她失望，我很努力地念書。雖然很害怕，我還是來了首爾，而且很用功。有時我會覺得自己一個人很孤單，但也盡量讓自己不這麼想。

但是，英玉姊，偶爾我還是會覺得這一切都是徒勞。也許妳會覺得我是生在福中不知福吧？跟我住同屋的學姊安慰我說，起初她也會這麼想，很快就會適應的。可我還是經常想起媽媽，走在路上看到母女挽著手臂，就會忍不住掉眼淚。

我只有媽媽一個家人了，但她把我的屋子租給別人，還不讓我回大邱。我們相隔兩地，離得這麼遠，我能為她做什麼呢？英玉姊，很多時候我都很迷惘，不知道自己現在身在何處。這個週末我打算回一趟大邱。寫完這封信，讓我更想回家了。

英玉姊，妳多多保重喔。

為叔叔祈求冥福。

一九六二年 八月

喜子

讀完喜子的回信，外婆總是想起最後一次見到的鳥飛嬸。外婆跟曾祖母說，很擔心鳥飛嬸的健康狀況，還提到喜子在信裡表示也很擔心。

──哪有生病的人那麼有胃口，還活蹦亂跳的。我是沒見過。

──但喜子也很擔心啊。

──那是妳和喜子不了解鳥飛。別再說晦氣的話了，鳥飛健康得很。

曾祖母說著，從抽屜裡拿出一個信封。

──照片洗出來了。妳找張紙包好，給鳥飛寄去吧。

那是一張明信片大小的照片。黑白照片中的鳥飛嬸把一隻手放在曾祖母的手背上。外婆寄出那張照片時，也給鳥飛嬸寫了封簡短的信。鳥飛嬸也很快回了信。鳥飛嬸在信中說，用從禧寧帶回去的海帶煮的海帶湯美味極了，還很懷念在海邊玩皮球的日子。之後，她們又像從前一樣書信往來了一段時間。鳥飛嬸在信中描述自己的日常生活，像是印刷廠的同事結婚、去八公山郊遊、和房東烤馬鈴薯吃……鳥飛嬸的生活看起來一如從前。

喜子寫了很多信給外婆，比在大邱的時候還要頻繁。

喜子還給外婆寄了一張小小的高中畢業照片。照片中的喜子戴著度數很高的黑框眼鏡，臉上掛著淡淡的微笑。外婆把那張照片放在錢包裡，思念喜子的時候就拿出來看看。雖然外婆沒有照片可以寄給喜子，但她把自己經歷的事情全都對她說了。丈夫重婚的事，詛咒父親的事……哄睡孩子後，坐在餐桌前寫信的時候，反而讓外婆覺得格外輕鬆。她很慶幸可以寫出這些事，即使傾訴的對象是十多年沒有見過面的人。

外婆回家後，我一個人待在病房，拿出手機看了看曾祖母和鳥飛嬸的照片。有別於外婆的描述，雖然鳥飛嬸的嘴角和額頭上的皺紋很深，看上去卻一點也不顯老。我看著照片中鳥飛嬸的眼睛，她的目光如此閃爍，感覺那一刻比任何人都有活力。

媽媽說要來禧寧照顧我，但我阻止了她。我不希望她因為我受苦，也沒有信心可以跟她單獨待在這麼小的病房裡。我很害怕像上次一樣，互相刺激和傷害對方。我把自己的擔憂如實地告訴了媽媽。得知我出車禍的媽媽驚訝不已，數落了我幾句，丟下一句叫我自己看著辦後，掛掉了電話。但不到一個小時，媽媽又傳來訊息說，如果我覺得不便，她可以不來，但記得聯絡她。媽媽還說，爸爸去旅行了，沒告訴他我的事。

我把出車禍的消息告訴了志宇。我對媽媽輕描淡寫整個過程，卻如實、詳細地告訴了志宇。志宇嚇得一時說不出話來，然後怒罵了酒駕司機一頓。過了半天才平復下來的志宇補充道，幸好傷得不嚴重。雖然她努力克制自己的情緒，聲音卻在顫抖。隔天，志宇來了禧寧。如果是從前，我會說真不好意思麻煩妳遠道趕來，但現在的我只表達了感謝，還如實說出感受到的疼痛。我這樣做是希望志宇在遇到困難時，也能不逞強、不掩飾痛苦。

過了一段時間，我可以在無人攙扶下自己走路了，不過頸部還是很痛。大部分的時間，我都在睡覺。吃過早餐後睡，午餐過後也睡，晚上睡得更沉。彷彿有人關掉我背後的電源開關一樣，總是不知不覺地昏睡過去。

就這樣，睡了很多天之後，再次醒來時，我覺得頭腦比任何時候都要清醒。我透過病房的窗戶望著徐徐升起的太陽，回想起那天發生的事情。我知道那天姊姊對我說的話不是幻想，也不是夢，並且決心一輩子都不會把這件事告訴任何人。我知道，那是我等待已久的瞬間，而且未來不會再迎來那樣的瞬間了。

這樣就足夠了。我已經別無他求了。

●

住院最後一天，外婆說要陪我過夜。深夜，外婆睡在陪護床上的時候，我收到媽媽傳來的簡訊。她說準備明天一早搭首班車來幫我辦理出院手續，她不顧我的阻止堅持要來。無奈之下，我只好同意了。

隔天一早，我把媽媽要來的消息告訴了外婆。外婆說，那她先回去，接著便拿起包走了。我站在窗口看著外婆走出醫院大門，就在這時，一輛計程車停在外婆面前。身穿奶白色開衫和長裙的媽媽下了車，外婆看到媽媽，愣在了原地，媽媽看到外婆也停下腳步。兩個人站在那裡四目相對片刻後，邁開步子朝對方走去。媽媽跟外婆說了什麼，聽到外婆的話還點了點頭。

外婆轉頭指了一下我所在的病房，可能是窗戶反光，她們都沒看到站在窗邊的我。兩個人又交談起來，雖然離得很遠，但我可以看出媽媽的表情很溫和。我看不到外婆的表情，但感覺交談的氣氛似乎不錯。外婆和媽媽的關係究竟是如何？如果她們板著臉，爭執不下的話，倒也可以理解。但這麼多年，幾乎不聯絡的兩個人，見面後卻能正常交流，這就讓我無法理解了。

看著她們，我心想媽媽和外婆可能會一起來病房吧。但她們就只是保持一定的距離聊了一會就分別了。外婆向媽媽揮了揮手，媽媽點頭跟外婆打了聲招呼，然後頭也沒回地朝醫院大廳走了過來。

「妳這臉是怎麼回事……」

媽媽看到正在整理行李的我，驚訝地問道。雖然已經消腫很多，但額頭和眼眶還是青一塊紫一塊，而且左眼依然睜不開。

「妳騙我？妳不是說只是輕微的追尾事故嗎？根本不是啊！」

「我就是怕妳這樣才沒說。妳不用擔心啦，都處理好了。」

我話音剛落，媽媽就癱坐在陪護床上。

「妳真的沒事嗎？撞得到底多嚴重啊？」

「都一個星期了，也拍了電腦斷層攝影，一切都正常啦。」

媽媽一臉就要哭出來的表情，抬頭愣愣地看著我。

「再來醫院治療幾次就沒事了。」

我向媽媽大致說明了事故的原委，她愣坐在床上好一陣子。

「妳怎麼……怎麼會遇上這種事呢？」

媽媽有氣無力地問道。語氣就像我知道那個問題的答案一樣。

辦理完出院手續後，我們來到海堤附近的餐廳吃午餐。吃飯的時候，媽媽也是一臉失魂落魄的表情。吃完飯，我們在餐廳的停車場望著眼前的海堤和盡頭的燈塔喝了即溶咖啡。我拿出手機打算叫計程車時，媽媽指著燈塔說：

「我們飯後消化一下，走到燈塔再走回來，怎麼樣？」

我搖了搖頭。

「妳躺了那麼久，走一走，運動一下。走吧，也不遠，很快就回來的。」

「我們又不是來觀光的。」

我又滑起手機。

「滿足我一個心願就這麼難啊？」

媽媽突然提高嗓音，身處停車場的人都看向我們。媽媽拿著紙杯的手在抖，她把剩有咖啡的紙杯丟進垃圾桶，抱頭蹲在地上。媽媽的長裙落在停車場地上的水坑裡，裙襬被污水浸溼了。

「大嬸，妳擋住路了，請讓開。」

聽到一個中年男子的話，我扶起媽媽走到停車場的花壇旁。媽媽坐在花壇上，雙手捂著臉哭了半晌。媽媽不是衝動的人，這是我第一次看到媽媽哭得這麼傷心，而且還是當著這麼多人的面。我遞上紙巾，等待哭聲停止。

「我們去燈塔好了。妳說得對，消化一下，也順便運動。」

「算了，我才不要強人所難呢。」

「好了啦，走吧。」

媽媽稍稍倚著我，緩緩地邁開步子，接著便快步領先我走在前面。媽媽雙手抱胸，走在前方，一頭短髮隨著海風飄動著。

走上通往燈塔的路，猛烈的海浪擊打著海堤，浪花濺了我們一身。媽媽快步走到盡頭，背靠在燈塔上。

「需要拍照嗎？」

聽我這麼一問，媽媽露出無言的笑容，搖了搖頭。像是蟑螂的蟲子在媽媽腳邊爬來爬去，我覺得噁心，站得離那些蟲子遠遠地。但媽媽卻蹲下來觀察起牠們，臉上還露出淡淡的笑容。媽媽觀察了半天，朝我走來。

「這是海蟑螂。」

媽媽的表情很調皮。

「海蟑螂？」

「妳小時候也怕這種蟲子。」

「那麼噁心，誰不怕。」

「我喜歡。」

媽媽用一臉嚴肅的表情說道：

「海蟑螂住在海邊的石縫和海堤上，清掃著海邊。」

媽媽就像介紹朋友似地接著說：

「小時候，我一個人坐在海邊，看著這些勤勞的海蟑螂，覺得它們好親切，然後在心裡說，海蟑螂啊，你們又沒做什麼壞事，但大家都覺得你們噁心、可怕。」

媽媽用哭得發紅的眼睛看著我。她的眼窩感覺比之前更凹陷了，沒化妝的臉上布滿痣和斑，頭頂的頭髮也變得稀疏。一陣海風吹來，吹亂了媽媽的短髮。

我們背風走到燈塔，然後迎風走了回去。

坐在回家的計程車裡，媽媽把頭靠在車窗上，就像在專注思考著什麼似的。細雨打在媽媽頭靠著的車窗上，強風把路邊的垃圾吹到半空中，一個黑色的塑膠袋飛得最高。

那天，我很早就上床了。拉下遮光窗簾靜靜地躺在床上，可以聽到媽媽的呼吸聲。媽媽也和我一樣沒有馬上入睡，她開口問我：

「睡不著嗎？」

「需要點時間。」

「小時候，妳躺下就能睡著的。」

「其實很多時候都是在裝睡啦。」

「是喔？」

我很喜歡媽媽注視著我，說著：「知妍睡了吧？睡著了。」雖然看不到她注視我的溫柔眼神，但我可以感受得到。

「我在墨西哥經常會夢到妳。」

「真的？」

「嗯。」

「媽媽也會出現在夢裡。」

「外婆嗎？」

「嗯。」

媽媽應了一聲後，便沒再說什麼了。我猶豫了一下，開口說道：

「外婆還給我講了外公的事，她可能不知道妳沒告訴我。」

過了半晌，媽媽才開口說：

「妳也有權利知道那些事，那也是跟妳有關的事。」

媽媽跟我說，外公在她出生後就過世了。這種說法也不算說謊，因為對媽媽而言，外公就等於是不存在的人。扮演父母角色的人，就只有外婆一個人而已。

媽媽常說，平凡地活著就是最好的人生，很欣慰與爸爸的婚姻讓她也擁有了一個平凡的家庭。我之前很難理解經常把這句話掛在嘴邊的媽媽。我在腦海中畫了一個圓圈，然後在裡面寫下平凡兩個字。與他人相同的人生，不出眾顯眼的人生，不會成為話題，也不會被評判或定罪，更不會遭到排擠的人生。我聽著媽媽入睡後的鼾聲，不禁覺得無論那個圓圈多狹窄、多痛苦，她也堅信不能離開那個圓圈。

13

出院後，往返門診接受幾次治療期間，秋天來了。參加表妹惠珍的婚禮時，天氣已經很冷。婚禮前一天，媽媽打來電話說，如果不想見親戚們可以不來。她還補充一句：「大家還不知道妳的事。」

「還不知道」這句話有語病。一年的時間不算短，而且期間過節和祭祀的時候大家都會聚在一起，所以有很多機會告訴親戚我的事。與其說「還不知道」，不如說爸媽打算「永遠」不告訴親戚。他們覺得告訴親戚我離婚的事很羞恥，似乎也不想對我隱瞞他們的這種想法。我覺得，既然他們不想告訴大家，那就只好當事人親自出面了。

婚禮舉辦在可以將忠州湖盡收眼底的豪華度假村裡，除了有很多獨棟的別墅以外，還附有一個游泳池。新郎家租下整個度假村兩天一夜，第一天辦婚宴，隔天再舉行婚禮。

惠珍是小叔父的小女兒，大學畢業後直接進銀行工作，在那裡遇到了新郎。喜帖上，戴著新娘皇冠的惠珍身穿美人魚款式的華麗婚紗，笑得甜美極了。

惠珍一家人總是笑容滿面。嬸嬸會讓念小學的惠珍坐在自己的膝蓋上，不停親吻女兒的畫面讓我記憶猶新。我還記得，我們受邀去小叔父家作客的時候，爸媽看到小叔父圍著圍裙準備晚餐，不知所措得漲紅了臉。惠珍還會纏著小叔父，就像朋友一樣毫無顧忌地分享自己的日常。每次跟惠珍一家人見面後，我都會期待如果有人能抱抱我，哪怕只有十秒鐘，該有多好。我從還不知道孤獨一詞的時候，就開始期待這些事了。

婚宴舉辦在渡假村的大院子裡，新郎新娘坐在背對忠州湖的長桌，賓客們則圍坐在圓桌前享受著美食和香檳。主持人把麥克風逐一交給在座的賓客，邀請大家致以賀詞，或唱一首歌祝福新人。我和爸媽坐一桌，觀看著眼前的場景。

天色漸暗，院子裡如同乒乓球大小的燈亮了。剛剛趕來的大叔父朝我們這桌走了過來，他臉上掛著尷尬的笑容，似乎很不習慣這種氣氛。只要是爸爸和大叔父碰面的場合，我就會很緊張。他們就像一刻也無法容忍對方一樣，哪怕有孩子在場，他們也會提高嗓門爭吵不休。爸爸認為兩個弟弟之所以能大學畢業，都是因為自己放棄念大學所做出的犧牲。這是事實。但問題是，有別於會把感謝的話掛在嘴邊的小叔父，大叔父對此事隻字不提。不僅如此，他反倒覺得奶奶偏愛長子而忽略了自己，所以凡事都對爸爸充滿了敵對情緒。好幾次，大叔父把對於爸爸的反感發洩在我身上，但爸爸選擇視而不見，媽媽也同樣袖手旁觀。

「知妍，好久不見。怎麼不見妳老公啊？」

大叔父問道。

「我應該提早跟您說的，我離婚了，已經一年了。」

「吉美善，知妍說什麼呢？離婚？都一年了，妳怎麼沒告訴我們呢？」

大叔父放聲大笑起來。媽媽沒作聲，盯著盤子裡的食物，咬住嘴唇。

「是我說要親自告訴您的。離婚可不是一件簡單的事，有好多事要處理的，前前後後忙了一年。」

我把香檳倒入杯中，接著說道：

「喔，對了。您應該稱呼我媽大嫂，直呼姓名多沒禮貌啊。」

大叔父的表情扭曲了。爸爸的雙拳砸在桌子上，筷子和叉子掉落在地。

「妳還有臉說？我和妳媽的臉都讓妳給丟盡了。心裡舒坦了？媽的，離婚是值得炫耀的事嗎？妳算老幾啊，竟然敢對長輩說教？」

爸爸的聲音摻雜著醉意，周圍的人都來勸阻爸爸。爸爸垂下了頭。大叔父輪流看了看我和爸爸，揚起了嘴角。我一直都不能理解像他這種人竟然能在大學教文學。面對他人的痛苦，他感同身受過嗎？

房間沒有開燈，我坐在床邊望著窗外。我沒有脫皮鞋，也沒有換衣服。婚宴結束後，院子裡燈都熄滅了。窗外一片漆黑，只有湖邊的建築亮著微弱的光。出於緊張，我喝了很多香檳，現在口乾舌燥，頭痛得厲害。一個人坐在昏暗的房間裡，感覺比剛才更醉了。

雖然實現了當著父母的面告知親戚離婚的目的，卻沒有想像中那麼痛快，也不覺得滿足。我只是想讓大家知道我沒做什麼丟人現眼的事而已，但這一舉動反而讓我再次確認了一件事：父母認為我的離婚讓他們感到無地自容。我不是沒有料想到這種結果，但在親眼看到他們的反應以後，不禁感受到心如刀絞般的疼痛。

適應房間的昏暗後，我環視了四周一圈，看到了椅子、冰箱、玻璃杯和拖鞋。雖然心裡反覆想著要開燈去洗澡，身體卻動彈不得。

這時敲門聲傳來。

我假裝房間裡沒人。我心想，沒開燈，只要不出聲，外面的人就不會再敲門了。

敲門聲又傳來了。

「知妍，是我，快開門。」

我側身躺在床上。

「我知道妳在裡面。不會佔用妳太長時間的，快開門。」

接著是門鈴聲。我不得不坐起來。我了解媽媽固執的脾氣，知道她會一直按門鈴，直到我開門為止。門一開，媽媽對我看都沒看一眼，直接走進房間。她穿著剛才那套衣服和皮鞋，走到窗邊坐在搖椅上。

「我去趟廁所，回來妳就不見了。我等妳好久，沒想到妳連聲招呼也不打就回房間了。」

這句婉轉的話的意思是「妳連聲招呼也不打就走了，讓我很生氣」。我躺在床上，望著天花板。

「妳就是為了這樣才來的？我不是說不來也可以嘛！」

「妳是不想讓我來吧。因為妳自己心裡不舒服。」

「我不是這個意思。我是說妳今天的態度。」

媽媽就像怕被人聽到一樣，壓低聲音說道。

「我的態度有什麼問題嗎？」

我追問似地脫口而出，隨即心跳開始加快。我做好了戰鬥的準備，也知道我不能輸。

「妳就非得那麼跟叔叔講話嗎？不管他叫我名字，還是叫我大嫂，輪得到妳指手畫腳嗎？既然說離婚了，那就虛心聽聽長輩怎麼說，還敢在長輩面前抬頭挺胸。」

「抬頭挺胸怎麼了？媽，我又沒做錯事，為什麼要低頭呢？」

媽媽脫下夾克放在桌子上，隨手打開窗戶，一股冷風竄進屋裡。

「妳以前不是這樣的，妳在長輩面前言行舉止很有禮貌的。」

「禮貌？哈，聽到那種話一聲不吭坐著就是有禮貌了？爸爸的家人才沒禮貌吧。媽，妳醒醒吧。他不叫妳大嫂怎麼了？妳明知故問是吧？至今為止，他是怎麼對妳的，妳就一點也不生氣嗎？」

「妳不要口無遮攔。」

「這句話不應該對我說，應該對妳婆婆和那些婆家的人說。」

黑暗中，我看到媽媽苦笑了一下。

「去了禧寧之後，妳就像變了一個人似的。真不知道我媽跟妳說了什麼，搞得妳對我就跟對待仇人一樣。」

「這件事跟外婆無關。」

我感到頭痛欲裂，每講一句話，腦袋都在嗡嗡作響。

「知妍啊，活著不能什麼事都去對抗，能迴避就迴避，這才是智慧。」

「媽，我就是因為什麼事都迴避，才會變成今天這個樣子。我連自己是什麼感受都搞不清楚了。淚止不住地流，心裡空蕩蕩的，麻木得都沒有感覺了。」

「真不知道妳在說什麼。我教妳迴避，是讓妳知道如何保護自己。」

「那個人動手打我，我老實挨打，這就是保護自己？」

「妳對抗，就只會挨第二、第三下打。反正也贏不了，還不如挨一下就過去了。」

「妳怎麼知道我不會贏？」

媽媽無言以對了。

「妳要聽話、講話要有禮貌、不要哭、不要回答、不要生氣、不要吵架，這些話聽得我耳朵都長繭了，結果我現在連生氣、難過都覺得是自己的錯。無法發洩的情緒就像垃圾一樣堆積在心裡，越堆越多，到最後我的心就成垃圾桶。裡面堆滿了又髒又臭、無處可清的垃圾。我不想再這樣活下去了……我也是人，我也有感情。」

眼淚滑過太陽穴，流進耳朵裡。我無聲地流著眼淚。我期待媽媽能說一句安慰我的話，哪怕只是一句「是喔，原來是這樣，媽媽的心也很痛……」也好。

「妳喝醉了。早點休息吧，明天見。」

我聽到媽媽穿回夾克的聲音。顯然她一分一秒也不想陪伴痛苦、難過的我。一股熟悉的憤怒油然而生。我坐起身，看著媽媽，在心裡挑選著最傷人的話。

「我討厭妳來禧寧，煩死了。」

我在說謊。

「那妳不早說。」

心中的惡魔慫恿著我。

「我不說，是覺得妳很可憐。」

我用適應了昏暗的眼睛看見媽媽即將崩潰的表情。

「妳不是問我為什麼去禧寧嗎？妳想聽實話嗎？就是因為知道禧寧是妳絕對不會去的地方。」

媽媽用手搓了一下臉，看著我說：

「妳到底想我怎樣？」

「妳還不如哭天喊地，把情緒發洩出來呢。想說什麼，妳就直說，我受夠了妳拐彎抹角地攻擊我。」

「真不知道妳在說什麼。」

「不，只有妳知道我在說什麼。」

媽媽起身，俯視著我，說：

「就這樣活著也沒有問題啊！」

媽媽面帶倦色的說完這句話，朝房門走去。我知道此刻說什麼可以讓她停下腳步。

「妳知道嗎？是妳讓姊姊變成了這世上從不存在的人。」

媽媽停下了步伐，站在原地。

「妳對姊姊隻字不提，連她的名字也不敢提，就像她從沒來過這個世界一樣……妳怎麼可以這樣？」

媽媽握著門把，蹲在地上哭了。我陶醉在自己的殘忍之中，毫不憐憫地注視著媽媽。禁忌的話破口而出，我因此感到自由了嗎？我在享受復仇的一擊嗎？但這只是一瞬間而已。等我清醒過來，立刻擔心起要如何求得媽媽的原諒。我無法靠近媽媽，只能遠遠地看著她。媽媽哭了一會，然後擦乾眼淚走出了房間。房門就此關上。

●

我念國小那年，媽媽找到一份在114查號臺的工作。放學回到家，家裡一個人也沒有，我一邊等媽媽，一邊玩遍所有可以一個人玩的遊戲。寂寞難耐的我拿起電話撥打了114。

「這裡是114查號臺。請問您要查詢哪裡的電話？」

我仔細聆聽接話員的聲音心想，一直撥電話的話，一定可以聽到媽媽的聲音。

「請問您要查詢哪裡的電話？」

「金東房屋仲介。」

我隨口說了一個地方，然後仔細聆話筒另一頭的聲音。只有在一個人難以忍受的時候，我才會撥打114。也許可以聽到媽媽的聲音吧？哪怕時間很短，但我真的好想聽到她的聲音。我想像著和我處境相同的孩子也在撥打114，他們也會和我一樣，最後失望落空。想像的時候，我才覺得不再是孤單的一個人了。

「這裡是114查號臺。請問您要查詢哪裡的電話？」

媽，是我，知妍！

在我幼小的身體裡，孤獨就像電流一樣流淌著，所以無論誰接觸我，都會變得和我一樣孤獨。也許正是出於這種原因，媽媽不再擁抱、碰觸我，甚至開始迴避我。只有這樣去想，我才不會那麼難過。

小時候的我只能像小狗一樣徘徊在媽媽身邊。媽媽坐在沙發上打瞌睡的時候，我會小心翼翼地走到她身邊，聞一聞她帶有溫度的味道。即使媽媽近在咫尺，但思念的眼淚還是會在眼眶裡打轉。只有在幫我編辮子的時候，媽媽才會碰觸我，所以我每天都會早早起床，拿著梳子等待。媽媽不知道，我一直都在焦急地等待著她。

至今，我還是忘不了那些往事。

隔天上午舉行了婚禮。媽媽身穿我結婚時穿的那套韓服，和我坐在同一張圓桌。媽媽就像昨天什麼事也沒發生一樣，對我說著「小型婚禮也不錯」、「幸好今天天氣好」之類的話，我隨聲附和道「是啊」、「天氣真好」。媽媽又開始裝傻了，一言一行又像什麼事也沒發生過一樣。有時，我會覺得媽媽可能患有選擇性失憶，她會忘記不順心的事，甚至堅信從沒發生過那些事，而我則會配合她的選擇，總是以這種方式掩蓋所有的事。

婚禮結束後，媽媽跟著我來到停車場。

「妳要是再像昨天那樣跟我講話，我也不會忍耐的。」

媽媽氣得渾身直抖。面對媽媽陌生的樣子，我心軟了。但我還是說了相反的話：

「就算妳裝傻，也不表示那件事沒有發生過。況且，我也有話語權。」

我不敢大聲，所以小聲嘀咕道。

「都是過去的事了。就算妳說出來，妳姊也不會起死回生。」

媽媽避開我的視線說道。

「媽。」

我邁步朝媽媽走去，但她往後退了一步。

「妳說叔叔無視我？但最看不起我的人不是別人，而是妳。妳總是否定我的人生。」

媽媽近似叫喊般地說道。停車場對面的人看著我們，竊竊私語起來。媽媽整理了一下頭髮，然後大步離開停車場。深藍色的韓服裙子被風吹得翻起，露出底下白色的襯裙。我靜靜地望著她遠去的背影，直到徹底消失不見。

媽媽曾說，那些在公共場所對丈夫或孩子大呼小叫的女人、在公車上抹眼淚的女人、在路上打電話發洩情緒的女人都很不知羞恥。她還說，那種野蠻、低俗的舉止只會拉低自己的身價。但說出這種話的媽媽卻在我面前展示了自己一生都在鄙視的樣子。先拋開那些插進我心裡的話不說，看到「不知羞恥」地發洩情緒的媽媽，我竟然感受到了某種快感。

婚禮之後，媽媽再沒聯絡過我。我時不時會想起那天對媽媽說的話，還有在那個昏暗的房間裡隱隱作痛的舊傷。那時，我以為自己是為了惡意中傷媽媽，因而說了無心之語。但事後回想起來，那些惡意中傷她的話，並不都是單純的謊言。因為我來禧寧，的確是希望遠離辦完離婚手續後傷害我的媽媽。我說媽媽讓姊姊成了這世上從不存在的人，也是我沒有意識到的潛意識中的一部分。

媽媽說我無視她。雖然這種說法讓我覺得很莫名其妙，但仔細一想，我對待媽媽的態度的確包含了一種無視。也許是我下意識認為，這是攻擊她最有效的方法吧？因為只有這樣，她才會稍稍在乎我？只有這樣，才能讓無動於衷的她直視我的渴求、眼淚、哀求和埋怨，並做出反應。我想傳訊息給她，但寫寫刪刪了好幾次，最終還是沒有主動聯絡她。我不知道該怎麼道歉，也無法擺脫即使我道歉，她也不肯原諒我的恐懼。

●

除了丟回收垃圾時碰到外婆以外，很長一段時間我都沒見到她了。我的工作很忙，外婆也忙著去果園和農場打工。看著外婆一大早搭廂型車去工作，很晚才回來，不禁讓人想勸她不要那麼辛苦，還是留在家裡休息吧。那天遇到外婆時，曬得黝黑的她強調說，等到了冬天就有很多時間可以休息，所以現在要多接一些工作。外婆還很驕傲地說，雖然沒有七十出頭的老人那麼年輕了，但自己有竅門可以接到果園和農場的工作。看著開朗的外婆，我在想她有沒有買保險，銀行裡有多少存款。眼看外婆就要八旬了，也很擔心農場和果園的工作會不會太辛苦了。

就這樣，進入了深秋。通勤路上，白天也短了，時而颳起令人瑟瑟發抖的冷風。也就是在那時，我看到大田研究所招人的公告。那是我夢寐已久的研究所。為了準備資料，我忙得不可開交。交出資料後，我這才有時間去見外婆。

我從冰箱裡取出保存已久、早已熟透的桃子，仔細清洗乾淨，然後用熱水消毒玻璃瓶。桃子和白糖倒入鍋中，小火加熱，慢慢攪拌了很長時間，製成桃子果醬。我把從麵包店買來的吐司和奶油裝入紙袋，沖好咖啡倒入保溫瓶，然後去了外婆家。我很想為住院期間對我照顧有加的外婆做些什麼。

臨近出院時，我把裝有現金的信封交給了外婆。看到我遞出的信封，外婆先是露出難過的神情，但下一秒又變回開朗的表情。外婆強顏歡笑，要我收回信封，還說自己有很多錢。如果外婆沒有勉強微笑，而是難過地說出這番話，也許我就不會這麼難受了。顯然我的舉動傷害了外婆，但她不敢表露，甚至還隱藏起來。那年冬天，我一直回想著外婆看到信封時悲傷的表情，以及立刻裝作若無其事，再次擠出的笑容。

「這是用您給我的桃子做的。」

我把奶油和桃子果醬依序塗抹在吐司上，遞給外婆，然後把保溫瓶中的咖啡倒入馬克杯中。外婆吃了口吐司，又喝了一口咖啡。

「妳脖子都還沒痊癒，就站那麼久做果醬？」

「現在已經不痛了。做果醬也很有意思。」

「搭配黑咖啡味道真不錯。之前不懂大家為什麼喝不加糖的咖啡，但搭配甜食很不錯喔。愣著幹嘛？妳也吃啊。」

我也吃了一口吐司。下午一點，這是今天吃的第一餐。喝著熱咖啡，覺得身子也暖和了。

「我記得十歲來禧寧的時候，您給我吃了桃子罐頭。把罐頭倒在碗裡，還加了冰塊。不是很甜，但又軟又好吃。」

外婆話到嘴邊，喝了一口咖啡，然後看著我說：

「為了保存，我才把桃子做成了罐頭。妳們來的時候，也好拿出來吃。」

「媽媽特別喜歡吃桃子。聽說懷我的時候吃了很多。」

「美善懷妳的時候，來禧寧住了一段時間，貞妍也跟來了，我們常坐在一起吃桃子。」

這還是外婆第一次提到姊姊的名字。之前外婆提起她，只會說「妳姊姊」。我已經好久沒有聽到有人提起「貞妍」這個名字了。越過陽臺，我看見一片大海，在陽光的照耀下，海面就像白色的玻璃紙一樣閃閃發光。

●

一九六三年一月，喜子從大邱發來一份電報。

外婆堅持她也要去大邱，但曾祖母阻止了她。雖然曾祖母勸她揹著孩子搭車不方便，而且還要換乘，再說製作團服的訂單也得按時交工，外婆還是像孩子一樣不肯罷休。

—我都說鳥飛孀看起來不舒服了，但妳不當真，還說鳥飛孀沒事。妳為什麼總是這樣？為什麼聽不進我的話呢？

正在收拾行李的曾祖母板著臉看向外婆。

—妳以為我真不知道？妳鳥飛孀寧可去死，也不想別人擔心和同情她。她就是那性格，我能奈她如何……她要我裝傻的話，再難我也會照做的。

曾祖母抬起手背擦去眼淚，繼續收拾起行李。

沒錯，媽媽不可能不知道。我都能看得出來，更何況是媽媽。外婆邊如此想邊呆呆地望著拿起行李起身的曾祖母。

—外婆，去哪？

睡醒的媽媽趴在床上，望著曾祖母問道。

—去見朋友。

—會在那裡過夜嗎？

—嗯。

—睡一晚就回來？

—睡十晚就回來。

媽媽一聽，開始哭哭啼啼。曾祖母卻頭也不回地走出家門。

烏飛嬸的意識模糊了。曾祖母說話時，躺在床上的烏飛嬸只能用眼神做出反應。

烏飛嬸的視線經過曾祖母的身體，進入她的內心，最終抵達了所謂靈魂的地方。在那裡，年僅五歲的曾祖母抱著被太陽曬得暖暖的石頭，正呼喚著朋友的名字。曾祖母迫切地需要一絲溫暖，但人太可怕了，她只能蹲在院子的角落看著自己的影子。

那時，曾祖母還不知道自己在呼喚著誰，但她在烏飛嬸的眼中找到了答案。妳想聽我的聲音，妳說我煮的飯好吃，妳會叫我三泉。烏飛，妳會叫我三泉。

—烏飛啊。

烏飛嬸眨了一下眼。

—是我，三泉。

烏飛嬸的臉上閃現一抹微笑。沒過多久，烏飛嬸便闔上了雙眼。

喜子的房間是一位名叫慶順的女人住著，她是烏飛嬸印刷廠的同事。慶順見烏飛嬸臥床不起，請來醫生後，又給喜子打了一封電報。一頭短髮的慶順看起來只有二十幾歲，身穿燈芯絨褲子和手織的黑色毛衣。她正蹲在院子裡抽著菸。

—醫生也不知道是什麼病，能有什麼辦法？不知道是不是跟太早停經有關係。我記得喜子媽說，她三十幾歲的時候就沒月經了。那可不是小事啊！

慶順仰頭看著曾祖母。曾祖母從未聽鳥飛孀提過這件事。

—她從什麼時候開始臥床不起……

—給喜子打電報那會，她還能自己去上廁所呢。喜子趕回來後，她就倒下了……她堅持不讓我叫喜子回來，但看到女兒又開心得不得了。我能理解她是不想讓女兒看到自己生病的樣子，但也不能往孩子心上釘釘子啊……

—喜子人呢？

—去市場買吃的了。

兩個人凍得蜷縮著身子，各自望著不同的方向。

—啊，忘了介紹，我是英玉的媽媽。

—我知道。喜子媽經常提起妳。

慶順用充血的眼睛望著曾祖母。稍後，大門開了，喜子走進院子。喜子的臉蛋凍紅了，雙眼腫得厲害。

—三泉孀，好久不見。

喜子的嗓子也哭啞了。

—喜子啊。

—遠道趕來，辛苦您了。別站在外面，趕快進屋暖暖身子吧。

—嗯，好。

喜子、曾祖母和慶順走進屋，蓋著毯子，望著鳥飛嬸。

—我媽已經兩天沒吃東西了。

喜子說道。雖然燒著炕，但還是可以感受到透過泥牆縫隙鑽進來的寒風，把鼻頭凍得涼涼的。

—妳們怎麼可以這樣呢？我媽和嬸嬸，還有慶順姊，妳們也太過分了。如果妳們有一個人告訴我實情，我就可以提早趕回來，還能跟媽媽說幾句話。

—小聲點，別吵到妳媽。

慶順提醒喜子說道。

—我是故意說給我媽聽的。她怎麼可以這麼對我？她從小教育我做人要誠實，不能說謊騙人，可她竟然欺騙我。早知道這樣，我就不去首爾念書了。為了一個人過好日子進京念書有什麼用？她丟下我一個人，這讓我以後怎麼活啊？

—喜子，喜子啊。

曾祖母撫摸著喜子的頭。

——我怎麼辦……

——喜子，妳媽都聽見了。

慶順壓低聲音，安慰著喜子。

——鳥飛會理解妳的。喜子啊，想跟妳媽說什麼就說吧。鳥飛肯定也不希望妳把那些話憋在心裡，想說什麼就說吧。

曾祖母說道。

——媽，妳就為了這樣，牽著我的手離開鳥飛，一路逃難來到這裡嗎？妳一個人吃盡苦頭非要送我去首爾，現在心裡舒坦了？媽，妳怎麼可以這樣？妳以為妳忍著、瞞著，我就會覺得妳很偉大了嗎？媽，我可不那麼想。

發洩完的喜子垂下了頭。喜子說得沒錯，如果鳥飛走了，她就成了孤兒。無言以對的曾祖母把視線投在對面的牆上，眼淚沿著雙頰流下。

曾祖母、喜子和慶順決定輪流守夜。兩個人到小屋睡覺的時候，一個人留下來照顧鳥飛孀。慶順去上班的時候，曾祖母和喜子輪流陪伴在鳥飛孀的身邊。鳥飛孀的狀態越來越糟糕，不僅對聲音沒有反應，呼吸也越來越弱。

那是曾祖母抵達大邱三天後的凌晨。曾祖母面朝鳥飛孀躺了下來，兩個人的鼻子靠得很近。曾祖母緊緊地抱住鳥飛孀，彷彿透過薄薄的皮膚，可以摸到鳥飛孀近似分節凸起的脊椎骨。曾祖母把手指輕放在鳥飛嬸的臉上，感覺就像碰到了涼涼的綢緞。鳥飛嬸抬起下巴，微微張著嘴。曾祖母把手指放在鳥飛嬸的鼻子下，隨即感受到一股如同孩子呼吸般的微弱熱氣。曾祖母的耳邊迴響著鳥飛嬸躺在禧寧家裡說的那句話：「這樣就夠了……」

——嗯，鳥飛啊，我聽妳的，妳放心吧。

曾祖母看著鳥飛嬸的臉低低細語。

風吹得窗戶抖得直響。

——鳥飛啊……妳的朋友，三泉我為求保命，這輩子都在尋找活路。就像禽獸和靠泥土、灰塵維生的蟲子一樣，一輩子都在為自己找活路。為了活下去，我連自己的親生母親都拋棄了。

曾祖母欲言又止，傾聽著鳥飛嬸微弱的呼吸聲。

——拋棄母親去開城的時候……明知避難路上危險重重，但還是在寒冬臘月趕走了妳……我也是迫於無奈，我沒有辦法。我明知做人不能那樣，不應該那麼做。

小巷對面的人家傳來了男人們的歡聲笑語。

——鳥飛啊……我死後，怕是見不到妳了。不是說物以類聚嗎？可我們太不同了……我死後，見不到我媽，也見不到妳，因為我們去的世界是不同的。我肯定去不了妳在的地方。所以，這樣就夠了……夠了……

曾祖母用雙手撫摸著鳥飛嬸的臉。

—鳥飛啊，妳到了那個能吃飽穿暖的地方，不會再吃苦的，也不要擔心，去見妳思念的那些人吧。

片刻過後，鳥飛嬸的身體開始微微顫抖了起來，呼吸也變得急促。慶順因為夜班不在家，喜子睡在隔壁屋。曾祖母走到小屋叫醒了喜子。曾祖母和喜子眼睜睜地看著鳥飛嬸身體逐漸發生變化，胸廓和頸部的顫動漸漸消失了，微微張開的嘴巴最終送出最後一口氣。曾祖母和喜子抱著鳥飛嬸的身體，失聲痛哭了起來。時間是凌晨五點鐘。

第五部

14

地鐵正經過漢江。我聽著地鐵發出的震動聲，望著窗外。高高升起的太陽散發著耀眼的光芒，反射陽光的江面也閃閃發亮。一位身穿米黃色長袖T恤的女孩頭靠在我的肩膀上睡著了，她微微張著嘴巴，好像睡得很沉。

看著女孩，我想起了二十歲出頭，每天花三個小時搭地鐵往返上學的時候。那時的我總是很疲憊，坐在地鐵裡就會睡著。睡得很沉的時候，我會不知不覺地靠在旁邊的人身上。有的阿姨還會直接把肩膀借給我靠：「孩子，靠著我睡吧。」那時的我並沒有把她們的善意放在心上。

結婚以後，有一段時期通勤需要搭地鐵。在研究所度過一天，回家的時候，我就會想像地鐵不是開往家的方向，而是要去別的地方。回到那個充斥著毒氣的家中，我感覺漸漸失去了把剩餘的精力放在丈夫身上的能力。不知從何時開始，當要回家的時候，我就會很緊張。

那天，表情黯淡的我縮著肩膀，滑著手機新聞。一個二十幾歲的女孩打著瞌睡，把頭靠上了我的肩膀。莫名的怒火讓我忍無可忍，於是動了一下肩膀，讓她無處可倚。但稍後，女孩又傾向我這邊。我斜眼瞥了她。女孩的膝蓋上放著一個大書包，腳上踩著雙很舊的運動鞋，似乎從未洗過一樣。她的頭不停地抵在我身上，我一氣之下從座位上站了起來。

我以為是丈夫出軌和離婚的事讓我一蹶不振。但這兩件事真的就是全部嗎？他真的就像我相信的、我想相信的那樣，對我是一個有意義且重要的人嗎？在知道他出軌以前，我真的如同自己相信的那樣，沒有那麼難受和痛苦嗎？

藉由與他的婚姻，我試圖同時逃離自己存在的問題和自身擁有的可能性。我想遠離我的原生家庭、看似難以治癒的傷口、受傷的可能性，以及真正的愛。我不想體驗什麼所謂刻骨銘心的愛情。我阻斷了感情上的可能性，希望安全地生活在模稜兩可的關係中。還有比自欺欺人更容易的事情嗎？離婚後，我經歷的痛苦不只是因為丈夫的欺瞞，也是我自欺欺人的結果。我捫心自問，兩者中哪一種欺瞞更為痛苦？答案是後者。

在追求安定的時間裡，我停止成長。就像被捆綁住的樹木一樣，無法自由地伸展枝葉。我被徹底孤立了。即使聽到他的母親對我說：「聽妳講話就煩，誰會喜歡妳這種人」，他依舊面無表情地看著電視。你怎麼看不到我的痛苦呢？面對淚流滿面的我，他關上房門，然後播放音樂，做起了體操。他看上去就像一個對我毫無感情的人。正因為這樣，向他解釋我的感情成了毫無意義的事情。既然行不通，是不是應該就此結束？但我卻選擇再次逃避問題，假裝什麼事也沒發生過。我心灰意冷了。獨自在家的時候，即使哭了，但只要接起他的電話，也會裝作若無其事。當他問：「聲音怎麼回事？」我便謊稱：「嗯，剛睡醒。」

我在對誰說謊？

對我自己，對我的人生。但我不想承認，也不想知道，更不想感受。

黑暗就在那裡。

靠在我肩膀上的女孩表情安詳地睡著。那是一個陽光明媚的下午。我並不排斥壓在肩膀上的重量，也想起那些借肩膀給我的阿姨們。睡得這麼沉，是有多累啊？我希望女孩可以好好睡上一覺。有時，微不足道的善意可以讓人重拾生活的美好，無論是靠在他人肩膀上的人，還是借出肩膀的人。就像一縷陽光從雲縫之間照射下來一樣，那種美好照進了我的心裡，不禁讓我鬆了一口氣。

我正在前往國立中央圖書館的路上，打算去查找一九九二年KBS電視臺播放的紀錄片資料。外婆說，一九九二年秋天的時候，在紀錄片中看到了喜子，很好奇喜子現在是否還活著。之前一年才會夢到一次喜子，但最近經常會夢到她。外婆還說，如果喜子還活著，可能也在尋找自己。雖然外婆只是隨口一說，但我很想找到喜子，因為我始終放心不下送走烏飛嬸之後的她。

送走烏飛嬸後，喜子和曾祖母一起回了禧寧。喜子留著一頭燙有大捲的長髮、穿著黑色大衣。臉色蒼白的她看到外婆，勉強擠出了笑容。喜子在外婆家倒頭睡了好幾天。外婆把水壺和杯子放在床頭，但喜子一口水也沒喝。過了好幾天，喜子才走出房間，喝了外婆煮的綠豆粥。喜子邊喝粥邊說道。

—英玉姊，我現在沒有家了。

—別這麼想。我們不是一家人嘛。妳別說傻話，讓人傷心。

雖然嘴上這樣講，但外婆也不確定自己是否真的能成為喜子的家人。外婆和喜子已經十年未見，她很難想像喜子過著怎樣的生活。喜子也是如此。兩個人之間根本沒有現實的共同分母。雖然書信往來了很多年，但這與坐在一起、吃一鍋飯的感覺是不一樣的。儘管如此，外婆仍然覺得自己是喜子的家人，想休息的時候就來禧寧的話也不是客套。正因為這樣，喜子說無家可歸的時候，外婆才會覺得很心寒，就像冰塊扎進了心裡一樣。

對話過後的第二天，外婆正在清理掉在地上的線頭和碎布，喜子推開房門說。

—我想去看海。

外婆把媽媽交給曾祖母，陪喜子一起去了龜海灘。冬天凜冽的寒風吹得腦袋嗡嗡作痛，喜子癱坐在沙灘上，用戴著手套的手摸了摸沙子。外婆遠遠地站了一會，然後走到喜子身邊，跪在她身後，一把抱住了她。也許是因為除了風聲和海浪聲以外，沒有任何人，所以外婆才能做出這種舉動。外婆是一個不擅於用行動表達感情的人。

外婆一直記得，自從喜子學會走路以後，無論走到哪裡都會像影子一樣跟著自己。還有她生怕忘記，總是喋喋不休講述小時候記憶的樣子。除此之外，外婆也沒有忘記身穿露出小腿的短裙，在小巷裡跳繩的喜子。還有她因為近視嚴重，總是伸長脖子，瞇著眼睛的那張小臉。以及在客運站道別時，叮囑自己好好吃飯，來日再見時的樣子。外婆把臉埋進喜子的長髮中，就那樣抱著她跪了很久，直到海風吹得頭痛欲裂、凍僵了戴著手套的手。

因為在海邊待了很久，全身都凍僵了。外婆和喜子就像跳舞一樣，很不自然地走在沙灘上，她們看著彼此滑稽可笑的動作，噗哧笑了出來。

走回家的路上，外婆給喜子講了那次鳥飛嬸在海邊玩耍，弄溼裙子的事。外婆還說，當時的鳥飛嬸看起來比任何人都要健康。

—我們在沙灘上玩丟球。

—什麼球？

喜子走近外婆，問道。

——拳頭這麼大的皮球。鳥飛嬸從大邱帶來的，給美善玩的皮球。

——妳們還做什麼了？

外婆一邊仔細回想，一邊把鳥飛嬸從抵達禧寧到離開期間發生的事都告訴了喜子。

——她沒有提到我嗎……

喜子的嘴唇微微顫抖著問道。

——鳥飛嬸說，她有時會夢到妳變成一隻鳥，一隻很漂亮的鳥，棲息在高高的枝頭上。她激動地對鳥說「小鳥，下來一下吧」，但那隻鳥卻越飛越高、越飛越遠了。雖然有些悲傷，但也很高興，高興得直掉眼淚。

——她怎麼知道那隻鳥就是我……

喜子用嘶啞的聲音問道。

——無論妳變成小鳥，還是田鼠，就算變成柿子樹，鳥飛嬸也能一眼認出妳來，不是嗎？

——嗯，肯定能認出來。

喜子摘下眼鏡，捂著臉哭了。

一個星期後，喜子回了首爾，之後她比任何時候都更勤快地寫信給外婆。到了暑假，喜子帶著行李來到禧寧，一邊給村裡的孩子做家教，一邊幫外婆照顧媽媽。有時，也會和外婆帶著漏氣的皮球去海邊玩。很多時候會一直玩到日落才回家。之後，喜子也經常來禧寧。

外婆很開心喜子的到來，但心裡還是有種不舒服的感覺。因為即使只有喜子和外婆兩個人，喜子也不講方言。外婆也不清楚，為什麼自己會因為這麼一點小事而傷心。有一天，喜子隨口說了一句：「真不知道念大學有什麼用。」這句話深深地刺痛了外婆的心。難道喜子不知道自己享有的特權嗎？到處都是挨餓受凍的人，她卻生在福中不知福。當時，光是填飽一家三口的肚子就已經快讓外婆吃不消了。外婆不想傷害無依無靠的喜子，但還是難以控制自己的表情。

當喜子說要毀婚去德國留學的時候，外婆沒好氣地說：「妳一個女孩子，都不怕嗎？妳一個人在外面怎麼苦撐？」外婆是出於擔心才這麼說的，喜子卻對不支持自己的外婆發了火，而外婆也沒有做出讓步。最後，直到喜子遠赴德國，兩個人也沒有修復好彼此之間的裂痕。

從一九八八年夏天到一九九三年夏天，電視臺播放了名為「為國爭光的海外同胞」系列紀錄片。「密碼學專家金喜子博士」一集播放於一九九二年九月二十八日。

喜子戴著圓圓的黑框眼鏡，留著一頭齊肩直髮，她把薰衣草色的襯衫紮在棕色的寬鬆褲子裡，腳上踩著一雙牛津鞋。紀錄片的第一個場景是她坐在咖啡廳裡，拿著筆在本子上寫著什麼，畫面下方打出了「密碼學專家金喜子博士（50）」的字幕。在接下來的場景中，她坐在一個黑色閃光的大機器前，正與三、四名同事用德語交談，其中棕色頭髮的男人說道：

「她在為多家企業提供特殊保安系統上做出了重大貢獻，她用獨創的方式創建了管控獲取訊息的系統。」

旁白講述了她在德國取得的成就，不僅提到她公費到德國留學後取得了數學碩士和博士學位，還描寫了身為密碼學專家的她往返於美國和德國的生活，中間還穿插了幾段同事對她的高度評價。鏡頭轉換到她工作的畫面時，背景變成了她的家。小公寓裡沒有什麼特別的傢俱，牆上也沒有掛任何相框。

「知名學者的家看起來非常樸素，只有一個小廚房、客廳和一個房間。竟然連書房也沒有。」

特寫鏡頭。喜子坐在芥末色的沙發上，手裡端著茶杯，開口說道：

「習慣了居無定所，所以不怎麼買東西，管理也很麻煩。我都坐在餐桌前工作，這是從學生時代養成的習慣。」

喜子說話的時候，鏡頭拉遠拍攝她的周圍：她坐著的沙發，一旁的檯燈和床頭櫃。床頭櫃上擺著一個小相框。我按下暫停鍵，仔細看了看相框中的照片，那是曾祖母和鳥飛嬸在禧寧照相館一起拍的照片。同樣的相片，外婆也有一張。

我再次按下播放鍵。當問及故鄉和童年時，鏡頭再次向她拉近。

「我在一九四二年生於開城。韓戰時期，避難去了大邱的姑奶奶家，在那裡一直生活到考上大學。一九六一年，考入了梨花女子大學的數學系。」

她講話絲毫沒有方言腔了。

「那個年代可以念大學，想必您的家境一定很富裕吧？」

她苦笑了下，搖了搖頭。

「我是以第一名的成績考入大學，可以領到獎學金，獲得所有補助。」

「父母應該很不捨得送您一個人去他鄉求學吧？」

「父親很早就過世了，是母親一個人把我撫養長大的。母親常說，要用功讀書，要遠走高飛。這樣講好像是在炫耀，但我天生就很聰明，可能母親早就看出這一點吧。我的母親生於日帝強佔期，那個年代的人不都相信女生只有嫁個好人家，才能飛上枝頭當鳳凰嗎？如果從這點來看的話，我的母親就是異端……我是這麼認為的。」

說完，喜子笑了。

「留學期間，您一定很想念母親吧？」

這個問題讓她的目光出現了動搖。她啜了一口茶，用眼神示意下一個問題。

「身為女性，您不覺得數學很難嗎？」

她沒有回答，也沒有笑。我彷彿透過解析度不高的畫面感受到了她的憤怒。

「我的意思是，您很了不起。身為女性，而且隻身一人來到國外，真的很讓人敬佩。我們也很好奇您至今未婚的理由？」

「因為把精力都放在了學業和工作上，沒有時間談戀愛，而且我本來對男人也不感興趣。」

記者聽到她的回答，哈哈大笑了起來。記者很真誠地回應了她的回答，但她反倒流露出一臉費解的表情，不理解他為什麼會笑。

「您打算什麼時候回國呢？」

「不知道。我的工作太忙了。」

「但韓國不是還有等待您的家人嗎？」

「我不知道有沒有人想見我。」

她用開玩笑的口吻說完，聳了下肩膀，笑了笑。

採訪的話題又回到她身為密碼專家的經歷上。

外婆看到這部紀錄片時會作何感想呢？密碼專家金喜子博士仍居住在德國。我在她工作的大學網站上找到了她的電子郵件，並寫了一封很長的郵件給她，但幾天過去了，仍然沒有收到回信。

●

雖然經常和外婆一起喝茶、吃飯，但我沒有提看過金喜子博士紀錄片的事，也沒說給她寄了郵件。當然，更沒有告訴外婆在網上查找關於她的新聞時所感受到的微妙、複雜的感情。外婆沒有再多說喜子在德國留學的事情。喜子在大學畢業後的二十六歲那年去了德國，之後就斷了聯絡。我回想著外婆的話，猜測起金喜子博士沒有回信的原因。也許是因為時間，具有強大力量的時間讓她們的記憶變得模糊了。

直到冬天，外婆也沒有休息。外婆不但去泡菜工廠做泡菜，還參與了禧寧市籌劃的公共勞動。與外婆相處了一年，我發現外婆無論做什麼事都很認真，從來不會馬虎。外婆推著手推車去市場採買，買回一個星期所需的食材，做成各種小菜，而且都會吃完，從不浪費。外婆不怎麼買東西，但會打扮得漂漂亮亮，參加每個月一次的朋友聚會，還會用長年存的錢跟朋友一起去濟州島旅行。

講話的外婆、笑出聲的外婆、打花牌的外婆、搭車去田裡幹活的外婆、坐在亭子裡，傾聽朋友講話的外婆、推著手推車走在路上的外婆、偶爾戴著老花眼鏡閱讀的外婆……但在這些外婆的樣子中，我總是最先想起坐在餐桌前，一隻手握著杯子，愣愣地坐在那裡，就像靈魂出竅的外婆。有時，外婆和我在一起的時候，會像忘記自己身處何處一樣，短則幾秒，長則一兩分鐘。每當這時，我就會靜靜地等待外婆回神，等她拿起杯子繼續喝完剩下的飲料，感受自己身處的地方。等待的時候，會覺得外婆就像潛水員一樣，悠然地從海裡游回了水面。

我沒能告訴外婆我被大田研究所錄取的消息，因為我沒有勇氣說出要在春天離開禧寧。跟外婆打花牌、做辣炒年糕、用望遠鏡觀測月亮表面、走在去市場的路上打雪仗的時候，我實在說不出要離開禧寧的話。

就在苦惱怎麼開口的那天晚上，我做了一個很長的夢。在夢中，我要把一匹斑馬送往安全的地方，但寒冬的天卻下起了傾盆大雨。沒有雨傘的我和斑馬就像被鞭子抽打一樣，淋雨前行著。再也忍受不了的時候，我睜開了眼睛。臥房如同冰窖一樣寒冷。我起床一看，整個家充滿了寒氣。

凌晨四點，確認是地暖故障後，我找出多餘的被子蓋在身上，依舊冷得難耐。思前想後，我給外婆傳了訊息：我家的地暖出了問題，您那裡沒事吧？雖然我這樣問，但事實上，我是在請求幫助。稍後，外婆打來電話，對我說家裡非常暖和，讓我趕快過去。

外婆開著廚房的燈等著我。走進外婆家，一股暖氣擁抱了我。我趕緊鑽進外婆旁邊的被子裡，身體就像融化了一樣，肚子和雙腿癢癢的。外婆關掉廚房的燈。黑暗中，她背靠著牆坐在床上。

「我把您吵醒了吧？」

外婆搖了搖頭。

「昨晚吃完飯就睡了，妳傳簡訊的時候，我已經起來了。最近總是很早睜開眼睛，然後就再也睡不著。我也想晚點再睡，但沒辦法。」

「起這麼早，您都做什麼啊？」

「玩糖果傳奇，看電視，打掃屋子，做鍋巴，什麼都做。天亮的時候，就到窗邊看日出。日出怎麼看都不覺得膩。妳快睡吧，還得去上班呢。」

「今天是星期天。太冷了，都把我凍醒了。」

「那也得睡覺啊。閉上眼睛，很快就能睡著的。」

我閉上眼睛，等待睡意來襲，但即將離開禧寧的事一直在腦海內徘徊。我不禁覺得，此時也會變成未來忘記的往事。到那時，外婆也不在了，與外婆相處的日子就會變成我一個人的記憶。我閉著眼睛對外婆說：

「幾個月前，我對媽媽說了很過分的話，到現在她也不跟我聯絡。」

「說什麼了？」

「我說是她把姊姊變成了這世上從不存在的人，連姊姊的名字也不肯提……我問她怎麼可以這樣。」

外婆半天沒有講話。我不安地等待著她能說些什麼。不知道過了多久，外婆才低聲說道：

「美善認為貞妍的事是她自己的錯，但這根本就不是她的問題。說不定她現在也還這麼想……美善一定覺得妳說的對，她肯定在恨自己，而不是妳。」

外婆的一字一句刺痛了我的心。

「我不知道該怎麼向她道歉。」

「妳和我不同，妳是她女兒，媽媽原諒女兒是很容易的一件事。」

外婆的聲音很小，但清清楚楚地講起了過去的事。

小時候的媽媽因為外婆工作繁忙，即使沒有人陪，也會安靜地自己在一邊玩，從不吵鬧。媽媽喜歡看書，經常從學校圖書館借小說，也會推薦給外婆看。托媽媽的福，外婆才有機會看很多喜歡的小說。外婆和媽媽還會爭先恐後地閱讀同一本書，這也算是她們交流感情的一種方法。

吉楠善去東草後，一次都沒跟外婆聯絡過。儘管如此，媽媽在戶籍上並不是外婆的女兒，而是連記憶都沒有的、生物學上的父親與他的原配之女。吉楠善似乎覺得，沒有讓媽媽變成私生女，就算是盡了自己的義務。至少從戶籍來看，媽媽算是正常家庭的一員，沒有因為父親不在而遭受社會歧視。

外婆不希望媽媽憎恨自己的父親，所以編造了吉楠善做出無恥行為的理由：妳的父親以為家裡人都在戰爭中遇難了，他對我如實坦白了一切，所以他和我結婚，不是重婚，而是再婚。他知道自己的家人還活著，才不得已離開了我們。他原本要帶妳一起走，是我要求他留下妳的。我還拜託他不要再回來找我們，因為擔心妳會難過。聽到外婆的話，媽媽只是靜靜地點了一下頭。當時，媽媽國小四年級。

外婆和媽媽之間沒有母女關係中常見的爭吵。外婆訓斥媽媽的時候，媽媽也不會反駁，就只是說聲對不起而已。外婆常說媽媽是一個不重感情的孩子，媽媽對此也從未否認。媽媽是一個不叛逆、很乖、功課還不錯的孩子，她從未闖禍。但不知從何時起，媽媽跟外婆講話使用起敬語。外婆看到那些在外闖了禍，回家找媽媽解圍的孩子都會羨慕不已。

外婆明知道媽媽是在有意與自己保持距離，但還是努力安慰自己，告訴自己媽媽是一個早熟、少言寡語的孩子，等長大以後就會改變的。但媽媽高中一畢業就去首爾求職，在那裡定居下來。媽媽就像為了懲罰外婆、就像在示威自己有合理的理由懲罰外婆一樣，之後很少和住在禧寧的外婆和曾祖母聯絡了。外婆因為媽媽的這種態度而受傷，又因為沒有能承受這種傷害的堅強而憤怒，最終攻擊起媽媽。

「有一天，美善打電話來說要結婚，還帶妳爸爸來了禧寧。我不太喜歡小李，但美善喜歡，我還能說什麼呢。睡了一晚，妳爸跟我說，他聽說了美善父親的事，還說會努力說服自己父母。我問他，那你的意思是，你們家還沒同意這門婚事了？妳爸爸低下了頭。我當著小李的面表態說，不同意女兒過門到不歡迎她的人家，但哪有人在乎我的意見。兩家人見面吃飯的時候，我只能低頭感謝人家，謝謝他們接受了我這個不完美的女兒。」

外婆接著平靜地說道：

「當時就是這樣，生女兒就是罪人的說法可不是憑空捏造出來的。被婆家抓住把柄有什麼好處，父親的問題已經成了美善的絆腳石，所以我不想再無端給她添麻煩。我告訴自己，退一步海闊天空，只要說對方想聽的話就可以了。我覺得為了美善，應該這樣做。」

妳對抗，就只會挨第二、第三下打。反正也贏不了，還不如挨一下打就過去了。我眼前浮現出了說出這句話的媽媽的臉。退一步海闊天空、別人欺負妳，妳也欺負回去，那不就跟那種人一樣了嗎、只要妳忍讓，日子就能過下去……充滿挫敗感的話、認為沒有勝算的機會，不嘗試就放棄的態度。我有多鄙視這種心態。為了不受這種心態的感染，我做出多少掙扎。我憎恨把這些想法強加於我的媽媽，反抗以這種方式屈服地活著。但我為什麼要把憤怒的方向對準媽媽呢？為什麼不把憤怒轉向那些讓媽媽做出這種選擇的人呢？如果我在媽媽成長的環境中長大，我真的可以做出與之不同的選擇嗎？我可以像現在這樣理直氣壯嗎？我把自己放在媽媽的位置上，卻無法明確地回答這些問題。

「雖然在飯桌上那麼說，但其實那都不是我的真心話。回家後，我給美善打了電話。我說，妳哪比別人不足啊，幹嘛結婚前就低聲下氣的。就不能找一個尊重妳的男人和婆家嗎？準備結婚的人，結果臉色越來越不好，還瘦了那麼多。我還跟她說，媽媽是希望妳能幸福。」

媽媽用帶著醉意的聲音反問了一句「幸福？」然後發出了奇怪的笑聲。聽到那種笑聲，外婆不安了起來。

—我也想過平凡的日子。這是我的夢想。別人都能做的事，為什麼我就這麼難呢！

外婆覺得媽媽這麼說是在埋怨自己，不禁在心裡想：妳知道我養大妳吃了多少苦嗎？

妳以為女人一個人帶大孩子很容易嗎？

媽媽就像讀懂了外婆的想法一樣，接著說道。

——如果沒有我，妳也不會過得這麼苦。妳怎麼不讓爸爸帶走我啊？那樣妳和我不就都活得輕鬆了？

媽媽可能是意識到自己說了不該說的話，越往後聲音變得越模糊了。

「我知道那些話不是出自美善的真心，但還是很傷心。因為知道她不是會說那種話的孩子，心裡更難受了。掛掉電話後，我哭了很久。我邊哭邊想，把什麼事都憋在心裡的孩子到底受了什麼委屈呢？到底是誰傷了美善的心，讓她借酒消愁，自暴自棄……那個人該不會是我吧……直到舉辦婚禮前，我們都沒有聯絡。我只給她匯了錢，讓她買雙好被褥，置辦點自己需要的東西。婚禮當天，我和妳曾祖母去了新娘房，美善看到我們，哭得就跟孩子一樣。她哭著對我說：『媽，對不起，我說了不該說的話。』就這一句話，我原諒了她。」

我想起了在媽媽的相冊裡看到的婚禮照片。可能是因為在入場前哭了，即使化了很濃的妝，還是能看出她的臉很紅，眼睛也充了血。媽媽當時是什麼心情呢？那本相冊裡還有蜜月旅行和新婚時期的照片，那時的媽媽看起來很開心。但我不知道那是因為媽媽年輕，還是拍照時瞬間的美化，再不然就是那時的媽媽真的過得很開心。無論是何種原因，那些照片都證明了媽媽在那一瞬間是發光的。

「美善結婚以後，就更難見到她了。雖然婆家離得很近，也不能去看她。逢年過節，美善也不能回禧寧，因為小李是長孫，親戚也多。所以對我而言，美善偶爾回來就跟禮物一樣。她一兩年回來一次。妳們也長得很快……」

外婆含糊其詞了。

「姊姊……是怎樣的一個孩子？」

我遲疑了一下，鼓起勇氣小心翼翼地問道。

「我叫她小土狗。」

「小土狗？」

我笑了出來。

「嗯，小土狗。別提貞妍多愛感嘆了。看到小青蛙也感嘆，看到大海螺也感嘆，看到什麼都哇、哇的感嘆。妳也跟她一樣。可能是看著姊姊長大的關係吧。但也有可能是繼承了我媽媽的性格。看著妳們連一點小事也會連連驚嘆，不禁讓我覺得妳們以後的人生一定會過得豐富多彩。每當有好事發生的時候，都會感嘆不已。那應該是我的一種希望吧。」

我覺得如果在這時開口就會流淚，於是閉著嘴，在沉默中等待著外婆繼續講下去。不知從哪傳來了水龍頭的流水聲。流水聲斷斷續續，徹底停止後，外婆才開口繼續說道：

「貞妍很喜歡唱歌，還會自己編歌唱呢。一想到那孩子，我就會想起她站在院子裡一臉調皮唱歌的樣子。貞妍喜歡以這種方式引起大家的注意，我和妳曾祖母還會一邊拍手，一邊喊：『安可！安可！』呢。」

我記得家中小屋一角會放疊好的被子，姊姊很喜歡站在上面，握著雙手唱歌。在小巷裡奔跑的時候，她也會放聲高歌，還惹來鄰居們的訓斥。我對這些往事歷歷在目。大人們說，四、五歲孩子的記憶不可能這麼具體，但我覺得如果抹去童年記憶的力量很強大的話，那我的內心深處一定存在著更強大的抵抗力。我迫切地記住了這些往事。

「知妍，妳很喜歡貞妍的，很是為貞妍驕傲。雖然別人說妳太小，什麼也不懂……但我可不那麼看。」

我自己沒有意識到這一點，但似乎從很久以前，我就在等待會有人這樣講了。

「貞妍真的很像美善，無論是長相，還是講話，就連吃飯的樣子也很像。」

真的是這樣。姊姊和媽媽就跟從一個模子裡刻出來的一樣。她們笑的時候，眼睛會變成月牙，而且她們的額頭都很窄。我眼前總是能清晰地浮現出姊姊的那張臉。

「我不知道美善經歷了什麼事。除了她自己，沒有人知道，但我卻輕易地對她說了那種話……」

外婆就像在謹慎選擇用語一樣，停頓了一下，接著說道：

「我說，人命在天，這都是沒辦法的事。因為美善一直責怪自己，我是想告訴她，這不怪她……」

外婆看著媽媽的表情，明白了女兒不會原諒自己。那一瞬間，是自己甩開了女兒伸向自己的手。

「自那之後，我就閉口不談了。之後的事，妳也知道的……」

媽媽漸漸疏遠了外婆。直到我十歲那年，媽媽才帶著我回到闊別五年的禧寧。我對禧寧的記憶就是從那時開始的。外婆非常開心，以為和媽媽的關係有了新的轉機。但媽媽在我熟睡的夜晚對外婆說，明天要離開禧寧。

—**請幫我照顧十天知妍。小李只知道我和知妍住在這裡，您就睜隻眼閉隻眼吧。**

外婆忐忑不安地問媽媽。

—我不明白，妳這是要去哪？

媽媽撕下一張筆記本上的紙，在上面寫了幾行字，遞給外婆。紙上寫著慶州的地址，還有電話號碼。媽媽還說，會在那裡住幾天。外婆萌生出不祥的預感。

—**妳去慶州做什麼？**

媽媽沉默了片刻，最後開口說道。

—**我想一個人靜靜，想點事情。**

—想什麼事需要十天啊？

—再也過不下去了……

媽媽的聲音越來越小。外婆僅從這一句話便猜測到各種原因，沒有再追問下去。

—不管妳去哪，想做什麼都可以。但妳必須答應我，十天後要健健康康地回來。

—媽，謝謝妳。我會好好跟知妍講的。

媽媽從包裡取出我的常備藥、乳液和衣服等雜物，一一遞給外婆時，說明了用途。媽媽還交給外婆一個筆記本，上面寫著關於我的事：知妍不喜歡吃肉，不要勉強她吃，強迫她吃肉，會吐出來的；知妍經常肚子痛，睡覺時要蓋好被子，不能把肚子露在外面；知妍動作慢，但沒有問題，所以不要催促她，孩子會有壓力；萬一知妍出現抽搐，直接叫救護車。有事的話，馬上聯絡我……

外婆按照媽媽交代的事項照顧我。外婆帶我去了溪邊、寺廟、海邊，還找來朋友一起跳舞，帶我去逛市場。儘管外婆照顧著我，心卻跟著媽媽去了慶州。再也過不下去了……說出這句話的媽媽的表情異常平靜，她不像是還身處問題之中，而是已經整理好思緒後才這樣講的。無論是放棄，還是委曲求全，這些問題都迫使女兒說出了這種話。到底發生了什麼事呢？

十天後，媽媽遵守約定回到禧寧。媽媽吃著外婆煮的飯，問我有沒有乖乖地寫作業和日記，還喃喃地說：「還有十天就開學了……」心裡不是滋味的外婆就只是默默地看著離開後，依舊回來了的女兒。

——隨時歡迎妳回來。

媽媽看著說出這句話的外婆點了點頭。生怕漏掉什麼細節，還小的我興奮地給媽媽講了這十天裡做的事，但媽媽就只是勉強地笑笑。之後，媽媽就再沒回過禧寧了。

「我以為再也見不到妳了。」

外婆輕聲說道。

「我也是。如果我沒來禧寧的話……」

「可能這輩子都見不到了。」

凍僵的身體已經沒有一絲寒氣了。時間過了很久，眼看就要天亮。我覺得天亮的時候，似乎可以說出那件事。於是，我開了口：

「我應該提早跟您說的，但一直開不了口。」

「有什麼事嗎？」

「我要轉職到大田的研究所了，三月會離開禧寧。」

「去大田，很好啊。那裡有很多年輕人，去那裡更好。」

沒想到外婆會這麼替我高興。

「外婆，謝謝您。」

「恭喜妳！我就知道一定會有好事發生。」

「我會常來玩的。」

「嗯，隨時歡迎妳回來。」

窗外的天色開始亮了，我聽著外婆的聲音，把身體交給席捲而來的睡意。我離開禧寧，離開外婆……我在這裡度過了最艱難的時期，也總是希望可以離開這裡，但我好像比外婆更在乎這次的離別。

15

在外婆家過夜的幾天後，我收到了媽媽的簡訊。媽媽說，因為無法再續約全租房，下個月要搬家。我曾勸媽媽不如搬離首爾，到郊區買一棟可以養老的房子，但媽媽不想離開生活了多年的地方。

「我打算這次搬家把沒用的東西都丟掉。搬家前，妳回趟家裡，把自己的東西也整理一下。回來的時候，記得買本相冊，我去過文具店，但那裡沒有。」

我回覆說，馬上找時間回去，也說了春天會離開禧寧，轉職去大田研究所。

「爸爸很高興。恭喜妳。」

星期六，我回了首爾。媽媽說，爸爸跟山友會的朋友去了雪嶽山。我坐在客廳沙發上，看著刷有玉色油漆的電視櫃和天花板的花紋，心想，蓋這棟房子的二十年前流行的是玉色嗎？我們是在八年前搬來這裡的，續了三次合約，一直住到現在。還記得搬進這個通風差、沒有空調的家後，馬上就入夏了，別提那時流多少汗了。當時看到紗窗時，我們都嚇了一跳。自這棟樓竣工以來，一直都沒換過紗窗，上面積滿密密麻麻的灰塵，一點風也透不過來。我說聯絡房東來換紗窗，但媽媽不想惹房東生氣，只好自己動手把報紙貼在紗窗上，用噴霧器噴上水，清理了上面的灰塵。

媽媽在這個家裡，祝福過女兒結婚、期待過女兒喜上添喜、罹癌、聽到女婿出軌的消息、勸說女兒不要離婚、看著離婚後要去禧寧的女兒、病情復發後做了第二次手術、幾乎每天去附近的烽火山散步、創下全民連萌和跑跑薑餅人遊戲的第一名，還玩起了魔獸遊戲。

「房東說是要自己住。」

媽媽遞給我一杯水，說道。

「啊，那個老奶奶？」

「嗯。」

「給妳。」

我把相冊遞給媽媽。

「有要整理的照片嗎？」

「等一下。」

媽媽拿著一個印有「職業世界盃」字樣的舊鞋盒走了過來。媽媽把雙手放在鞋盒上看著我，就像裡面放著非常重要的東西，不能讓我碰一樣。

「我以為都忘了，都丟掉了……但其實並沒有。」

我伸手去摸那個盒子，媽媽立刻把盒子往自己懷裡移了一下。

「上次跟妳吵架之後，妳說的話一直留在我心裡，所以覺得更不能丟了。」

媽媽說完，沉默了半天才打開盒蓋。我看到裡面都是小孩的照片，隨即認出是我和姊姊。媽媽把盒子推給我，我的手指碰觸到盒子時，害怕和思念同時湧上了心頭。

「要按時間順序整理嗎？」

我問道。

「不用，就隨手放吧。」

「好吧。」

我拿起最上面的一張照片。看上去四、五歲、留著短髮的姊姊穿著吊帶褲，皺著眉頭站在噴水池前。為了看清姊姊的表情，我把臉貼近照片。

「這是爸爸公司舉辦員工全家旅遊的時候。妳姊還沒睡醒，好像很不高興。」

媽媽遞給我第二張照片。包在橘色襁褓裡的嬰兒是姊姊，她睜著眼睛，嘟著小嘴。除此之外，還有幾張姊姊嬰兒時的照片。媽媽背上的姊姊、趴在床上的姊姊、坐在學步車裡的姊姊、騎在玩具馬上的姊姊、吹蒲公英的姊姊……我把這些照片放進了相冊。

還有我和姊姊一起拍的照片。我們奔跑在社區小巷的照片、勾肩搭背走路的背影照片，但因為身高相差懸殊，看起來很不自然。並排坐在長椅上吃冰棒的照片、姊姊國小入學典禮時，我、姊姊和媽媽一起拍的照片……媽媽膝蓋稍稍彎曲，兩隻手分別摟著我和姊姊。笑容燦爛的媽媽看起來非常年輕，甚至還帶著稚氣。我和姊姊站在媽媽的左右兩邊，皺著眉頭用手遮著陽光。我和姊姊都留著瀏海，綁著辮子。

還有一張坐在浴缸裡的照片。浴室的牆壁上貼著獅子家族的貼紙。貼紙畫著坐在椅子上的獅子媽媽、獅子爸爸和小獅子。媽媽給我和姊姊洗頭的時候，會模仿獅子的聲音講故事。獅子媽媽說，我們家的知妍洗頭的時候好乖啊，小獅子也會像知妍一樣乖乖洗頭吧？小獅子回答說，我害怕洗頭。獅子媽媽說，好羨慕知妍媽媽啊，知妍都不會害怕洗頭。那時的我覺得媽媽會施展魔法，即使知道那都是媽媽的聲音，還是覺得那張貼紙帶有生命，是媽媽的聲音喚醒了獅子家族。

「是獅子家族耶。」

我給媽媽看那張照片，媽媽瞥了一眼，什麼也沒說。姊姊出事後，我們就搬到這裡了，但獅子家族沒有跟我們一起搬來。自那之後，媽媽也會幫我洗頭，但我可以感受到這件事對媽媽來說已經變成了一種工作。

「沒有想放在相框裡的照片嗎？」

聽到我這樣問，媽媽的眼神出現了動搖。媽媽似乎沒想過把照片擺在醒目的位置。

「選一張放在相框裡吧。」

我意識到這個提議很不適合。對媽媽而言，把姊姊的照片放在醒目的地方就等於是宣示再也不隱瞞姊姊的事了。媽媽愣了一下，搖了搖頭。我假裝若無其事地把其他照片放進相冊，心想媽媽用了這麼長的時間才走到這一步，光這一點，她就需要很大的勇氣了。

差不多快整理完的時候，我看到盒子最下面有一張很模糊的照片。幾個女人坐在簷廊的照片。身穿藍色無袖洋裝的年輕媽媽，媽媽身邊坐著留西瓜頭、打著哈欠的我，綁著兩條辮子的姊姊坐在一旁看著我，姊姊旁邊坐著伸直了腿、身體傾向她的年輕外婆。媽媽左邊坐著一個身穿白色亞麻布衣的老人，面帶微笑的老人和媽媽坐得很近。我一眼便認出了那個老人是誰。

「曾祖母？」

我指著問道，媽媽點了一下頭。

「嗯。用一次性相機拍的，所以都很模糊。還有很多沒洗出來的照片。」

媽媽遺憾地說道，然後挑出在禧寧拍的照片遞給我。照片都很模糊，有的照片因為曝光問題，一半都是白的。還有沒對準焦距，人臉太亮且模糊，但身後的大樹卻很清晰的照片。媽媽沒有丟掉這些相片。

「這張不要放進相冊。」

媽媽指著我們排成一排站在龜海灘的照片說道。那張照片可能是媽媽拍的，因為照片裡沒有她。曾祖母穿著亞麻布衣服站在最左邊，我和姊姊站在中間，外婆站在最右邊，我們面帶微笑，手牽著手，海浪的白色泡沫浸溼了我們的腳。媽媽戴上老花眼鏡，盯著那張照片看了半天，皺著眉頭，露出淡淡的微笑，然後把那張照片夾在筆記本裡。

我拿著大家坐在簷廊的照片，讓媽媽把那張照片給我，然後用手機拍下其他的照片，存在手機裡。

媽媽把相冊插進書櫃後，轉身又整理起衣櫃，她的態度就像整理照片不過跟整理其他行李一樣。但在我看來，媽媽的這種態度反倒證明了她做了一件無法表露感情的大事。這些照片，媽媽保管了將近三十年之久，每次搬家的時候，她肯定都在猶豫要不要丟掉。

媽媽仔細挑選出要留下的衣服。雖然表面上看不出那些衣服的差異，但有的被留了下來，有的則準備丟掉。打算丟掉的衣服比留下的衣服還要多。

「平時就只穿經常穿的衣服，搬家都是累贅。」

媽媽看著衣服堆說道。我和媽媽抱著要丟的衣服走出家門，塞進了衣物回收箱。走回家的路上，媽媽提起高中畢業後，獨自一人上京的事。那時，媽媽和室友住在月租房，省吃儉用過著日子。多虧了外婆，媽媽才不缺衣服穿，但從今泉來的室友因為沒有衣服，只能瑟瑟發抖地過冬。有一次，曾祖母來看媽媽，看到室友凍得直抖，便脫下自己的毛衣送給了室友。媽媽邊舔著嘴唇，邊說道：

「外婆連聲道謝，謝謝室友留她在家裡住幾天，說給人家添麻煩，就把毛衣送給了她。外婆總是這樣，所以她去世後，也沒留下什麼遺物。」

我從媽媽的表情可以看出她有多麼喜歡曾祖母。

「幾天前，我還夢到外婆了。」

媽媽接著說道。

在夢中的深夜裡，曾祖母正坐在老家的屋頂上賞月。媽媽叫了一聲：「外婆！」但曾祖母沒有看向媽媽，而是一直仰望著月亮。媽媽一邊跺腳，一邊又喊了一聲曾祖母：「外婆！我是美善！」在夢中，媽媽變回了不講敬語的孩子。「外婆！妳倒是看看我啊！」聽到媽媽近似哀求的呼喊，曾祖母這才轉過頭來。皎潔的月光照在曾祖母的臉上。媽媽問道：「外婆，妳很恨我吧？」曾祖母就像聽到笑話一樣，笑了起來。媽媽又哽咽地問了一遍後，曾祖母開了口。但就在這時，媽媽醒了。

她說了什麼呢？那天之後，無論是吃飯，還是看電視或散步，媽媽都會想像那場夢最後的結局，然後回想起了到太陽西下的海邊來找自己的曾祖母。

媽媽說，當年有的老師會故意欺負沒有家長保護的孩子。媽媽本能地知道，被貼有標籤的孩子要想生存，就只能拚命地努力不被人抓住把柄。每當想到為了不受欺負，就必須竭盡全力撐下去時，媽媽都會覺得自己在這個世界無依無靠。雖然媽媽心裡想著回家，雙腳卻邁不開步子，於是待在海邊的日子越來越多了。每當這時，曾祖母就會來找媽媽。媽媽還記得，在漸漸變暗的海邊，看到曾祖母一邊喊著「美善、美善啊」，一邊朝自己走來。那時感受到的喜悅，釋放出的壓抑心情，最重要的是，媽媽感受到了「我也有人愛」。長大後，送走曾祖母以後，這種感受始終在媽媽的心中。

媽媽說到這裡，垂下頭，停下了腳步。

「媽媽。」

我無法靠近她，只能默默地站在原地叫了一聲媽媽。

16

李知妍您好，

我坐在書桌前，反覆閱讀了很多遍妳寄來的郵件。首先，我想說聲謝謝，謝謝妳聯絡我。

我有兩個郵箱，妳聯絡我的郵箱是收工作郵件的，退休以後就很少打開了，所以幾個月後才看到這封郵件。

很久以前，英玉姊家的電話就是空號了。用了那麼久的號碼突然沒了，我還擔心她是不是不在了。我也給英玉姊寫過信，但都被退回來了。二〇〇三年，我回國的時候去禧寧找過她，雖然房子還在，但已經沒有人住了。我跟住在附近的人打探英玉姊的下落，也沒有人認識她，因為住在那裡的人大部分都已經搬走了。

上了年紀，經常會遇到這種情況。經歷過太多無法理解的離別後，人也會變得麻木、不以為然。但我還是難以釋懷。可能是因為我這個人不懂得徹底死心吧。

我來德國轉眼已經五十多年了。剛踏上這片土地的時候，根本沒想過會定居下來。留學期間，我不知不覺就到了比過世的父親還要大的年紀。我小時候就經常在心裡跟父親對話，因為怕他以為我忘了他而傷心，所以養成了這樣的習慣。看到美好的事物時，就會在心裡說：爸，你看。這麼做也是希望住在我心裡的爸爸可以看到他未能經歷的時間。來到異國他鄉後，我感覺和比我還更小時候遠渡重洋到日本賺錢的父親走得很更近了。他為了更好的未來，做出那樣的選擇，但人生卻不盡如意。父親被牛車送往醫院的時候，我不忍跟著他。喜子，喜子……父親呼喊我的名字，那是我最後見到他的樣子。當時，我的近視就很嚴重了，只能模糊地看到漸漸遠去的牛車。

喜子。我的名字是「快樂的孩子」的意思。雖然父母為我取這個名字是希望我能快樂地長大，但也有希望我可以給他們帶來快樂的意思。我懷揣他們的這份期盼，努力地度過了一生。喜子，喜子……躺在床上時，我還會看著天花板，在心裡默念自己的名字。

我長得很像母親。看著母親過世前拍的照片，會看到我四十多歲時的樣子。我看著鏡子中的自己，也會想像她五十歲的樣子，還有六十歲的樣子。我的母親是一個信念堅定的人，她不喜歡向人展示自己的軟弱。我記得母親帶著我逃難前往大邱的那個深秋，她整個人哆哆嗦嗦地一直在發抖。但她卻開玩笑說，自己是凍得發抖，不是因為害怕。但我知道她不是因為冷才如此。母親一生都是這樣。即使整個人哆哆嗦嗦，也會牽著我的手一直走下去。母親是我這一生最愛的人，她是就算害怕到發抖也不會停止前行的人，我希望自己也可以像她一樣。

這裡眼看就要天亮了。

英玉姊常常對我說，不要覺得自己是一個人，我們也是妳的家人。我知道她這麼說的意思。母親走後，三泉嬸待我就像女兒一樣，英玉姊也一直很照顧我。我明白她們的心意，但還是覺得自己不可能永遠屬於那個家庭。

跟英玉姊相處的那些日子是我人生中最幸福的時光。無論英玉姊做什麼，我都會跟著學。英玉姊很高，跑得也快，還會講很多有趣的故事。好幾次，她把我逗得差點笑到流淚。父親從日本回來後，我們還把在開城一起生活的事編成故事表演給大人們看。節目的名字叫《青蛙家族》，英玉姊也一定記得。在大邱的時候，我們坐在屋檐下，討論等戰爭結束以後可以做什麼。去人多的地方，我和英玉姊就會緊緊地牽著彼此的手。在這世上可以與我分享這些記憶的人就只有英玉姊一個人。

是的，我們最後不歡而散。但我現在明白了，即使我在最後從英玉姊家回來的路上下了狠心，但任何阻礙都無法斬斷我與英玉姊相連的心。雖然我們永遠也無法理解對方的事實讓年輕的我感到很絕望，可不知為何，此時卻成了一種慰藉。

知妍，謝謝妳。

希望我們可以在韓國相見。

二〇一八年，金喜子，於漢堡

重新閱讀金喜子博士的郵件時，糙米跑到我的肩膀上了。已經長大的糙米還以為自己是一隻小貓咪嗎？糙米是我離開禧寧前，在超市停車場救下的小貓。那天非常冷，糙米蜷縮著身體躲在角落，從牠身上的毛和臉部狀態來看，應該與母親失散已久，連眼睛也睜不開了。我等了半天也不見母貓出現，又突然下起了雨，於是我用圍巾包住牠帶回了家。

燕麥走的時候，寵物醫院的醫生說，我總有一天會再發現陷入困境的小動物。我並不相信醫生的話，但當我埋葬燕麥的時候，卻不由自主地想，如果再救下小生命的話，一定要把未能給予燕麥的一切都給牠。在遇到燕麥以前，我對動物並不感興趣，甚至從未想有養寵物的念頭，可以說是燕麥改變了我。糙米貼在我臉邊的時候，我感受到了之前從未有過的溫暖之情。

我和糙米一起離開禧寧，來到大田已經四個月了。我以自己的速度在慢慢適應這裡的新生活。養貓的同事會聚在一起，彼此交換資訊，如果有人不在家的時候，還可以互相幫忙照顧貓咪。

有一次，志宇來家裡玩，看到擺在書桌上的照片問道：

「綁著兩條辮子的人是妳嗎？」

「不是，是我姊，那個西瓜頭是我。」

「原來如此，那這位是阿姨囉？」

「嗯。那時的媽媽比現在的我還年輕。」
「是啊，一臉稚氣。妳姊旁邊的這位是誰啊？」
「外婆。」
「啊，那這位就是曾祖母囉，她笑起來的樣子和妳可真像。好神奇啊。」
「我也這麼覺得。」
說完，我笑了。志宇輪流看著照片和我說：
「妳看，簡直一模一樣！」

我時常想起鳥飛嬌對金喜子博士說的話：「能走多遠，就走多遠。」但這句話可能不僅僅意味著物理上的距離，鳥飛嬌是希望女兒可以去往不同的次元。我久久地回想著鳥飛嬌的那份期盼，她是希望自己的女兒在不受現實重力影響的環境裡，可以更輕鬆、更自由地生活。

距離地球最遠的人造飛行器，航海家一號於一九九七年九月發射升空。這艘離開地球的飛行器在一九七九年三月經由木星，一九八〇年十一月掠過土星，二〇〇四年十二月抵達了太陽系的邊界日鞘。隨後的二〇一二年脫離太陽系進入了星際宇宙。至今，航海家一號仍以慣性前行在幾乎沒有重力與摩擦力的宇宙之中。

航海家一號上攜帶著一張三十公分大小的金唱片。這張表面鍍金的唱片以模擬信號方式收錄了用以表述地球上各種文化及生命的聲音與圖像。鯨魚和狗的叫聲、風聲、人類的心跳聲、孩子的啼哭聲、貝多芬的《C小調第五交響曲》，以及五十五種語言的問候語……。

如果可以製作一張收錄一個人一生的唱片會怎樣呢？從出生的瞬間開始，將嬰孩的啼哭、觸感、第一次感受到的憤怒、喜歡的事物列表、夢想、惡夢、愛情、衰老，以及直到臨終前的瞬間都儲存在這張唱片裡會怎樣呢？如果能動員五感，記錄下一個人從始至終的所有瞬間，無數的想法和情感都儲存進唱片之中，那這張唱片就等於是這個人的一生了嗎？

我覺得不是。正如我們無法想像宇宙的大小和模樣一樣，一個人的一生中也存在著無法測量的部分。我遇到外婆，聆聽外婆的故事，自然而然地理解了這件事。

除此之外，我還明白了我即是當下的自己，也是三歲時的自己，同時也是十七歲時的自己。被我丟棄的自己從未消失，她一直住在我的心裡。那個孩子一直在等待、期盼的，不是別人，而是我的關心和安慰。

我常常閉上眼睛與小時候的姊姊和自己見面，我會去牽她們的手，還會和她們一起坐在日落的遊樂場的長椅上聊天。無論是在空無一人的家中，獨自準備去上學的十歲的自己；還是為了忍住眼淚而倒掛在單槓上的中學的自己；以及萌生自殘衝動的二十歲的自己；容忍前夫隨意傷害的自己；因無法原諒自己而做出自我攻擊的自己……我走到她們的身邊，對她們說：是我，我在聽，請把妳們長期以來憋在心裡的話告訴我吧。

我搬到大田後，外婆學會使用聊天軟體了，偶爾還會傳她拍的照片給我。外婆沒有寫什麼，就只是傳來幾張照片而已。我也會拍一些糙米和花草樹木的照片回傳，並問候她。外婆等待喜子期間，還購入了一雙漂亮的運動鞋。我在網路上買了件很適合外婆的天藍色洋裝寄回禧寧。

從大田出發的時候還是陰天，但隨著臨近禧寧，天空開始放晴了。金喜子博士，不，我正在去迎接應該稱呼為喜子奶奶的路上。喜子奶奶決定從首爾搭巴士來禧寧，所以我要先去接外婆，再和她一起去客運站。

外婆看到我很開心，她穿著我送的那件天藍色的洋裝。為了迎接喜子，外婆還修理了廚房掉下來的櫥櫃櫃門。可能外婆剛剛處理過生薑，滿屋子瀰漫著生薑的味道。我想起第一次走進外婆家聞到的生薑味，但很奇怪的是，感覺那時已經距離現在很遙遠了。

「妳先坐一下，吃點東西再去吧。」

我久違地坐在外婆家的沙發上，環顧了一下家裡，看到電視櫃上擺著一個從沒見過的相框。

我走近一看，相框裡是一張我、姊姊、外婆和曾祖母手牽手走在龜海灘。

「外婆。」

我拿起相框，看向站在洗碗槽前看著我的外婆。

外婆就像知道我要問什麼似的，笑著點了點頭。

作者的話

過去的兩年，可以說是我成年以後度過的最艱難的時期。期間有一半的時間我未能動筆寫作，然後利用剩餘的時間創作了這本《朗夜》。那段時間，我好像不是人，感覺自己變成了一個水袋，若有人稍稍一碰，裡面的水就會傾洩而出似的。創作這本小說，成了一個我重新找回自己的身心，再次成為一個人的過程。

即使連載在即，我也不知道會寫出一個怎樣的故事。當時，我得到了一個可以入住某處作家公寓的機會。我還記得放下行李，坐在書桌前面對筆電的瞬間，看到了窗外白雪皚皚的原野和無盡的寂靜。我坐在那樣的窗前，開始創作起了《朗夜》。該如何形容當時的心情呢？那天，我彷彿受邀走進了重新寫作的世界，在那裡遇到了三泉。

我被名為三泉的人物所吸引，展開創作。我彷彿清晰地看到了那個雖然畏懼人，但又思念人的溫暖，手裡攥著小石塊，呼喊朋友名字的小三泉。直到那年寒冬，坐在石階上狼吞虎嚥吃著地瓜的十八歲的鳥飛出現時，我一直在用三泉的眼睛望著鳥飛。

三泉和鳥飛、英玉和美善、喜子和明淑奶奶……我和這些人物一起走過了春夏秋冬。當然，還有知妍。我很想寫一個知妍搬到禧寧後，逐漸恢復起來的故事，為此她必須要面對自己的傷痛。也正因為這樣，有時我會很難面對這樣的知妍。我不想忘記的是，在這本小說中，知妍比任何人物都更加地給予我力量。

寫這本小說的時候，我時常想起我的奶奶。戰爭中，逃難到大邱的奶奶；用撿來的冰箱箱子給小時候的我做玩具的奶奶；送我地球儀，告訴我以後要遠走高飛的奶奶。這樣的奶奶為我創造了這個小說世界。聰明開朗的鄭龍燦女士，我的奶奶，我祈禱，希望您永遠像現在一樣健康。

準備這本書期間，我得到了大家的幫助。感謝百忙之中，成為我的作品第一位讀者的知惠姊，也要感謝讓我得以坐在Art Omi書桌前的海俊，和幫助我重新展開創作的柳承景翻譯家。我因閱讀吳貞姬老師的小說，而擁有了成為小說家的夢想。直到現在，我也不敢相信吳老師閱讀我的小說，還提供了寶貴的意見。我要在此向吳老師深表感謝。最後也要感謝從連載到出版，細心閱讀，並提供意見的金乃俐編輯和文學村編輯部的各位老師。

時隔三年，我的最新小說出版了。小說出版成書時，我總會有一種離別的感覺。希望這本《朗夜》可以平安抵達需要它的讀者手中，用它的生命陪伴在需要這個故事的讀者心中。我所扮演的角色在寫完作者的話的當下就結束了，但書則會延展它自己的命運。

二〇二一年 夏

崔恩榮

【ECHO】MO0082

朗夜

作　　者❖崔恩榮（최은영）
譯　　者❖胡椒筒
封面設計❖之一設計
內頁排版❖HAMI
總　編　輯❖郭寶秀
編　　輯❖江品萱

事業群總經理❖謝至平
發　行　人❖何飛鵬
出　　版❖馬可孛羅文化
台北市南港區昆陽街16號4樓
電話：(886)2-25007696
發　　行❖英屬蓋曼群島商家庭傳媒股份有限公司城邦分公司
台北市南港區昆陽街16號8樓
客服服務專線：(886)2-25007718；25007719
24小時傳眞專線：(886)2-25001990；25001991
服務時間：週一至週五9:00～12:00；13:00～17:00
劃撥帳號：19863813　戶名：書虫股份有限公司
讀者服務信箱：service@readingclub.com.tw
香港發行所城邦（香港）出版集團有限公司
香港九龍九龍城土瓜灣道86號順聯工業大廈6樓A室
電話：(852)25086231　傳眞：(852)25789337
E-mail：hkcite@biznetvigator.com
馬新發行所城邦（馬新）出版集團【Cite (M) Sdn. Bhd.(458372U)】
41, Jalan Radin Anum, Bandar Baru Seri Petaling,
57000 Kuala Lumpur, Malaysia
電話：(603)90563833　傳眞：(603)90576622
E-mail：services@cite.my
輸出印刷❖前進彩藝股份有限公司
初版一刷❖2024年03月
定　　價❖450元
定　　價❖315元（電子書）

國家圖書館出版品預行編目(CIP)資料

朗夜 / 崔恩榮著；胡椒筒譯. -- 初版. -- 臺北市：馬可孛羅文化出版：英屬蓋曼群島商家庭傳媒股份有限公司城邦分公司發行,
2024.03
面；　公分. --（Echo；MO0082）
譯自：밝은 밤
ISBN 978-626-7356-60-9（平裝）

862.57　　113001804

This book is published with the support of the Literature Translation Institute of Korea (LTI Korea).

ISBN：978-626-7356-60-9（平裝）
EISBN：978-626-7356-59-3 (EPUB)

城邦讀書花園
www.cite.com.tw